vol. 1

김빵 로맨스 장편소설

뜨거운 홍차

vol. 1

MOON PHASE

뜨거운 홍차 1

초판 1쇄 인쇄 2020년 11월 20일
초판 4쇄 발행 2025년 11월 11일
ISBN 979-11-94131-27-4(04810)

지은이 김빵

기획 이하늘
교정·교열 김경희
디자인팀장 공가을
편집 디자인 임은영
표지·타이틀 임은영

펴낸이 문상철
펴낸곳 주식회사 바이프로스트
주소 서울시 강남구 선릉로 549, 에본빌딩 3층(역삼동 694-35)
출판등록 제2020-000007호, 2020년 1월 9일
대표전화 070-8833-7312
전자우편 bifrostkr@gmail.com

※ 이 책은 저작권법의 보호를 받는 저작물로서 무단 복제 및 재배포를 금지합니다.
※ 잘못된 책은 구입처에서 교환하여 드립니다.

CONTENTS

chapter 1
시발점
7

chapter 2
이상한 점
59

chapter 3
다른 점
125

chapter 4
점과 점을 이어 그으면
182

chapter 5
점과 선
247

chapter 6
임석영 (1)
310

chapter 1
시발점

"더럽게 닮았네."

카메라를 켜고 핸드폰을 똑바로 든 채 얼굴을 살폈다. 왼쪽으로 돌려도, 오른쪽으로 돌려도 화면에 담긴 얼굴은 홍차연과 비슷했다.

특히 눈 밑의 점. 얼굴은 그렇다 쳐도 점까지 같은 위치에 있는 게 소름 돋았다. 세상에 이런 일이 있을 수도 있구나, 하는 것을 홍차연을 보며 느꼈다.

홍차연. 열여덟 살. 할머니가 일하는 홍 회장 댁의 차남이자 골칫덩어리.

홍차연과 나는 닮은 구석이 많았다. 할머니 심부름으로 그의 집을 찾았을 때, 나를 본 홍차연의 모친이 남편을 의심할 정도였다.

하지만 생김새 외에는 닮은 구석이 한 군데도 없었다. 그는 잘사는 집의 둘째 아들로 어렸을 때부터 몸이 허약해 온갖 약을 달고 다녔으며, 모친을 비롯해 집에서 일하는 사람들의 보살핌을 정성껏 받아왔다.

그에 반해 나는 찢어지게 가난한 집에서 외동으로 태어나 사람이 먹을 수 있는 거다, 하면 가리지 않고 먹었고 보살펴주는 사람이라고는 외할머니 한 분뿐이었다. 아빠란 작자는 내가 돌을 넘기기도 전에 집을 나갔고, 엄마는 중학교 3학년 때 숨을 거뒀다.

할머니가 홍 회장의 집에서 오래 일한 탓인지, 그의 가족들이 엄마의 장례식장을 찾아왔다.

나는 그날 홍차연을 처음 보았다. 울다 그치기를 반복한 탓에 붉게 부어오른 눈으로 마주한 홍차연은, 정말이지 나와 너무 비슷했다. 그 아이도 그런 생각을 했는지 벌어진 입을 다물지 못하고 나를 빤히 쳐다보았다.

"차연이와 닮아서 마음이 많이 가는데, 네가 우니 마음이 안 좋구나."

홍차연의 모친이 나를 토닥여주며 한 말이었다. 그 때문인지 할머니는 오랫동안 홍 회장네 집에서 부엌을 지켰다. 딱히 수입이 없는 집안이라는 걸 알았는지, 할머니의 일자리를 유지시켜 주는 것 같았다.

할머니는 혹시 병이 들면 해고라도 당할까 봐 건강을 나보다 더 세심하게 챙겼다. 그런 할머니가 힘들게 버는 돈으로 공부하는 것도 사치 같아서 고등학교를 자퇴했다. 그게 작년이었다.

그랬는데, 지금 내가 입고 있는 이거, 교복 맞냐고.

그러니까, 홍차연이 헬멧도 없이 오토바이를 타다가 사고가 난 게 사건의 발단이었다. 수술은 무사히 끝났고 불구가 되지도 않았는데, 회복이 더뎠다. 애가 의식이 왔다 갔다 한다나.

가장 큰 문제는 개학이 코앞이라는 거였다. 홍 회장은 해외지사에 나가 있었고, 국내에 들어오려면 몇 달은 더 있어야 한다고 했다.

홍 회장이 가장 중요하게 생각하는 것은 개근이었다. 개근상을 못 받으면 몽둥이행이었다. 야구방망이부터 골프채까지 주르륵 늘어놓고, 홍차연이 매를 직접 고르도록 했다. 대체 개근상이 뭐라고. 이런 개그도 없다는 게 내 생각이었다.

안 그래도 눈 밖에 난 홍차연이 더 찬밥 신세가 될까 걱정이었던 사모님이 할머니 몰래 나를 불렀고, 홍차연의 몸이 회복될 때까지 학교에 대신 나가줄 것을 부탁했다.

"사모님, 저는 여자인데요……."

돈이 전부는 아니지만, 돈이 있으면 뭐든 해볼 수 있는 세상이라는 걸 간과했다. 그리고 그 돈의 위력은 나에게도 먹혀들었다.

"할머니 모시고 살 수 있게, 내가 아파트 정도는 마련해줄 수 있을 것 같은데."

개 콜. 하마터면 그렇게 답할 뻔했다.

"……집에서 다니면 할머니한테 걸릴 거예요. 동네에서 홍차연 친구 마주칠 수도 있고."
"학교 근처로 살 만한 곳을 구해줄게."

그렇게 계약이 성사되었다. 사모님의 친척 중에 학교 이사장이 있었고, 열여덟 홍차연은 그곳으로 전학 절차를 밟았다. 위장 전입에 위장 전학이었다.

철두철미한 그녀답게 구두로 끝내지 않고 계약서를 작성했다. 몇 가지 조건이 걸려 있었다. 내가 여자라는 사실이 들통나면 이 계약이 송두리째 무효가 되는 항목이었다. 그 대상은 홍 회장, 학교 친구들, 홍차연의 지인들이었다.

어제, 교복을 비롯해 이것저것 챙겨주러 온 사모님이 나를 보며 말했다.

"정말이지, 머리까지 이렇게 자르니 영락없는 차연이야."

뭐라 할 말이 없어 어색하게 웃기만 했는데, 오늘 교복까지 입고 나오니 닮기는 정말 더럽게 닮았다.

얼굴을 요리조리 살피며 표정 연습을 했다. 그러다 핸드폰 화면 속에서 내가 아닌 다른 얼굴을 보았다. 내 어깨 너머의 남자가 인상을 쓰고 이쪽을 보고 있었다.

어, 그냥 잠깐 이쪽을 본 건가, 했는데 잠깐이 아니었다. 대놓고 노려보고 있다. 순간 화면 속에서 눈이 마주친 것 같아 잽싸게 핸드폰을 내렸다.

— 이번 정류소는 수수고등학교입니다. 다음 정류소는 수수사거리입니다.

민망하던 차에 내릴 때가 되었다. 벌떡 일어나 사람들을 뚫고 뒷문 앞에 섰다. 나이스 타이밍, 하고 혼잣말했다.

학교 건물은 총 세 개였다. 본관, 동관, 별관.

두리번거리다 본관 현관으로 들어갔다. 현관 옆에 학교 안내도가 붙어 있었다. 배정받은 학반이 1반이었다.

"동관 2층이네."

본관을 나와 동관으로 걸음을 옮겼다. 교무실로 가다가 가슴이 주체할 수 없이 두근거린 탓에 화장실로 노선을 틀었다.

집에서 나오기 전, 단정하게 자른 바가지 머리, 어차피 작은 가슴이긴 했지만 그래도 혹시 몰라 가슴에 두른 압박 붕대, 튀어나오지 않은 목울대를 가리기 위해 챙겨 입은 검은색 목 폴라, 전부 확인했다.

마른 몸 때문에 괜히 흠이라도 잡힐까 봐 교복도 두 치수나 크게 맞췄다. 바지는 헐렁했고 재킷 어깨는 과하게 남아돌았다.

교복을 어벙하게 맞춰 입은 것만 빼면, 거울에 비추어 본 모습은 나름 홍차연과 비슷했다. 그런데 막상 교실 진입을 코앞에 두니 누가 봐도 여자일 것 같고 걸릴 것 같고 가슴이 두근거리고 난리였다.

chapter 1. 시발점

얼굴, 교복, 가슴을 재확인하고자 화장실 문을 열고 들어선 순간 두 눈이 동그래졌다.

회색 후드 티, 남색 맨투맨 티를 교복 셔츠 위에 입은 남자애 두 명이 화장실 끄트머리에 달린 창문 앞에 붙어 서서 담배를 뻑뻑 피워대고 있었다. 희끄무레한 연기가 자욱했다.

"아, 시발 깜짝아! 선생인 줄 알았잖아!"

회색 후드 티를 입은 애가 펄쩍 뛰며 말했다. 내가 벌컥 문을 열고 들어와서 놀란 듯했다.

"아, 미안."

이러지도 저러지도 못하고 가만 서 있었다. 퇴장, 아무래도 퇴장해야겠다, 생각하는 순간 물 내리는 소리가 들렸다.

"아, 교복에 냄새 밴다고. 좀 나가서 피워라, 진짜."

불쑥, 화장실 칸막이 안에서 파란색 바람막이 후드를 올려 쓴 머리가 튀어나왔다. 쾅, 하는 소리에 눈을 동그랗게 뜨고 봤다. 옷매무새를 정리한 남자애가 눈을 맞추며 세면대 쪽으로 걸어온다.

"어?"

나도 모르게 소리가 튀어나가 뒤늦게 입을 턱 막았다. 오늘 버스 안에서, 핸드폰 화면으로 눈이 마주쳤던 그 사람이다. 알아본 건지 아닌 건지, 바람막이를 입은 애가 못마땅하게 묻는다.

"왜 그렇게 봐?"

그 못마땅한 표정에 뒤늦게 정신이 들었다. 가만 얼어 있던 몸을 뒤늦게 움직이며 꾸벅 고개를 숙였다.

"죄송합니다. 화장실인 줄 알고."

"맞아."

"예?"

"화장실 맞다고. 볼일 봐."

돌아서 나가려는데 발목이 잡혔다. 아, 그렇지. 내 말은 여자 화장실인 줄 알았다, 그 말이었는데. 미친, 나 지금 남학생이지. 그제야 이상한 변명을 지껄였다는 것을 깨달았다.

"네……."

돌아서 나가려던 걸음을 다시 돌려 세면대 앞에 섰다. 대충 손만 씻고 나가야지, 생각하며 수도 레버를 올렸다.

쏴, 세면대를 향해 물이 쏟아진다. 손등, 손바닥, 손가락 사이를 비벼 씻으며 힐긋, 눈을 올렸다.

아무 생각 없이 시선을 옮긴 거울에서 남자애와 눈이 마주쳤다. 재빨리 고개를 숙이고 수도 레버를 내리는데 옆에서 목소리가 날아들었다.

"2학년이네?"

"네? 아, 네."

"전학?"

"……네."

"몇 반인데?"

겁나 꼬치꼬치 캐묻네.

"1반이요."

오? 소리를 내며 남자가 반색했다. 물기를 털지도 않은 채 후다닥 나가려는데 야, 하는 짧고 굵은 목소리가 발목을 잡았다. 문손잡이를 잡은 채 울상을 지었다.

뭐야, 나 첫날부터 찍힌 거야?

우는 표정을 거두고 돌아보자, 허공으로 포물선을 그리며 가방이 날아온다. 엉겁결에 두 손으로 가방을 잡았다.

나도 모르게 무거운 것을 받듯 무릎까지 굽혀가며 자세를 잡았으나, 그 동작이 허무하리만큼 가방이 가벼웠다.

각 잡아 구부린 다리, 숙인 허리, 길게 뻗은 두 손에 남자가 입술을 터트리며 웃는다.

"가는 길이니 부탁 좀 하자."

"예?"

"임석영 자리에 좀 놔주라."

"임석영 씨가 누군데요?"

멀뚱히 나를 보던 남자가 손가락으로 제 얼굴을 가리킨다.

"나."

뜬금없는 자기소개에 아, 하며 고개를 끄덕였다.

"그런데, 임석영 씨는 몇 학년 몇 반이죠?"

임석영이라고 자기를 소개한 사람이 몇 학년인 줄 몰라 존댓말로 물었다. 남자가 픽 웃음을 터트리며 고개를 기울였다.

"임석영 씨는 너랑 같은 반입니다."

내가 하고 싶은 말은 쓰바, 였지만.

"……네."

절로 공손한 대답이 튀어나간다. 가방을 고쳐 들고 화장실을 벗어났다. 벌어진 문이 서서히 간격을 좁혀가는데, 낮은 목소리가 틈으로 새어 나왔다.

"콩알만 한 게 귀엽게 생겼네."

달칵, 문이 닫혔다.

"흐어, 쫄았네."

숨을 몰아 뱉으며 가슴을 쓸어내렸다. 처음 마주친 학생들이라 그런지 잔뜩 긴장이 일었던 탓이다. 콩알? 나를 보고 한 말인가 싶었지만 신경 쓸 겨를이 없었다.

"동갑인 줄도 모르고 계속 존댓말 했네."

하지만 알 게 뭐람. 친구 할 것도 아니고 그런 건 중요하지 않다. 고개를 젓고는 걸음을 옮겼다.

교실에 가기 전 교무실에 들렀다. 가방 두 개를 어깨에 메고 들어온 나를 담임이 의아하게 쳐다봤지만, 묻지는 않았다. 그냥 공부를 겁나 열정적으로 하려는 놈인가 보다, 하고 생각하는 것 같았다.

담임을 따라 교실로 향했다.

"전학생이긴 하지만 개학 첫날이니 딱히 자기소개는 필요 없을 거야. 들어가서 그냥 빈자리에 앉으렴."

담임의 말에 고개를 끄덕였다.

교실 앞에 다다르자 왁자지껄한 남자애들 목소리에 심장이 쿵쿵 뛰었다. 문밖에 석고상처럼 굳어 있는 나를 담임이 고개를 내밀고 보았다.

chapter 1. 시발점

"안 들어오니?"

목소리에 퍼뜩 고개를 들고 교실 앞문으로 발을 들였다.

"앞문으로 들어온 김에 자기소개 하고 들어가 앉자."

자기소개 필요 없다고 했잖아요, 선생님…….

네모난 교실 안, 아이들의 시선이 한데 모였다. 우르르 앉아 있어 그런지, 다들 검고 각진 사물들처럼 느껴졌다.

둥둥둥, 가슴이 북처럼 울렸다. 누가 아주 작게, 엄청나게 작게 크기를 줄여 몸속으로 들어가 방망이로 심장을 치고 있는 것 같다. 손에 땀이 배고, 식은땀이 흘렀다.

"저 새끼 교복 봐. 우리 아빠 온 줄."

어디선가 나지막하게 흘린 목소리에 아이들이 키득거리며 웃었다.

"미쳤냐고, 새끼야."

낄낄거리는 소리에 담임이 교탁을 탁탁 두드렸다. 그러곤 쓥, 하며 산만한 아이들에게 눈치를 줬다.

긴장되는 것과 동시에 숨이 턱 막혔다. 오늘 위장 전학 첫날이고, 아직 1교시 시작도 안 했는데, 벌써 이렇게 힘들기 있냐.

"안녕. 홍차연이라고 해."

이름만 소개했을 뿐인데 아이들이 박수를 쳤다.

"와아, 전학생이다."

"차연이는 뒤에 빈자리 가서 앉아."

"네."

꾸벅 고개 숙여 인사하고 교실을 가로질렀다. 4분단 맨 뒷자리에 가방을 놓고 앉았다.

내 가방 하나를 걸고 나니 화장실에서 얼떨결에 받아 온 가방 하나가 남았다. 뒤에서 둘러본 교실 안에 임석영이란 놈은 안 보였다.

자기 가방이 아닌가, 하며 가방을 의자 뒤에 걸어두려는 순간, 옆 분단 맨 뒷자리에 엎드려 있는 녀석이 보였다. 파란색 바람막이가 낯설지 않다 싶은 생각이 드는 찰나, 엎드려 있던 녀석이 상체를 일으켰다.

짧은 숨을 터트린 녀석이 후드를 뒤로 밀어 벗고 머리를 좌우로 흔들어 흐트러진 머리칼을 고쳤다. 그러다 눈이 마주쳤다.

이른 시간, 햇빛이 교실 끝까지 밀고 들어온 탓에 남자애의 옅은 갈색 머리에 환한 빛이 걸렸다. 그 모습이 왠지 만화의 한 장면 같아 묘하게 시선을 뺏겼다. 멍하니 보자 녀석이 투박하게 말을 건다.

"부담스러우니까 그만 쳐다봐."

눈동자를 데굴데굴 굴리다가 다른 쪽으로 시선을 돌렸다. 임석영이다. 파란색 바람막이. 아까 화장실에서 마주친 놈.

나도 모르게 잘생긴 남자를 볼 때의 김누리가 되었다. 눈을 질끈 감았다가 떴다. 정신을 차려야 한다.

"줄래?"

그만 보랄 때는 언제고 시선을 돌리자 옆에서 말을 걸어왔다. 안 들리는 척 다른 곳만 응시했다.

애들 머리 스타일을 한 세 명 살펴봤을까, 갑자기 의자가 움직였다. 놀라서 돌아보니, 임석영이 다리를 뻗어 내 의자 다리에 발을 걸고 끌어당긴 거였다. 뭔 다리가 이렇게 길어.

"돌려주라고."

"어?"

영문을 몰라 눈만 끔벅이자 남자애가 내 손을 눈짓했다.

"아."

뒤늦게 알아차리고 가방을 내밀었다. 남자애가 가방을 낚아채 가져가자 손이 휑하니 비었다. 임석영 자리가 이 자리구나. 하필 내 옆자리네.

발을 굴려 의자를 자리로 끌고 가면서 힐긋 그의 얼굴을 보았다. 햇빛을 받은 얼굴이 거친 데 없이 매끄러웠다. 잘생겼네.

자세를 고쳐 앉고 가방에서 필통과 노트를 꺼냈다. 습관적으로 노트 겉면에 '김누리'를 적었다가 아차 싶어 실선을 죽죽 그어 이름을 지우고 '홍차연'을 적었다.

잊지 말자. 홍차연. 나는, 나는 홍차연.

조회 시간, 노트에 얼굴을 파묻고는 주절주절 주문을 외웠다. 제발 들어 먹기를 바라는 마음으로.

▲ ○ ☆

"악! 새끼야, 입 닫고 웃어. 침 튀잖아."

"등신아, 네가 머리를 웃기게 잘랐잖아. 꽁지 머리 뭐냐고. 그걸로 서예 하게?"

"꺼져. 유행이야."

"송대관이냐. 뭐만 하면 유행이래. 유행가, 유행가 신나는 노래~."

쉬는 시간, 난장판도 이런 난장판이 없었다. 교실 뒤에서 송대관 노래가 울려 퍼졌다.

머리를 바짝 깎은 애가 구수하게 유행가를 열창하는 중이었다. 삐딱하게 의자에 앉은 아이들이 명창이 따로 없다며 웃었다.

가만히 앉아서 대화하는 걸 듣고만 있는데도 누가 시비를 거는 것처럼 심장이 쪼그라들었다. 차지게 오가는 대화에 눈동자만 어색하게 굴리다가 책상에 엎드려 누웠다.

신이시여, 정녕 이것을 몇 달이나 해야 한다고요?

구부린 두 팔 안에 얼굴을 파묻고 울상을 지었다. 등교 한 시간 만에 때려치우고 싶어질 줄은 몰랐다.

"하……."

깊은 한숨을 내뱉은 순간, 우당탕 소리가 들리더니 빡, 무언가 등을 내리누른다. 그 무게에 책상이 밀리고 의자에서 나가떨어졌다. 어안이 벙벙했다. 아픈 것도 아픈 건데, 이 상황이 너무 당황스럽다.

바닥에 엎어진 채 돌아보니, 저들끼리 닭싸움을 하다가 튕겨 나간 한 놈이 내 쪽으로 쓰러진 것 같았다. 옆에서 나와 같은 모양새로 드러누운 놈이 혼자 정신 나간 것처럼 웃고 있었다. 활자로 그 웃음을 기록하자면 'ㅋㅋㅋㅋㅋ'의 무한 반복 정도 되려나.

"악, 김윤환 미친 새끼, 겁나 쉽게 날아가네."

"종이 인형인 줄."

웃음이 안 끊겼다. 그 사이에서 나만 멍청하게 책상 다리를 쳐다보고 있었다. 눈의 방향이 그랬다. 머리가 여전히 바닥에 붙어 있었다.

"종이 인형 새끼야, 너 때문에 전학생 나가리 됐잖아."

"엇, 야, 미안하다."

정신 나간 것처럼 웃던 놈이 자리에서 일어나 손을 내밀었다.

"괜찮냐?"

"……어, 괜찮아."

일어나 넘어진 책상을 세우고 떨어진 필기구와 교과서를 주웠다. 무릎이 시큰했다. 제대로 바닥에 처박았다.

학교 다닐 때는 앞자리가 그렇게 싫었는데, 지금은 격하게 앞자리로 가고 싶다. 왜 애들은 쉬는 시간에 교실 뒤에서 노는 걸까. 복도가 더 넓잖아. 복도로 나가 새끼들아, 하는 말이 턱 끝까지 올라왔지만 꾹 삼켰다.

뒤에선 다른 닭들이 출전해 싸움을 하는 중이었다. 눈을 돌려 벽에 붙은 시계를 확인했다. 쉬는 시간 3분 지난 거 진짜냐. 입에서 한숨이 길게 흘러나왔다.

△ ○ ☆

점심시간, 식판을 들고 아무도 없는 빈자리에 앉았다.

"급식 얼마 만이냐."

1교시부터 4교시까지 죽을 맛이었는데, 식판 가득 채워진 일용할 양식을 보자니 금세 기분이 좋아졌다. 숟가락을 들고 밥을 한 숟가락 크게 퍼서 입에 넣었다.

"내가 좋아하는 어묵볶음."

음음, 하는 콧노래를 흥얼거리며 어묵볶음을 집어 먹었다.

탁, 탁, 탁, 식판 놓는 소리에 고개를 들었다. 열심히 밥 먹는 데 열중하고 있는데 웬 무리들이 식판을 놓았다. 옆으로 앞으로 비어 있던 테이블에 검은 무리들이 자리를 차지하고 앉았다.

"아, 미친. 어묵볶음 겁나 자주 나와."

힐긋, 아이들의 얼굴을 살피는데 괜히 심장이 쪼그라들었다. 무슨 고등학생 얼굴이 저렇게 험악해. 얼른 식판 비우고 나가야지, 생각하며 밥 먹는 속도를 높였다.

여유롭게 앉아 후식까지 먹을 수 없어 바나나는 주머니에 넣고 식판을 정리했다. 숟가락과 젓가락을 한 손에 챙겨 들고 식판을 들었다.

테이블 사이를 빠져나가는데 내디딘 발이 쭉 밀려나며 중심이 뒤로 무너졌다.

"어?"

시야가 정면에서 천장으로 이동했다. 안 돼, 라는 생각이 무색하게도 두 발이 헛돌며 몸이 뒤로 기울었다. 손에서 떨어져 나간 식판이 쨍, 소리를 내며 바닥으로 곤두박질치고, 얼마 안 남긴 반찬들이 정처 없이 흩어졌다.

내 몸은 급식실 바닥, 테이블 사이에 천장을 바라본 채 뻗어 있었다. 이게 무슨 일이야.

"아으……."

얼굴을 찌푸리며 상체를 일으켰다. 슬리퍼 밑창에 바나나 껍질이 붙어 있다.

어떤 새끼가 흘리고 갔어. 바닥도 못 짚고 고꾸라진 탓에 엉덩이뼈가 부서진 느낌이었다. 팔꿈치를 바닥에 제대로 처박았는지 어깨에서부터 팔 전체가 시큰거린다.

"시발, 뒈지고 싶어서 환장했나."

내 몸도 못 추스르고 앓는 소리를 내고 있는데, 천장을 가리며 험악한 얼굴 하나가 튀어나온다.

"식판 반납을 하려면 제대로 해야지. 왜 여기서 절을 하고 지랄이냐고."

"……예?"

"다 튀었잖아, 새끼야!"

잔뜩 찌푸렸던 얼굴을 대충 펴고, 위에서 곧 발이라도 내리꽂을 것처럼 눈알을 굴리고 있는 남자의 교복을 훑었다. 왼쪽 옷소매에 김칫국물이 점점이 물들어 있었다.

"어, 어떡하지. 죄송합니다."

욱신거리는 몸을 일으켜 옷소매를 쓱쓱 닦자 덥석 멱살이 잡혔다. 몸이 크게 흔들리더니 들어 올리는 힘에 절로 까치발이 들린다. 발꿈치는 바닥에서 떨어지고, 꼿꼿하게 편 발가락을 허둥지둥 바닥에 붙였다.

"그게 손으로 닦는다고 닦이냐? 더 번졌잖아!"

"억, 저기, 윽."

"야, 장난하냐? 어?"

두툼한 주먹에 옷깃이 빨려가듯 잡혀 목이 조였다. 컥컥하는 숨이 불안정하게 튀어나가고, 그만 놓으라고 하고 싶은데 목이 막혀 얼굴만 찌푸려졌다.

비스듬히 고개를 꺾어 내린 남자애가 더러워진 소매에 코를 대고 킁킁거렸다. 그러더니 소매에서 얼굴을 확 떨어트리고 인상을 썼다.

"아, 미친! 냄새나서 이걸 어떻게 입고 있냐고."

"체육복 있어?"

남자의 옆에 있던 친구가 말했다. 그러자 남자가 얼굴을 험악하게 구기며 제 친구를 돌아본다.

"체육복 입고 집에 가라고? 내가 너냐?"

그 말에 친구가 입을 다문다. 뭐야, 이게. 친구 맞나.

"짜증 나네, 진짜."

남자애의 눈이 멱살 아래를 훑고 지나간다.

"야, 이거라도 벗어."

"예……?"

"셔츠 바꾸자고."

급식실에서 옷을 벗으라니, 황당하기 그지없어 눈만 끔벅였다. 덩치가 곰 같은 녀석이 나와 셔츠를 바꿔 입는다는 발상부터가 터무니없다. 야수 콘셉트, 이런 걸 원하는 건가? 셔츠 갈

가리 찢어지는, 그런.

"사람 말 무시하냐?"

"아니, 그게 아니고……."

앞뒤로 몸이 흔들렸다. 허둥대며 두 다리를 움직였다. 숨 막힌다고. 놓고 말하라고.

옷깃을 움켜쥔 주먹을 두 손으로 탁탁 때리는데 어디선가 숟가락이 날아들었다. 그리고 그 숟가락이 앞에 선 남자애의 머리통을 정통으로 가격했다. 딱! 하는 소리가 맑게 울리자 남자애의 얼굴이 단번에 일그러진다.

"시발, 어떤 미친 새끼가."

남자애가 홱 고개를 돌리고 숟가락 던진 놈을 찾았다. 시야를 막고 있던 머리가 비스듬히 돌아가며 옆 테이블이 드러났다.

남자애를 따라 시선을 돌리자 거기에 임석영이 앉아 있었다. 오전에 화장실에서 보았던 회색 후드 티, 남색 맨투맨과 함께였다.

"밥 먹는데 되게 요란하네."

임석영이 퍽 짜증 난다는 얼굴로 말을 뱉었다. 남자애가 멱살을 놓고 임석영에게로 걸음을 옮겼다. 꽉 막혔던 숨이 트이자 기침이 연달아 쏟아진다.

"야, 임석영."

"왜?"

"네가 던졌냐?"

"뭐를."

"숟가락, 새끼야!"

"아니?"

쭈글쭈글해진 옷깃을 매만지며 험악한 분위기가 옮겨 간 테이블을 보았다. 남자애가 임석영의 식판을 요리조리 살폈다.

"그럼 네 숟가락 어디 있냐? 어?"

"젓가락만 가져왔는데?"

임석영이 천연덕스러운 얼굴로 남자애를 올려다보았다.

"장난하냐?"

"내가 너 같은 새끼랑 장난을 왜 해. 장난은 친구끼리나 하는 거지. 너 나랑 친하냐?"

그 말에 남자애의 손이 부들부들 떨린다.

"……시발, 진짜."

상체를 움직여 고개를 내민 임석영이 남자애의 옷소매를 살폈다.

"별것도 아닌 걸로 난리네. 빨아 입어라, 이 정도는."

옷소매에서 시선을 거둔 임석영이 부들거리며 서 있는 남자애의 얼굴을 무표정하게 쳐다보았다.

"빨아 입기 싫으면 버리고 새로 사든가."

분위기가 살벌했다. 어떻게 말리는 사람이 아무도 없다. 자리에서 엉거주춤 일어나 있던 그의 친구들이 식판을 챙겨 들고 남자애를 급식실 밖으로 이끌었다.

"야, 은호야, 나가자."

"아, 놓으라고!"

chapter 1. 시발점

남자애가, 그러니까 이름이 은호라는 녀석이 신경질적으로 제 팔을 잡은 손을 떨쳐냈다.

뭐, 이거 놔! 야, 임석영! 옥상으로 따라와! 그런 말을 하려고 저러나 싶었는데 "아아, 네가 참아." 하며 다시 제 팔을 잡는 친구들에게 순순히 팔을 내어주었다.

그러더니 울분에 찬 듯 괴성을 내지르며 잘만 놓여 있는 의자를 발로 쾅쾅 찼다. 보아하니 임석영한테는 깜냥이 안 되어서 저러는 것 같은데, 내 멱살은 잘도 잡았겠지. 이렇게 억울할 수가.

"야, 너 몇 학년이냐."

친구들에게 억지로 끌려 나가던 녀석이 걸음을 멈추고 나를 돌아봤다. 아무런 말도 못 하고 올려다보자 녀석이 무릎을 굽혀 앉으며 내 어깨를 밀어 올린다.

"뭐야, 같네. 홍차연? 너는 학교생활 존나 고될 줄 알아라."

"……"

날 선 눈이 표독하기 그지없었다. 나를 죽어라 흘기던 녀석은 친구들과 함께 급식실을 벗어났다.

별안간에 당한 일로 심장이 벌렁거렸다. 바닥에 떨어진 식판과 수저를 주워 들었다.

이 학교 왜 이래. 왜 다 양아치뿐이야. 괜히 서러운 마음이 들어 코끝이 찡해졌다. 홍차연 이름표만 안 달고 있었어도……. 망나니 새끼에게 망나니라는 말 한 마디 못 하는 처지가 못내 서럽다.

입술을 댓 발 내밀고 울음을 꾹 삼키는데 임석영과 눈이 마주쳤다. 뭐, 고맙다는 인사라도 해야 하나, 망설이고 있는데 임석영이 먼저 눈을 돌린다.

테이블 위에 식판을 놓고 화장지를 뜯었다. 아이들이 힐끔거리는 게 느껴졌지만 양념이 튄 바닥을 그대로 두고 갈 수는 없었다.

한 것도 없이 힘난한 느낌이었다. 누군가가 내 멱살을 거머쥔 건 처음이었다.

"심심하냐? 갑자기 강은호한테 숟가락은 왜 던져, 미친놈아."

쪼그려 앉아 바닥에 흩뿌려진 양념을 닦던 손이 멈칫했다.

"누가 던졌다고 그래. 미끄러진 건데."

"미끄러져? 미친, 활 쏘듯 조준해서 날리더만."

"어어? 남윤수, 사람 막 모함하네."

"모함? 웃기고 있네. 쓸데없이 시비 걸지 마. 괜히 또 싸움 날라."

"응. 알았으니까 숟가락 좀."

"싫은데."

"찬영아, 숟가락."

"없어."

드르륵, 의자를 끄는 소리에 눈을 올렸다.

"어디 가."

"숟가락 가지러 간다."

배식대로 몸을 돌린 임석영과 눈이 마주쳤다. 잽싸게 눈을 내리깔고 바닥을 문질렀다. 멀어지는 그의 발이 보인다.

빨갛게 물든 화장지를 들고 일어났다. 배식대를 향해 걸어가는 임석영의 뒷모습을 쳐다보았다.

그치. 남자애들은 대부분 저렇게 키가 크지. 내가 너무 작아서 만만한 건가.

갑작스레 울적한 마음이 들었다. 오늘만 이러란 법이 없었다. 이렇게 종종 멱살 잡히고 위협받을 생각을 하니 앞이 캄캄하다. 사모님한테 죄송하다고, 못 하겠다고 말해볼까. 어깨가 축 처진다.

할머니와 함께 사는 집, 그 집이 멀어지는 느낌이 들었다. 바닥을 닦은 화장지와 식판, 수저를 챙겨 들고 힘없이 퇴식대로 향했다.

"할무니……."

우울한 음성을 흘리며.

♤ ○ ☆

정류장 옆에 있는 나무 기둥 앞에 멀뚱히 서 있다가, 들어온 버스의 번호를 확인하고는 헐레벌떡 뛰어 탔다. 여기서 유일하게 동네로 가는 버스였다.

- 학생입니다.

경쾌한 소리가 울리고, 밀고 들어갈 틈 없는 꽉 찬 버스 내부가 눈에 들어온다.

　나를 마지막으로 태운 버스가 문을 닫고 느리게 출발했다. 학교에서 우르르 올라탄 아이들 때문에 버스가 만원이었다. 두리번거리다 운전석 뒤에 있는 기둥을 잡았다. 몇 정거장 지나면 조금 한산해지겠지, 하는 기대를 가지고.

　"으으윽!"

　버스가 급커브를 돌 때마다 몸집 큰 아이들이 중심을 잡지 못하고 앞으로 옆으로, 아주 마구잡이로 눌러댔다. 기둥 하나를 잡고 그걸 버티는 게 보통 일이 아니었다. 버스가 좌회전을 하고, 서 있는 아이들의 몸이 한데로 쏠리고, 그 쏠린 몸이 내 어깨를 누른다.

　"아아악!"

　세상에 쉬운 일이 이렇게 없어요.

　이를 악물고 거대한 몸집들을 버티고 있을 때 핸드폰이 진동했다. 주머니 안에서 달달달 진동하는 핸드폰을 꺼내 발신자를 확인했다.

　[할무니]

　전화를 받는 동시에 버스가 정류장에 정차했다. 앞문과 뒷문이 동시에 열리고, 절대 안 내릴 것 같던 아이들이 우르르 버스에서 하차했다.

　슬쩍 몸을 돌리고 아이들이 휩쓸고 간 버스 내부를 훑었다. 빈자리가 눈에 들어와 후다닥 달려 앉았다. 가방을 무릎에 놓고 나서야 첫 인사를 뱉었다.

chapter 1. 시발점

"응, 할머니."

— 전화를 왜 이렇게 늦게 받어?

"그랬나. 왜 전화했어?"

— 일 끝났어?

학교를 자퇴하고 아르바이트를 시작했다. 할머니는 프랜차이즈 레스토랑에서 일하는 줄 알고 있었지만, 내가 하는 일은 중국집 배달이었다. 시급이 9천 원이었다. 안 할 이유가 없었다.

탁수반점. 사장 이름이 김탁수였다. 처음엔 도보 배달을 했다. 철가방을 들고 가까운 거리의 배달지에 배달하는 거였다.

나름 만족스러운 알바였다. 옷에 기름 냄새가 배는 게 흠이었지만, 이 정도로 시급을 잘 쳐주는 곳이 없었다. 다만, 할머니가 개코라는 것이 살짝 마음에 걸렸다. 할머니는 오랜 세월 부엌에 붙어살아서 그런지 음식 냄새를 기가 막히게 맡았다. 알바 끝나고 할머니를 만나러 갔다가 "이게 무슨 중국 요리 냄새야?" 하는 소리를 들었으니.

엄마가 세상을 떠나고, 나는 할머니와 함께 홍차연네 집의 관리인 숙소에서 생활했었다. 알바가 끝난 밤마다 할머니와 마주쳐야 했으니, 오래가지 않아 중국집에서 일하는 것을 들키거나, 내가 그만두거나, 둘 중 하나가 될 것 같았다.

그래서 생각했다. 아무래도 반지하나 옥탑, 무엇이 되었든 싼 방을 얻어 나가야겠다고.

그러던 어느 날, 오토바이 배달을 하는 오빠와 가게 앞에서 아이스크림을 먹으며 이야기를 나누다가 서로 시급이 다르다는 걸 알게 됐다.

천 원. 오토바이 배달 시급이 천 원 더 셌다. 티끌 모아 태산이라는 말도 있는데, 천 원은 티끌치고 내게 너무 컸다. 나는 바로 원동기 장치 자전거 면허를 취득했다. 사장은 흔쾌히 도보 배달에서 오토바이 배달로 위치를 변경해 주었다.

탁수반점 불로켓. 당시 그것이 내 별명이었다. 총알배달이 아니라 로켓배달이었다. 그냥 날아다녔다. 한 건이라도 내가 더 배달하고자.

통장에 차곡차곡 쌓이는 잔액을 볼 때마다 흐뭇했다. 그렇게 나는 할머니의 반대에도 불구하고 독립했다.

할머니는 지금 내가 그 옥탑에서 프랜차이즈 레스토랑으로 출퇴근을 하고 있는 줄 알았다.

"응. 지금 집에 가는 길."

— 밥은?

"집에 가서 먹어야지. 할머니는?"

— 할미는 해 떨어지기 전에 진즉 먹었지. 집에 가기 전에 들렀다 가. 반찬 싸놨어.

"반찬? 그때 할머니가 준 거 아직 남았는데."

— 오늘 누리 좋아하는 어묵 볶았어. 어묵도 할미가 직접 만들었다. 넉넉히 만들었으니까, 들렀다 가.

"……."

— 왜 대답이 없어?

괜스레 목구멍이 꽉 막혔다. 엄마와 둘이 살 때도 할머니는 종종 홍차연 집의 음식들을 뒤로 빼서 우리에게 주었다. 남아서 버리라고 하는 음식인데도 눈치가 보이는지 그것들을 늘 조심스럽게 전달했다.

생수를 사기도 빠듯해서 물을 끓여 마셨던 엄마와 내가 소고기 미역국을 먹고, 갈비를 뜯고, 굴비를 구워 먹을 수 있었던 건 할머니 덕분이었다.

처음에는 그저 좋았는데, 음식이 나오는 통로를 알게 된 후로는 서글프기만 했다. 그 집 식구들이 먹지 않는 음식을 들고 나오는 할머니 심정은 오죽할까.

"……응. 옷 갈아입고 갈게."

— 와서 전화혀.

"응, 할무니."

뚝, 전화를 끊고 통화 시간이 깜박거리는 액정을 물끄러미 보았다. 코끝이 찡해지더니 눈물이 핑 돌았다. 점멸한 액정으로 뚝, 눈물이 떨어진다. 그게 무슨 신호탄이라도 되는 듯 안에서부터 파도처럼 울음이 몰려왔다.

꾹 다문 입술을 삐죽 내밀고 미간을 찌푸렸지만, 결국 눈물이 터졌다.

"히잉."

고개를 푹 숙이고 바쁘게 얼굴을 문질러 닦았다. 그런데 자꾸 귀에 이명처럼 어묵~ 어묵~ 어묵~ 하는 소리가 울렸다.

어묵. 할머니가 그 주름진 손으로 홍차연 식구들 식탁에 올리려고 만들었을 어묵.

"……부산, 어묵, 흐으, 사 먹지."

잇새로 흐느끼는 소리가 새어 나가고 어깨가 들썩거렸다. 옷소매로 눈물을 훔쳐 닦고 코를 훌쩍였다. 무릎에 둔 가방 지퍼를 열어 휴대용 티슈를 찾았다. 필통, 노트가 전부였다.

훌쩍훌쩍, 소리를 내며 코를 먹고 가방 지퍼를 올리는데 비어 있는 옆자리로 툭, 무언가 날아든다.

속눈썹 끄트머리에 대롱대롱 매달려 있던 눈물이 뺨을 타고 죽 흘러내렸다. 뜨겁게 선을 그으며 떨어지는 눈물의 방향을 느끼며 고개를 들었다. 맞은편 의자에 같은 교복을 입은 남자애가 눈살을 찌푸리고, 되게 못 볼 것을 봤다는 표정으로 나를 쳐다보고 있었다.

"……임석영?"

"야, 코 먹는 소리 진짜 듣기 싫거든?"

"어?"

"크르릉, 크르릉, 그 코 먹는 소리 듣기 싫다고."

"아, 미안……."

"미안하면 그만 먹고 좀 풀어라. 그 정도 먹었으면 배불러서 저녁 안 먹어도 되겠네."

코 먹는 거랑 저녁이랑 뭔 상관이야.

"……고마워."

옆에 있는 휴대용 티슈를 들고 팍팍 화장지를 뽑았다. 두툼하게 화장지를 겹쳐 들고 코를 풀었다.

chapter 1. 시발점

크응, 하는 소리가 너무 컸나 싶어 눈을 동그랗게 뜨고 눈치를 살폈다. 옆으로 굴러간 눈이 임석영과 마주친다.

나를 보는 임석영의 미간이 찌푸려졌다. 코 풀라고 할 때는 언제고, 푸니까 또 그 소리가 못마땅한 모양이다. 어느 장단에 맞추라고.

두 손으로 휴지를 잡은 채 코를 막고 있자, 임석영이 손을 들어 휘휘 저었다. 자기 쳐다보지 말고 하던 일이나 마저 하라는 말인 것 같아 고개를 돌리고 흥흥 소리를 실컷 내며 코를 풀었다.

불편하게 막혀 있던 코가 뻥 뚫리니 괜히 숨통도 트이는 느낌이다. 서럽던 마음도 가라앉았다.

"여기."

임석영 쪽으로 휴대용 티슈를 건넸다. 둘 다 창가 쪽에 붙어 앉아 있어 손을 내민다고 닿는 거리는 아니었다.

창밖을 보던 임석영이 고개를 돌려 내 손에 들려 있는 휴대용 티슈를 보았다.

"됐어. 너 가져."

"아직 많이 남았는데."

"필요 없어."

뭐, 그럼 그러든가.

가방 지퍼를 열고 휴대용 티슈를 챙겨 넣었다. 지퍼를 쭉 끌어 올리고 힐긋 눈을 돌렸다. 창밖으로 시선을 던진 옆모습이 보였다.

정류장에 다다른 버스가 천천히 속도를 늦춰 정차했다. 가방을 챙겨 든 임석영이 자리에서 일어나며 뒷문 앞에 섰다.

문이 열리기 전, 임석영이 고개를 돌려 멀뚱히 앉아 있는 나를 보았다.

"내일 보자, 전학생."

"어? 어, 그래."

"울지 말고."

어? 뒷문이 옆으로 밀려나며 열리고, 가방끈을 어깨에 걸친 임석영이 계단을 밟고 내려갔다.

멍하니 있다가 창밖으로 시선을 돌렸다. 저벅저벅, 긴 다리로 길을 걸어가는 임석영의 뒷모습이 보였다. 모퉁이를 꺾어 들어가며 임석영이 시야에서 사라졌다.

앞문과 뒷문을 모두 닫은 버스가 천천히 정류장을 벗어났다. 창밖에 두었던 시선을 거두고 창문에 머리를 기댔다. 손에는 코 푼 휴지 뭉치가 야구공처럼 자리하고 있었다.

양아치만 우글거리는 학교인 줄 알았는데, 어쩌면 임석영 쟤는 좀 친절한 애일지도 모른다.

제발 그랬으면, 생각하며 휴지 뭉치를 주머니에 집어넣었다.

ㅿ ㅇ ☆

다음 날.

"부산, 어묵, 흐ㅇㅇ응, 사 먹지, 크ㅇㅇㅇㅇ응!"

임석영, 쟤는 좀 친절한 애일지도 모른다는 어제의 말을 취소한다.

"미친, 뒤에 크으응, 뭐냐고. 공룡이냐?"

"아 진짜 이렇게 코를 먹었다니까."

아이들 눈을 피해 쓸 만한 화장실이 있는지 찾기 위해 학교를 돌아봤다. 그 결과 학반이 없는 4층이 가장 한적하고, 아이들 눈을 피해 화장실을 가기 좋아 보였다.

화장실 물색을 마치고 교실로 돌아가는 중이었다. 복도 한쪽에서 친구들과 떠들고 있는 임석영을 발견했다. 저 공룡 이야기는 분명 내 이야기인 듯했다.

검은색 후드 티 입은 애의 어깨 위에 손을 얹은 채 깔깔 웃던 임석영이 사뭇 걱정스러운 얼굴을 하고서 말했다.

"아, 근데 웃을 일이 아니야. 전학 와서 힘든가 봐."

"미친, 지가 제일 많이 웃어놓고."

임석영이 웃음을 싹 거둔 얼굴로 머리를 도리도리 흔들었다.

"아니, 그건 열심히 코 푼 거 생각나서 웃은 거고."

그렇게 말하더니 또 웃긴지 키득거리며 웃는다. 저 새끼 뭐야, 이중인격이야?

"슬픈 일이 있었나 보지, 새끼야. 왜 남의 슬픔을 가지고 놀려."

검은색 후드 티가 임석영의 배를 쿡 찌르자 그가 몸을 비틀며 한 걸음 물러났다.

"놀리기는. 걱정되니까 그렇지."

"크으으으응! 이게 놀리는 거지. 아니라고?"

"아닌데. 그건 진짜 걔가 낸 소리인데. 야, 걔만 몰랐지 버스에 있던 사람들 다 쳐다봤어."

"놀리는 거 맞네. 이거 은근 악랄한 새끼라니까."

검은색 후드 티가 다른 아이와 눈을 맞추며 임석영에게 손가락질을 했고, 임석영이 고개를 옆으로 꺾으며 웃었다.

"악랄은. 눈물 닦고 코 닦으라고 휴지도 줬는데."

복도에 있는 애들한테 관심이 없는 건지, 내가 저들보다 키가 작아서 안 보이는 건지, 셋은 계속 내 이야기를 이어나갔다. 복도 한쪽에 서서 내가 듣고 있는 줄도 모르고.

교실로 가려면 저들을 지나쳐 가야 하는데, 괜히 지나가다가 눈에라도 들면 발목 붙잡힐까 봐 쉽게 걸음이 안 떨어졌다. 두 주먹만 불끈 쥐고 노려볼 뿐.

아마 눈에서 레이저가 나갔다면 저 셋의 목을 정확하게 그었을 것이다.

눈이 저절로 가늘어졌다. 야, 너희들, 사람을 바로 앞에 두고 그렇게 까기 있냐?

다른 층으로 돌아서 갈까, 고개를 팍 수그리고 갈까, 고민하던 중 무리 중 한 명과 눈이 마주쳤다. 검은색 후드가 턱을 들어 나를 가리킨다.

"쟤잖아."

갑자기 나를 콕 찍는 턱짓에 옆에 있던 두 사람의 시선이 내게로 향한다.

주머니에 손을 찔러 넣고 삐딱하게 선 임석영이 "아⋯⋯." 하고 목을 울렸다. 복도에 내가 있는 줄 몰랐는지 퍽 난감한 눈치다.

불퉁한 얼굴로 나를 보고 선 세 명의 명찰을 훑었다. 임석영 명찰엔 임석영 이름이, 검은색 후드 티 명찰엔 남윤수라는 이름이, 나머지 한 명의 명찰에는 김찬영이라는 이름이 박혀 있다.

"쟤가 부산 어묵 찾으면서 울었다고? 콧물도 안 나게 생겼는데."

"야⋯⋯."

임석영이 남윤수의 발을 툭 치며 눈치를 준다. 뒷말을 한 것이나 다름이 없으니 눈치껏 닥쳐야 하는데 남윤수에겐 그런 눈치가 없는 모양이었다.

그 사이에 끼기 싫었는지 김찬영이 조용히 복도를 가르며 교실로 들어갔다. 남윤수만 영문을 모르는 얼굴로 제 발을 건드린 임석영을 보았다. 임석영과 눈이 마주치자마자 시작종이 울린다.

"엇, 종 쳤다. 석영쓰, 이따 봐."

임석영을 향해 손을 휘휘 흔든 남윤수가 앞에 있는 교실로 들어갔다. 자연스레 무리가 흩어지고 임석영 혼자 남았다.

괜스레 표정이 딱딱해졌다. 욕을 들은 것도 아닌데 은근 기분이 나빴다.

멈췄던 걸음을 뗐다. 터벅터벅 걸어가다가 임석영의 팔뚝을 쳤다. 지나가다가 부딪친 것처럼. 그러나 고의가 다분한 충돌이었다.

시선을 올리자 나를 내려다보는 눈이 보였다. 임석영이 눈썹을 올리며 나를 봤다. 지나가면서 억지로 저를 친 게 당황스러운 듯 보였다.

너 왜 내 이야기를 뒤에서 그렇게 해? 따져 물으려는데 버스에서 휴지를 건넨 임석영의 모습이 떠올랐다.

"내일 보자, 전학생. 울지 말고."

순간 기분이 나빠 어깨를 들이밀긴 했는데, 문득 떠오른 어제의 일에 감정이 누그러졌다.

아, 조금만 더 빨리 떠올랐으면 얼마나 좋아.

"미안. 복도가 좁아서……."

임석영이 한산한 복도를 둘러본다. 아무리 봐도 어깨를 부딪칠 정도는 아닌지 좁은가? 하며 고개를 갸웃한다.

"괜찮아."

임석영이 제 팔을 툭툭 털어내며 나를 지나쳐 갔다.

"그다음 체육인데."

책상에 엎드려 누운 채 억지로 눈을 감고 쉬는 시간을 버티고 있었다. 내일은 이어폰 꼭 챙겨 와야지, 생각하고 있는데 책상이 흔들렸다. 누군가 발로 책상 다리를 툭툭 건드린 듯했다.

"전학생, 체육이라고."

고개를 들자 옆에서 임석영이 체육복 상의에 두 팔을 끼워 넣고 있었다. 목둘레 밖으로 쏙, 머리가 튀어나온다.

가만 앉아서 보고만 있자 임석영이 의자에 앉아 체육복 바지 밑단을 접어 올리며 눈을 올린다.

"체육복 없어?"

있을 리가 있나. 작게 고개를 끄덕이자 무릎을 탈탈 털고 일어난 임석영이 책상 위에 올려둔 핸드폰을 주머니에 찔러 넣으며 교실 뒷문으로 향했다.

"따라와. 빌려줄게."

나한테 한 말인가. 그런 생각을 하고 있는데 뒷문에 선 그가 걸음을 멈추고 뒤돌아보았다.

미동 없는 나를 확인하고는 문을 쿵쿵 두드린다. 머리 위에 물음표를 띄우고 쳐다보자 임석영이 고개를 기울여 복도를 가리켰다. 안 나오고 뭐 하냐는 듯.

"아, 안 그래도 돼."

난 체육을 안 할 거거든.

뒷말은 차마 못 했지만 네 호의 따위 필요 없다는 듯 굳건하게 의자에 엉덩이를 붙이고 앉아 있었다. 그러자 임석영이 뭐 알아서 하라는 양 더는 말하지 않고 갔다.

교실을 둘러보았다. 다들 언제 나간 건지 남아 있는 학생이라곤 나 혼자였다. 체육이라니, 생각만으로 눈앞이 캄캄하다. 조용히 구석에 앉아 있어야지.

내 시나리오는 '선생님, 제가 전학생이라 아직 체육복이 없습니다. 오늘은 저기 앉아서 구경할게요.'라고 말하면 선생님이 '아, 전학생이구나. 그래, 체육복이 없으면 저기 앉아서 그냥 구경해라.' 하는 것이었다.

"야, 전학생! 패스!"

그런데 지금 내 발에 자꾸 차이는 거, 이거 축구공 맞냐고.

나는 지금 골대를 향해 달려가고 있다.

"비켜!"

그것도 이렇게 소리를 지르면서. 망할 놈의 승부욕.

원래도 학교 다닐 때 몸 쓰는 건 잘했다. 대청소할 때도 무거운 교탁을 옮기는 사람은 나였다. 그렇게 뭔가를 옮기고 나면 기분이 홀가분했다.

힘이 좋아서 그런지 체육 시간에도 늘 날아다녔다. 계주를 제일 잘했고 피구, 발야구 같은 공 던지고 차는 것도 곧잘 했다.

그런데 우르르 몰려다니며 축구나 농구를 할 일은 없었다. 그냥 학교 남자애들이 운동장에서 공 차는 거 구경하는 정도였는데. 이렇게 재능이 있을 줄이야?

"전학생!"

나를 부르는 소리에 시선을 돌리자 비슷한 선상에서 달리고 있는 임석영이 손을 들고 까닥인다.

"패스! 패스!"

공 달라는 말에 주위를 살피고 빵 차올렸다. 공을 차올린 뒤, 뒤늦게 달려온 상대편 수비수 어깨에 거하게 치였다. 운동장 바닥으로 튕겨 나가듯 고꾸라졌다.

"으억!"

흩어지는 흙먼지에 콜록거리며 공을 살폈다. 축구도 해본 적 없는데 패스가 제대로 될까 싶었다.

그런데 발야구로 홈런 여러 번 때린 실력이 여기서 나온 것인지, 애먼 곳으로 튀어갈까 걱정했던 공이 허공으로 붕 떠올라 임석영 머리 위로 낙하한다. 그 정확한 착지에 입이 벌어졌다.

"오?"

가슴으로 공을 튕겨 받은 임석영이 오른쪽 다리를 크게 휘둘러 공을 찼다. 빵, 하며 날아간 공이 상대편의 골문을 흔들었다.

"와아!"

여기저기서 함성이 터졌다. 그 소리에 괜히 가슴이 둥둥 뛴다.

축구, 좀 재밌잖아? 이래서 축구에 환장하는 건가, 생각하며 무릎을 털고 일어났다.

어쩌다가 축구 대열에 합류한 탓에 교복 재킷도 벗지 못하고 뛰었다. 목 폴라까지 껴입고 있어 후덥지근했다.

흙투성이가 된 교복을 탈탈 털었다. 손바닥이 천에 닿을 때마다 따끔거려 얼굴을 찌푸리고 뒤집어 보았다. 넘어지면서 손으로 바닥을 짚고 비볐는지 살갗이 말려 올라가 벗겨져 있었다.

"아…… 까졌네."

수비수 새끼, 어깨빵으로 사람을 쳐놓고 괜찮으냐고 묻지도 않네.

손에 묻은 흙을 조심스레 털어내는데 뒤에서 누군가 목을 휘감으며 몸을 끌어안았다.

"으어!"

그 접촉에 소스라치게 놀라며 몸을 돌리자 땀에 젖은 임석영이 나를 봤다. 내 반응에 자기가 더 놀랐다는 듯 눈을 동그랗게 뜨더니, 이내 웃으며 머리를 헝클어트렸다.

"놀라기는. 패스 잘했다고."

"아……."

세차게 머리칼을 헤집은 손이 멀어졌다. 그래. 네 뜻은 잘 알겠고. 다가오지 마.

두 손을 펴서 가슴 앞에 두고 거리를 벌렸다. 그러자 임석영이 음? 하며 손목을 잡아 올린다.

"뭐야, 다쳤냐?"

"아, 패스하다가 넘어져서."

손을 뒤로 쑥 빼자 임석영이 별나다는 듯 무심하게 눈을 돌렸다. 그러더니 어깨를 잡아끌어 돌리고 운동장 계단 쪽을 향해 가볍게 등을 떠밀었다.

"그럼 구경이나 해, 그냥."

아까는 팀 수가 안 맞는 게 어디 있냐고, 바락바락 악을 써가며 전학생 너도 뛰어, 하고 소리치던 놈이.

진심인가 싶어 힐긋 눈을 돌렸다. 체육복 상의를 올려 얼굴을 문질러 닦은 임석영이 운동장 가운데로 뛰어 들어갔다. 그 모습을 멍하니 보다가 미간을 좁혔다.

"그런데 뭐지? 아주 명령조가 입에 붙었네."

chapter 1. 시발점

눈을 가늘게 뜨고 흘겨보다가 계단으로 걸음을 옮겼다.

"어, 야!"

"피해, 새끼야!"

몇 걸음 걷지도 않았는데 운동장에서 우렁찬 소리가 울렸다. 왠지 나를 부르는 것 같아 돌아보는데, 빡! 소리를 내며 축구공이 얼굴을 강타했다.

후드득, 인중을 타고 뜨거운 것이 흘러내리는 것 같더니 눈앞이 빙글 돈다.

"어, 왜 운동장이 거꾸로 뒤집혀……."

▲ ○ ☆

끔벅끔벅, 눈을 움직이자 하얀 천장과 불 꺼진 전등이 보인다. 눈동자를 굴려 주위를 둘러보았다. 침대를 에워싸듯 커튼이 드리워져 있었다. 미세하게 알코올 냄새가 나는 게 보건실인 것 같다.

"기절한 건가."

너무 황당해 허, 하는 숨이 튀어나간다. 혹시나 누가 응급처치 하겠다고 교복이라도 벗겼을까 싶어 이불을 들추고 몸 여기저기를 살폈다. 셔츠 단추가 하나하나 잘 잠겨 있었다.

"일어났냐."

불쑥, 커튼 너머로 튀어나온 음성에 눈이 동그래졌다. 뭐지. 두 손으로 이불을 움켜쥐고 목소리가 튀어나온 커튼을 노려보았다.

"남자 새끼가, 코피 조금 쏟았다고 쓰러지냐."

상체를 일으키고 슬그머니 커튼을 젖혀 열었다. 옆 침대에 임석영이 교복을 입고 벌러덩 누워 있었다. 반만 걷은 커튼 사이로 눈이 마주친다.

"네가 업고 왔어?"

"그럼 뭐 안고 왔겠냐."

저, 저, 말 삐딱하게 하는 거 보소. 입술을 꾹 물고 꾸물거리다가 고맙다는 인사를 전했다.

"고마워."

임석영이 눈을 감은 채 고개를 작게 끄덕였다.

나는 침대에 걸터앉아 손에 난 상처를 살펴보았다. 상처 부위를 알코올로 닦아낸 듯 핏자국 없이 말끔했다. 손바닥이 반들반들한 게 연고를 얇게 펴 바른 것 같다. 보건 선생님이 처치해 주고 나간 건가.

"보건 선생님 안 계셔서 대충 했어."

"어?"

임석영이 내 손을 눈짓한다.

"아, 네가 했어?"

"그럼 뭐 기절한 네가 했을까."

이거, 이거, 말 자꾸 삐딱하게 하지. 모나게 떠지려는 눈을 문지르며 표정을 갈무리했다.

"고마워."

"표정은 안 그래 보이지만, 고마워한다고 생각할게."

눈을 문지르던 손이 멈칫했다. 좁아지려는 미간을 애써 반듯하게 폈다.

침대에서 내려와 운동화에 발을 집어넣었다. 허리를 숙여 발뒤축을 꿰어 넣는데 머리 위에서 임석영의 목소리가 들린다.

"지금 안 들어가는 게 좋을걸."

신발 안으로 손가락을 쿡쿡 찔러 넣다가 고개를 올렸다. 제 팔에 머리를 벤 임석영이 눈을 내려 나를 봤다.

"담임 수업이거든. 수학 좋아해?"

좋아할 리가. 작게 고개를 젓자 임석영이 담임은 막무가내로 번호 불러서 문제 풀어보라고 시킨다고 말했다.

조용히 운동화에 넣었던 발을 빼고 침대에 걸터앉았다. 임석영이 있는 침대 쪽을 바라보고 앉은 터라 시선의 방향이 애매하게 느껴져 다리를 올려 누워버렸다. 보건실 안에 정적이 맴돈다.

"아까 내가 너 울었던 이야기 애들한테 한 거, 실수한 건가?"

임석영이 그렇게 물은 건 천장만 보고 있기가 어색해 등을 돌리고 자는 척을 할 때였다. 눈을 뜨고 깜박거렸다. 돌아볼 타이밍이 애매해 아무런 말도 못 하고 있는데 자? 하는 물음이 넘어왔다.

"아, 아니."

그렇게 답하며 몸을 돌렸다.

"우는 모습이 귀여워서 그랬던 건데 기분 나빴을 거 같아.

뭐, 장난으로 울지는 않았을 테니까?"

그렇게 잘 아는 새끼가 공룡 흉내를 냈단 말인가.

"기분 나빴다면 미안."

"아…… 아니야."

예의상 아니라고 뱉은 말인데 임석영이 응, 하며 고개를 끄덕인다. 너무 빠른 수긍에 미안하다는 말마저 의심이 들었다. 그냥 해본 소리인 것 같다.

"전학 와서 힘들어?"

다시 찾아온 정적에 몸을 뒤척이고 있을 때 임석영이 물었다. 거짓말하는 게 마음에 걸릴 뿐이지, 몸과 마음이 지치고 버티지 못할 정도로 힘든 건 아니었다.

"아……?"

짧게 뱉은 말에 임석영이 아아, 하고 말았다. 그러곤 몇 분 뒤, 임석영이 대화를 잇듯 질문을 또 던졌다.

"아, 그런데 너 아까 공 잘 차더라. 가끔 학교 끝나고 애들이랑 모여서 공 차는데. 같이 할래?"

"아니……."

멀뚱히 천장을 보다가 답했다. 임석영이 아, 하는 짧은 음성을 뱉었다. 그렇게 짧은 대화가 끝이 났다고 생각했는데 임석영이 말을 붙인다.

"너 급식 같이 먹을 친구는 있어?"

"아니."

"그럼 같이 먹을래?"

"아니."

"싫구나. 그런데 너 '아니'밖에 못 하냐?"

이번에도 아니, 하고 답하려다가 입을 다물었다. 천장으로 향해 있던 고개를 비스듬히 내리자 황당하다는 얼굴로 나를 보고 있는 임석영이 보인다.

"전학생, 대답이 성의가 없네. 질문 그만할까?"

대답을 요하듯 임석영이 눈을 피하지 않았다. 아, 하고 목만 울리다가 고개를 작게 끄덕였다.

"불편했구나. 그래."

임석영이 시선을 거두며 눈을 감았다. 훅 스쳐 간 그 눈길이 조금 차갑다.

덜컥 긴장이 밀려왔다. 엮이고 싶지 않아서 거절했을 뿐인데, 성의 없어 보였던 건가. 아니야, 나는 괜찮아, 혼자가 편해, 라고 길게 풀어서 말해줄 걸 그랬나. 뒤늦게 후회가 밀려와 입술만 잘근잘근 물었다.

"너 이름 뭐랬지?"

끝종 소리에 덮고 있던 이불을 확 걷어냈을 때 임석영이 물었다. 한 손에 이불을 말아 쥐고 눈을 깜박였다. 비스듬히 상체를 세운 임석영이 내 명찰을 눈으로 훑는 게 보였다.

그의 눈길이 향한 곳으로 시선을 옮기자 홍차연 이름 세 글자가 박혀 있는 명찰이 보인다. 묘한 분위기가 흘렀다.

"홍차연인데."

남장을 하고 여기 있는 것 자체가 거짓이었지만, 내 입으로 남의 이름을 말하자니 기분이 이상해졌다. 거짓으로 흘러나온 말에 절로 주눅이 든다.

"그래?"

임석영의 눈이 명찰을 지나 얼굴로 왔다. 괜스레 말끝에 붙은 물음표가 불길했다.

"응."

마주 본 얼굴을 피하면 괜히 의심이라도 살까, 임석영의 눈을 또렷하게 바라보았다. 그가 마주 본 눈을 피하지 않다가 피식 웃으며 시선을 거둔다.

뭐지. 왜 웃지. 어쩐지 임석영의 얼굴을 스친 조소가 마음에 들지 않았다.

어차피 교실로 돌아가는 거, 혼자 가기도 뭣하고 둘이 가기도 뭣한데, 그렇다고 혼자 뛰어갈 수도 없어서 운동화를 꿰어 신으며 말을 걸었다.

"안 가?"

"먼저 가. 오랜만에 힘썼더니 힘들다."

괜히 두 발이 공손하게 붙는다. 운동장에서 여기까지 기절한 나를 업고 왔으니, 그 무게가 보통이 아니었을 것이다. 차라리 들것을 이용하지. 왜 업었니.

"그리고 누구한테 무시당한 거 같아서 마음이 조금 아프네."

침대에 퍽, 소리를 내며 퍼진 임석영이 눈동자만 움직여 나를 본다. 제가 말한 누군가가 누구인지 알려주는 눈빛이었다. 나구나.

chapter 1. 시발점

"그럼 나는 먼저 갈게."

습관적으로 손을 흔들었다. 그러다 멈칫하고는 이마를 긁으며 뒤돌았다. 우리가 손 흔들며 인사할 사이는 아니잖아…….

발소리를 죽이며 보건실을 벗어났다. 문을 닫고는 참았던 한숨을 길게 뱉어냈다. 문고리를 잡은 채 약하게 머리를 박았다.

"김누리…… 미쳤다, 진짜."

얼굴이 절로 울상이 됐다.

교실에 들어가자 누군가 어! 전학생! 하며 달려오더니 내 머리를 잡고 구석구석 살폈다.

"야, 머리 괜찮냐?"

"어? 어. 괜찮은데."

"아이씨, 간 떨어지는 줄 알았네. 나 진짜 너 어떻게 되는 줄 알았잖아! 내가, 어? 내가 이거, 이거 힘이 장난이 아니거든."

아마도 내게 공을 날린 녀석인가 보다. 멀쩡한 모습을 확인해서 마음이 놓였는지, 갑자기 내 앞에서 혼자 무릎을 세우며 제 킥을 자랑한다. 이름을 몰라 명찰을 보니 김태욱이었다.

"그렇더라. 머리 쪼개지는 줄 알았어."

그 말에 김태욱이 그치! 장난 아니지! 하며 웃는다.

"불꽃 슛이었는데, 하필 그걸 네가 맞았네. 그나저나 머리 말고 다른 데는, 뭐, 괜찮냐?"

"다른 데?"

"너 석영이 체육복에 피칠갑 해놨잖아. 걔가 옷에 뭐 묻는 거

세상에서 제일 싫어하거든."

김태욱이 교실 뒤를 눈짓한다. 가리키는 곳을 보니 쓰레기통에 처박힌 체육복이 보였다. 지저분하게 피가 묻은 게, 누가 봐도 내 흔적이었다.

"체육복 버리고 보건실 간다기에 너한테 쌍욕 하러 가는 줄 알았는데?"

사나운 눈초리를 받기는 했어도, 쌍욕은 안 들었는데. 욕하러 온 거였나.

"그런데 왜 걔가 나를 업고 갔어?"

코피 흘리며 쓰러졌는데, 피가 묻는 건 당연한 거 아닌가. 그게 싫으면 안 업으면 됐을 텐데.

김태욱이 턱을 긁적이며 나를 본다.

"아, 그게."

김태욱이 눈을 어색하게 굴렸다. 대답을 망설이는 듯 보였는데, 갑자기 누군가 튀어나오며 답을 대신했다.

"이 새끼가 업고는 못 갈 거 같다고 네 겨드랑이에 팔 끼우고 질질 끌었거든. 너 진짜 끌려가는 모습 장관이었어. 신발 한쪽 벗겨지고, 가다가 또 한쪽 벗겨지고. 난 너 공에 맞은 거 아니고 처형당한 줄 알았잖아. 보다 못한 석영이가 그냥 업은 거지."

김태욱보다 키가 작은 애가 툭, 그의 허벅지를 때리며 말을 잇는다.

"불꽃 슛 쏘고 허벅지 힘이 다 풀렸다나, 뭐라…… 아악!"

끼어든 애가 말을 끝맺기도 전에 김태욱이 헤드록을 걸었다.

악! 우악! 꺅! 같은 소리를 내며 둘이 교실 구석을 향해 멀어졌다.

그러는 사이 시작종이 울렸다. 자리에 앉아 비어 있는 옆자리를 보았다. 보건실에 남은 임석영은 정말로 수업에 안 들어올 모양이었다.

교과서를 꺼내다가 쓰레기통을 곁눈질했다. 한쪽 소매가 쓰레기통 밖으로 삐죽 튀어나와 있었다.

"그리고 누구한테 무시당한 거 같아서 마음이 조금 아프네."

아, 이거. 마음이 몹시 불편해진다. 계속 '아니'라고 답하면서 벽 세우지 말고 그냥 좋게 대답해줄걸.

뭔가 좋지 않게 굴러가는 상황에 입술을 만지작거리다가 각질을 떼어냈다. 깊게 뜯어졌는지 알알한 통증이 입술로 퍼졌.

아, 하고 멍하니 숨을 뱉고 있을 때 교실 앞문이 열렸다. 조금 소란스럽던 교실이 일순 조용해진다.

"저기 석영이 자리 아니야? 석영이 어디 갔어?"

선생의 질문에 아이들의 시선이 임석영의 자리가 아닌 내게로 향한다. 대답할 사람이 나라는 듯. 입술을 달싹거리다가 조심스레 목소리를 냈다.

"아, 아파서 보건실에……."

그 말에 대각선에 앉은 김태욱의 눈썹이 찌푸려진다. 임석영이 아프다고? 대꾸할 말이 없어 조용히 고개를 숙였다.

임석영 없이 수업이 시작됐다. 정말이지, 마음이 불편하다 못해 가시밭이다.

▲ ○ ☆

달칵달칵, 볼펜 단추를 눌러 촉을 뺐다가 넣었다가를 반복했다. 의미 없는 행동이었다. 불안의 증거였다.

보건실에서 돌아온 임석영은 딱히 제 체육복을 버린 것에 대해 말을 꺼내지 않았다. 쓰레기통에 처박혀 있는 체육복이 신경 쓰이는 건 나뿐인가.

단순한 무표정인데, 그게 왜 이렇게 손에 박힌 가시처럼 신경이 쓰이는지. 괜히 오늘따라 안 웃는 것 같고, 기분이 나빠 보이고, 그게 나 때문인 것 같고 그랬다.

"야."

옆에서 난 목소리에 고개가 빠르게 돌아갔다. 무슨 말이 나올지 몰라 입술이 바짝 마르는데, 임석영이 내 볼펜을 가리킨다.

"그거 안 하면 안 되겠냐."

"어?"

"볼펜 좀 가만 놔두면 안 되겠냐고."

아, 하며 볼펜을 바로 내려놨다. 다른 데 정신이 팔려서 달칵거리는 소리가 큰 줄도 몰랐다.

임석영이 시선을 다시 제 책상으로 옮겼다. 소리 신경 쓰이니까 조용히 해라. 그냥 그런 말이었는데, 내 귀에는 '업기 싫어 죽겠는 거, 아무도 안 업어서 내가 했더니, 말이나 걸지 말라고 하고. 내가 서러워서 살겠나.'라고 하는 것처럼 들렸다.

아아, 나 피해망상 있나 봐······.

책상 아래로 내린 손을 꼼지락거렸다. 아무래도 고맙다는 인사를 제대로 하는 게 좋겠다는 생각이 들었다. 그래야 마음이 조금 덜 불편하지 싶어서.

수업이 끝나자마자 매점으로 향했다. 그냥 고맙다고 말만 하기에는 임석영 말처럼 성의가 없어 보여 뭐라도 하나 건네줄 생각이었다.

매점을 기웃거리다가 컵 커피를 샀다. 교실로 가는 길, 누군가 뒤에서 등을 툭 친다. 돌아보자 남윤수가 다짜고짜 품으로 뭔가를 밀어 넣었다.

"어, 뭐, 뭐야?"

눈을 휘둥그레 뜨고 묻자 남윤수가 말한다.

"아, 이거 석영이한테 좀 전해줘. 나 이동 수업이라."

어깨를 두드린 남윤수가 반대쪽으로 달려갔다. 허, 하며 입이 벌어졌다. 한 손에는 컵 커피, 다른 손에는 문학 기출문제집을 든 채였다.

교실 뒷문을 들어서자 자리에 엎드려 누워 있는 임석영이 보였다. 너른 등판을 보자 갑자기 긴장이 올라왔다. 하필 왜 누워 있냐. 눈 좀 뜨고 있지.

쭈뼛거리며 다가가 그의 등을 쿡 찔렀다. 쭉 뻗은 오른쪽 팔에 올려져 있던 머리가 스르륵 움직인다. 느리게 올라간 눈꺼풀에 검은 눈동자가 드러났다.

눈이 마주쳤다. 임석영이 말없이 나를 올려다봤다.

"아, 이거."

양손에 든 것을 동시에 내려놨다. 임석영의 눈이 제 책상에 내려온 것으로 향한다.

"뭐야?"

임석영이 몸을 일으키며 물었다.

"남윤수가 너한테 전해달래."

손가락을 곧게 세워 눈 안쪽 언저리를 누르는 임석영이 응, 하고 답했다.

아, 이게 아닌데. 졸지에 커피도 남윤수가 전해준 게 됐다. 이건 내가 너에게 주는 거다, 고마웠다, 그런 말을 꺼내야 되는데 좀처럼 입이 안 떨어졌다.

고개를 뒤로 젖혀 목을 좌우로 꺾던 임석영이 흘긋 눈을 돌려 나를 본다.

"왜? 또 할 말 있어?"

"어? 아, 아니."

아니지. 아닌 게 아니지. 급하게 말을 덧붙였다.

"아, 그, 커피……."

"너 마실래?"

"어?"

내가 너 주는 건데. 임석영이 커피를 내게 건넨다. 동시에 시

chapter 1. 시발점

작종이 울렸다. 경쾌한 소리를 뚫고 나직하게 뱉은 임석영의 목소리가 들렸다.

"나 카페인 들어간 거 못 마시거든. 이 새끼는 알고 있으면서 왜 줬지."

"……."

임석영이 얼른 받아 가라는 듯 커피를 붕붕 흔든다.

"……고마워. 잘 마실게."

조용히 그것을 받아 들고 자리에 앉았다. 멍했다. 일이 안 풀리려면 이렇게 안 풀릴 수도 있구나.

고개가 푹, 힘없이 수그러들었다.

업어줘서 고마웠다는 말도 제대로 전하지 못한 채 그렇게 학교가 끝났다. 성의 있어 보이려고 산 커피는 결국 내 가방으로 들어갔다.

♤ ○ ☆

정류장으로 가는 걸음에 괜히 힘이 빠진다. 멍하니 나무에 등을 기대고 서 있다가 들어온 버스에 올라탔다. 사람이 북적거리지 않아 좋았다. 임석영을 발견하기 전까지는.

빈자리를 발견하고는 눈에 불을 켜고 들어갔다. 자리에 앉기 전, 그 옆에 앉아 있는 임석영을 보고 우뚝 멈춰 섰다. 다리가 부러지지 않는 한 이 자리에 앉을 수 없으리라.

내가 요란하게 걸어오기라도 했는지, 창밖을 보던 임석영이 내 쪽을 돌아본다. 눈이 마주칠까 싶어 황급히 고개를 돌렸다. 갑자기 위치를 바꾸는 것도 이상해서 손잡이를 잡고 먼 곳을 보았다. 창밖 어딘가를.

다음 정류장에서 버스가 멈췄고 삑, 삑, 카드 찍는 소리가 났다.

"어? 석영이 아니야?"

임석영이 내 팔을 잡아 빈자리로 확 끌어당긴 것은 누군가 그렇게 말했을 때였다. 눈을 동그랗게 뜨고 구겨진 모양새로 착석했다.

자세를 고치며 흐트러진 머리를 정리했다. 그사이 방금 버스에 올라탄 듯 보이는 여학생 한 명이 옆으로 와 섰다.

"석영아, 안녕? 진짜 오랜만이다."

"응. 안녕."

짧게 손을 흔든 임석영이 주머니에서 이어폰을 꺼내더니 바로 귀에 꽂았다. 너무나 칼 같은 대화의 종료였다.

입술을 말아 물고서 흘긋 눈을 올리자 민망한 듯 웃는 여자애의 얼굴이 보였다. 얘는 인사한 사람 무안하게 이러냐. 괜히 내가 다 민망하네.

보아하니 임석영과 아는 사이인 것 같아 자리를 비켜 주려는데 창문에 시선을 두고 있던 임석영이 내 가방을 꽉 잡아 내린다. 눈이 뭐 뒤통수에라도 달린 거야?

느리게 고개를 돌리더니 몸을 살짝 기울여 온다. 임석영의 어깨가 내 어깨에 툭 부딪쳤다. 머리가 가깝게 붙었다. 임석영이 낮게 말한다.

"그냥 앉아서 가."

눈만 깜박이자 임석영이 이번엔 눈을 맞추며 응? 하고 묻는다.

"어…… 그래."

그제야 임석영이 숙였던 상체를 물리며 창밖으로 시선을 던졌다. 갈 곳 잃은 시선이 앞에 있는 좌석으로 뚫어지게 박혔다.

[↓바보]

좌석 시트에 낙서가 되어 있었다. 그 화살표를 공연히 바라보았다. 왠지 모르게 화살촉이 나를 향해 있는 것 같아 미세하게 몸을 틀었다. 역시나, 쓸데없었다.

자리에 앉아 가는 내내 바보를 가리키는 화살표가 나를 향해 있었다.

chapter 2
이상한 점

　급식을 먹고 동관 옥상으로 향했다. 지금 교실에 들어가 봤자 닭싸움을 한답시고 난장판일 게 뻔했다.

　무슨 닭싸움이 2학년 1반 공식 지정 종목이라도 되는지 하루도 빼먹는 날이 없었다. 쉬는 시간, 자리를 가만히 지키고 앉아 있으면 꼭 두어 번은 내 자리로 닭이 날아들었다. 닭이 날아올 때마다 책상과 함께 바닥으로 엎어지던 나는 전학 며칠 만에 2학년 1반의 공식 종이 인형이 되었다.

　옥상 문을 열고 들어가자 확 트인 학교 전경이 내려다보인다. 4층으로 화장실을 다니던 중 문득 4층 위로 이어진 계단이 궁금해 올라갔다가 이곳을 발견했다.

　옥상 한쪽에 안 쓰는 책걸상들이 쌓여 있었고 2학년만 쓰는 동관 건물이라 그런지 아무도 없었다. 피신처로 제격이었다.

　급식을 먹고 나온 아이들이 운동장에서 공을 차고 있었다. 그 모습을 물끄러미 바라보다가 걸음을 돌렸다. 아무렇게나 쌓여 있던 책걸상을 분리해서 책상 네 개를 나란히 붙였다. 대충 손으로 먼지를 쓸어 닦고 책상 위에 드러누웠다.

주머니에서 엠피스리를 꺼내 돌돌 말아둔 이어폰 선을 풀었다. 몇 년 전, 할머니 친구가 놓고 간 엠피스리였는데 주인이 필요 없다고 하는 바람에 할머니 것이 되었고, 할머니가 필요 없다고 하여 내 것이 되었다.

음악 목록을 뒤져 김자옥의 '공주는 외로워'를 재생했다.

드러누워 바라본 하늘이 맑아 그런지 경쾌한 노래가 당겼다. 볼륨을 키우고 눈을 감았다. 트럼펫 비슷한 소리가 귀를 때린다.

전주가 끝나자 김자옥의 목소리가 튀어나왔다. 발을 까닥거리며 노래를 따라 불렀다. 배 위에 올려둔 손도 까닥거렸다. 박자에 맞춰 고개도 좌우로 움직였다.

그렇게 많이 들었는데도 가사를 제대로 몰랐다. 몇몇 부분의 가사만 정확했다. 그건 자신 있게 따라 부를 수 있는 유일한 부분이라는 뜻이었다.

모르는 가사는 늘 그렇듯 대충 발음을 뭉개며 음만 흥얼거린다. 음악에 취한다는 게 이런 것인가. 뮤직 이즈 마이 라이프. 오전 내내 고통스러웠던 마음이 맑게 씻겨 내려가는 기분이었다. 절로 어깨가 움직인다.

"누가, 누가 알아줄까~ 휘어오~ 혼자라는 외로움을~."

절정에 다다르고,

"예쁜! 나는! 공주라 외로워~."

공기 반 소리 반을 힘차게 내뱉었다. 까닥까닥 발을 흔들고 있는데 어디선가 담배 태우는 냄새가 났다. 입을 다물고 냄새를 맡는 데 집중했다.

담배 연기가 흘러드는 게 맞았다. 코를 킁킁거리다가 눈을 떴다. 변함없이 맑은 하늘이 먼저 눈에 들어왔다. 귀에 꽂아둔 이어폰 한쪽을 잡아 뺐다.

"쟤 우리 있는 거 모르는 거 같지."

남자 목소리가 들렸다. 누가 있다.

퍼뜩 몸을 일으켜 앉았다. 옥상 난간 앞에 세 명의 남자애들이 있었다. 남윤수와 김찬영이 운동장을 내려다보며 담배를 피우고 있고, 그 옆에 임석영이 쪼그려 앉아 핸드폰을 보고 있었다.

"사람 있는 줄 알면 저렇게 고래고래 노래를 부르겠냐."

남윤수가 깔깔 웃으며 말했다.

한쪽 귀에 남은 이어폰 줄을 확 당겨 뺐다. 그러곤 잽싸게 책상에서 내려왔다.

"뭐, 뭐야?"

내 말에 임석영이 시시하다는 얼굴로 핸드폰을 내렸다.

"뭐가?"

엄지를 움직여 액정을 몇 번 두드린 임석영이 무릎을 펴고 일어났다. 핸드폰을 손과 함께 주머니에 밀어 넣은 그가 나를 보았다.

"아, 아니. 옥상에 아무도 없었는데……."

"옥상 너만 쓰냐? 올 수도 있지."

"그런 게 아니라……."

망할 수치심에 얼굴이 뜨거워졌다.

"너 노래 취향 한번 특이하다."

"아니, 그리고 또 노래를 잘해. 방금 겁나 고음이었어."

앞말은 임석영이, 뒷말은 남윤수가 했다. 얼굴이 뜨겁다 못해 터질 것 같다.

주머니에 엠피스리를 찔러 넣고 그래, 좋은 시간 보내렴, 하고 옥상을 나섰다.

계단을 밟고 내려가는데 문 너머에서 자기들끼리 깔깔거리며 웃는 소리가 들렸다. 공주는 외로워, 소리가 들리는 게, 남윤수가 노래를 따라 부르고 있었다.

"망할……."

입술을 휘어 내린 얼굴이 절로 울상이 되었다. 나야 이어폰으로 노래를 듣고 있어서 아무렇지 않았지만, 분명 반주 없이 내 쌩 목소리를 듣는 건 우스웠을 것이다.

거기다 가사도 예쁜, 나는, 이런 식이었으니. 심지어 1절을 다 부르지 않았던가.

수치심에 얼굴이 홧홧하게 달아올랐다. 눈물을 흘리진 않았지만 아흑, 하는 소리를 내며 후다닥 계단을 내려갔다. 상처 받은 비련의 주인공처럼.

△ ○ ☆

수업 시간, 교과서에 형광펜으로 밑줄을 긋고 있는데 쪽지가 날아왔다. 날아온 방향으로 고개를 돌렸다. 임석영이 손가락 사이에 연필을 끼운 채 턱을 괴고 나를 봤다.

시선을 거두고 네모나게 접힌 종이를 보았다. 노트에서 찢은 듯 테두리의 결이 일정치 않았다. 형광펜을 놓고 쪽지를 폈다.

[너 번호 뭐야?]

두 손에 쪽지를 든 채 고개를 돌렸다. 눈이 마주치자 임석영이 답을 적어 보내라는 듯 눈짓을 보낸다.

"그건 왜."

작은 목소리로 묻자 임석영이 휙 고개를 돌리고 교과서에 시선을 고정했다.

"거기, 맨 뒷자리."

선생이 부르는 소리에 정면으로 고개가 돌아갔다. 맨 뒷자리가 나인 듯 선생과 바로 눈이 마주쳤다.

"수업 시간에 떠들지 말자."

"……네."

설마 왜, 라고 그 작게 낸 목소리를 들은 건가.

지목당한 것에 괜히 주눅이 들어 고개를 낮게 숙이자 임석영이 쑥 손을 뻗어 책상 끄트머리에 쪽지를 놓았다.

[국사 쌤 귀 대박 좋아]

그러면 네가 쪽지를 안 보내면 되겠네. 접힌 자국을 따라 원래 모양대로 되돌린 쪽지를 교과서 옆으로 치웠다.

형광펜을 들고 밑줄을 긋는데, 얼마 안 있어 임석영의 손이 다시 책상 끄트머리를 다녀간다. 고개를 숙인 채 눈을 돌려 흘기자 임석영이 손에 든 연필을 빙글 돌리며 턱을 들었다. 빨리 읽고 답하라는 듯. 쪽지를 폈다.

chapter 2. 이상한 점

[번호 뭐냐고 핸드폰 없어?]

필통을 열고 연필을 꺼내 들었다.

[왜]

임석영 자리로 쪽지를 훅 던져 날렸다. 공기의 흐름을 잘못 탔는지 그의 자리에 닿지 못하고 바닥으로 떨어졌다. 임석영이 얼굴을 찡그리더니 허리를 숙여 쪽지를 주웠다. 그의 손이 슥슥 움직이고 재빠르게 책상을 다녀간다.

[보내줄 거 있어서 그런다. 아니 이게 그렇게 정색할 일이야……?]

입술을 잘근잘근 물었다. 안 알려주고 싶은데. 저번에 대답성의 없이 했다고 서운해하던 임석영이 아니던가. 알려주기 싫다고 하면 분명 이번에도 상처 받은 티를 낼 테다.

저번에 보니 멱살 잡은 양아치 놈도 이기는 것 같던데. 괜히 임석영 눈 밖에 나서 좋을 일도 없을 것 같고. 망설이다가 번호를 적어 보냈다.

쪽지를 확인한 임석영이 주머니에서 꺼낸 핸드폰을 책상 아래에 두고 번호를 찍어 눌렀다. 통화 버튼을 눌렀다가 종료를 눌러 부재중을 남기려는 것 같았는데 벨소리가 울렸다. 내 주머니에서.

진동으로 해놨던 것 같은데. 어째서 벨이 울리는 것인지. 빠르게 주머니에서 핸드폰을 꺼내 종료를 눌렀다. 국사 쌤 귀 대박 좋다고 했는데, 이건 대박 좋은 게 아니어도 전부 들을 수 있는 소리였다.

난감한 표정으로 고개를 들었다. 교과서를 향해 있던 얼굴들이 일제히 나에게로 향하고, 그것은 선생도 마찬가지고, 나를 보지 않는 사람은 옆에 앉은 임석영뿐이었다.

　나한테 전화 건 새끼.

　"가져와."

　선생님, 무엇을 말씀하시는 겁니까.

　"핸드폰."

　임석영, 개새끼야.

▲ ○ ☆

　교무실에 들러 수업 시간 학생의 본분에 대한 선생님의 훈계를 10여 분 듣고 나서야 핸드폰을 돌려받을 수 있었다. 꾸벅 고개를 숙여 인사하고 교무실을 나왔다.

　괜히 집에 가는 시간만 늦어졌네.

　툴툴거리며 교실로 들어가 가방을 챙겼다. 임석영은 진작 갔는지 책상이 말끔하게 비워져 있었다.

　"……개스끼."

　괜히 억울한 마음이 들어 반듯하게 놓여 있는 임석영의 책상다리를 툭 치고는 교실을 벗어났다.

　교문에서 나와 골목을 쭉 따라 내려가면 큰길이 나왔다. 2층 건물의 패스트푸드점을 기준으로 왼쪽으로 꺾어 내려가면 오락실이 하나 나왔고, 그 앞에 버스 정류장이 있었다.

버스 정류장 근처에 험상궂게 생긴 애들이 많아 이상하다 싶었는데, 그게 바로 뒤에 있는 오락실 때문이었다. 하필 오락실이 정류장 바로 뒤에 있을 건 뭐람.

"집에 가냐?"

정류장에 가만 서 있는데 갑자기 누군가 팔로 목을 감으며 머리를 감쌌다. 헤드록을 걸듯 겨드랑이 사이에 머리를 끼우고 꾹 눌러왔다.

"어어! 누구세요?"

갑작스러운 접촉에 소스라치게 놀라며 몸을 빼려고 하자 팔을 두른 놈이 더 강한 힘으로 머리를 감았다. 머리를 잡힌 채 눈을 올려 보자 저번에 셔츠 벗으라며 멱살 잡아 올리던 놈이었다. 이름이 강은호랬나.

"어, 이거 좀 놓고……."

두 손으로 팔을 밀어내자 강은호가 기분 나쁜 웃음을 흘리며 머리를 놓아준다.

"그냥 인사한 건데 질색을 하네. 내가 너 잡아먹기라도 하냐?"

"아니……."

헝클어진 머리를 정리하고 버스 도착 예정 시간을 보았다. 그리고 절망했다. 20분, 저거 진짜냐고. 고장 난 거 아니고, 정말 20분 뒤에 오는 거냐고. 한숨을 꾹 삼키며 시선을 발끝으로 떨어트렸다.

누가 봐도 너한테 쫀 모양새잖아. 이만 했으면 그냥 가주라.

그런 의미를 담고 있었는데, 갈 생각 없어 보이는 강은호가 말을 걸어왔다.

"나 교복 새로 샀어. 누가 더럽게 만들어 가지고."

험악한 분위기에 입술이 바짝 말랐다. 입술을 꾹 말아 물고 강은호가 입고 있는 교복을 살폈다.

누가 봐도 새 옷은 아닌데. 어디서 개구라야.

"아, 그런데 새 교복을 사고 봤더니 조금 억울하더라고. 아무리 생각해도 그건 네가 사줘야 하는 거 같은데."

입은 흔적이 역력한 셔츠를 보다가 눈을 올렸다. 비스듬히 입꼬리를 올리고 내려다보는 게 날강도가 따로 없다. 강은호한테 줄 돈 따위가 있을 리 만무했지만, 있어도 안 줬을 거다. 입술을 꿈틀대다가 입을 열었다.

"원래 입던 거 같은데……."

두툼한 주먹이 어깨로 꽂혔다. 주먹질에 상체가 흔들리며 걸음이 뒤로 밀렸다. 억, 소리 나게 아픈 타격감에 눈을 휘둥그레 뜨고 강은호를 보았다.

"어! 왜, 왜 그래?"

혹여 가슴팍이라도 때릴까, 잔뜩 겁먹은 얼굴로 가방을 앞으로 둘러메고 방어했다.

"시발, 누구를 거지로 아나. 원래 입던 거? 그거 냄새나서 버렸거든?"

"어, 아니, 그 일은 정말 미안해."

"남의 지갑 털어놓고, 미안하다고 입 싹 닦으면 끝이냐?"

"지갑? 나 지갑 안 털었는데……."

기어들어 가는 목소리로 말하자 강은호가 헛웃음을 터트린다.

"이거 순 양아치 새끼 아니야. 내가 너 때문에 교복을 새로 사 입었잖아. 왜 말을 한 번에 못 알아 처먹냐."

중학교 때는 남자애들이랑 키가 엇비슷하고 덩치 큰 애들 아니면 체구도 고만고만해서 이렇게 쫄 일이 없었는데, 강은호는 키가 크고 몸의 골격이 커서 앞에 서는 것만으로도 위협이 됐다.

그냥 스쳐 가는 거면 모를까, 이렇게 대놓고 험악하게 구는데, 심장이 안 쪼그라들고 버티나.

이 모든 상황이 언짢은 듯한 강은호가 쯧, 혀를 찼다.

"양심에 찔려서 때리겠냐고."

양심은 있냐. 양심 있는 새끼가 사람 때릴 생각을 하고.

아무런 대답이 없자 강은호가 눈을 흘긴다.

"계산은 똑바로 하자."

삐딱하게 선 강은호의 눈이 가방을 훑는 게 보였다. 홍차연 모친이 교복을 사주면서 함께 사준 것이 가방과 신발이었다. 아무리 홍차연 대신이긴 하지만, 그래도 도련님 이미지가 있는데 좋은 가방을 들고 다녀야 하지 않겠냐며 챙겨준 거였다.

정확한 금액은 몰라도 아마 꽤나 값이 나갈 것이다. 그의 눈이 기분 나쁘게 번뜩인다.

"나는 교복 값 받아야겠으니까."

"……."

"말 씹는 게 아주 습관이다?"

"나 돈 없어."

"아, 없어?"

"어. 진짜 없는데……."

"그럼 이거라도 내놔, 새끼야."

강은호가 앞으로 둘러멘 가방을 툭 쳤다. 이거 사모님이 사준 건데, 홍차연 이름 생각해서. 이거, 이렇게 순순히 뺏겨도 되는 건가.

가방끈을 꾹 잡고 안 놓자 강은호가 놔라, 하고 엄한 목소리를 뱉었다.

홍차연 대역만 아니었으면 경찰에 신고부터 했을 텐데, 몸을 사려야 한다는 생각에 이를 악물었다. 상황 참 거지 같네, 생각하며 끈을 놨다. 홱, 가방이 강은호의 손에 딸려 갔다.

"돈이 없으면 알아서 내줄 생각을 해야지. 꼭 내가 이렇게 먼저 말로 해야겠냐? 눈치라는 것 좀 달고 살아라."

일부러 눈도 안 맞추고 강은호가 사라지기를 기다리고 있는데 그가 신발을 툭툭 차며 건드렸다. 고개를 올려다보자 강은호가 가만히 눈을 맞추다 입을 열었다.

"안 벗고 뭐 해?"

△ ○ ☆

정류장에 망연자실한 얼굴을 하고 앉아 있었다.

강은호가 신발도 가져갔다. 도둑놈이 따로 없었다. 무슨 말이라도 해주고 싶었는데 괜히 문제 생길까 싶어 입을 다물었다.

난 그럼 뭐 신고 가, 하고 말하자 길에 떨어져 있는 몽쉘 박스 두 개를 발로 툭 차서 내 앞으로 내밀었다. 이거 신고 가면 되겠네, 하면서. 속에서 열불이 났다.

너무 황당하고 허탈해서 눈물도 안 났다. 시발. 욕만 나올 뿐.

버스 정류장에 앉아 몇 발자국에 더러워진 양말을 내려다보았다. 가방이 없는 건 그렇다 치는데, 신발이 없으니 다 잃은 느낌이었다. 있어야 할 게 없는 게 너무 분명하게 드러나는 부분이었다.

없는 건 익숙한데, 그걸 드러내는 건 또 익숙하지 않았다. 나는 그게 내가 어려서라고 생각했는데, 엄마는 사람이라 그런 거라고 그랬다.

"거지 같네."

잿빛이 된 양말을 보며 한숨을 뱉었다. 강은호와 마주 보고 있을 땐 눈물도 안 났는데, 엄마 생각을 하자 눈시울이 붉어졌다.

고개를 떨어트리자마자 교복 바지 위로 눈물이 떨어져 내렸다. 방울방울 떨어진 눈물이 교복 바지에 스며들고, 꾹 다문 입에 목이 멘다.

팔을 올려 눈을 꾹 눌렀다. 재킷 소매로 눈물을 훔쳐 닦는데, 인기척이 느껴져 팔을 내리고 돌아보았다. 정류장 의자 끄트머리에 앉은 임석영이 물끄러미 나를 건너다보고 있었다.

해가 넘어간 어두운 풍경, 정류장엔 둘뿐이었다. 도로를 달리는 자동차의 전조등 불빛이 가까워지다가 멀어지기를 반복했다.

마주 보기만 할 뿐, 먼저 입을 여는 사람이 없었다. 꼴이 말이 아닌지라 내가 먼저 눈을 돌렸다. 손가락을 만지작거리며 잿빛이 된 양말 위로 시선을 떨어트렸다.

"총체적 난국이라 뭐부터 물어야 할지를 모르겠네."

임석영의 목소리에 왼손의 엄지손톱을 문지르던 오른손이 미끄러진다.

"너 17번 타지?"

시선을 떨어트린 채 고개를 끄덕였다.

"가지 말고 기다려."

아까 확인한 버스 도착 예정 시간은 5분이었다. 곧 올 것 같은데, 라고 생각하며 고개를 들자 그와 동시에 임석영이 자리에서 일어났다.

불쑥 높아진 그의 얼굴을 따라 고개를 올렸다. 임석영이 의자에 둔 가방을 내 쪽으로 밀며 눈을 맞췄다.

"먼저 가면 죽는다."

가방을 두고 정류장을 벗어나는 임석영의 뒷모습을 멀거니 바라보았다. 길을 꺾어 들어가며 모습을 감출 때까지.

정면을 응시하며 임석영을 기다렸다. 17번 버스는 아무도 태우지 않고 정류장을 떠났다.

반대편 정류장에 정차했다가 떠나가는 버스를 멍하니 보다가 옆에 덩그러니 놓인 임석영의 가방을 보았다. 괜히 이대로 뒀다가 또 누가 가져갈까 싶어 조심스레 가방끈을 한 손에 쥐었다.

"버스 갔어?"

몇 분 후 임석영의 목소리가 들렸다. 돌아보니 슬리퍼를 손에 들고 걸어오는 게 보였다. 물음에 작게 고개를 끄덕였다.

"아, 배차 간격 긴데."

투덜거리며 정류장으로 들어온 임석영이 내 발 옆으로 슬리퍼를 놓고 의자에 앉았다.

"왜 너 자리에 슬리퍼가 없냐."

육안으로 봐도 사이즈가 컸다. 발 옆에 나란히 놓인 슬리퍼를 보는데 임석영이 묻는다.

"너 설마 슬리퍼 사물함에 넣고 다녀?"

"응."

"왜?"

"누가 훔쳐 갈까 봐."

그 소리에 임석영이 황당하다는 듯 싱겁게 웃었다.

이상하게 어렸을 때부터 물건을 자주 도둑맞았다. 몇 날 며칠을 울고 보채서 엄마가 사준 자전거는 누가 자물쇠를 절단기로 끊어 훔쳐 갔다. 엄마가 어디서 얻어 온 새 운동화도 등교하면서 신발장에 넣어둔 것이 하교할 때 보니 사라지고 없었다.

종종 의자에 걸어놓은 체육복도 누가 말없이 가져간 뒤 돌려주지 않았고, 책도 그랬다. 그렇게 해서 도둑맞은 게 한두 개가 아니었다.

그것은 고스란히 부재가 되고 부채가 됐다. 필요한 것은 다시 사야 했고, 살 수 없는 것은 포기해야 했다. 그 결과 물건 간수를 잘하게 됐다. 될 수 있으면 다 몸에 지니고 다녔다. 몸에 지닐 수 없는 건 사물함에 넣고 다니고. 오늘은 몸에 지니고 있던 것도 뺏겼지만.

내 거 내가 챙긴다는데, 그 모습을 유난스럽게 보는 애들이 있었다. 나는 그런 아이들에게 어쩌라고, 로 응했다. 어쩌라고. 잃어버리면 네가 사줄 거야?

익숙한 흐름에 미리 대답을 장전했다. 어쩌라고, 임석영 네가 사줄 거야?

"불안하면 앞으로 내 자리에 놓고 다녀."

예상외의 말이 튀어나온다. 말없이 쳐다보자 임석영이 고개를 돌려 눈을 맞춘다.

"그럼 아무도 안 훔쳐 가."

아이고, 좋겠다. 너 건드는 애들 없어서.

"그래."

속마음은 삐뚤어졌지만, 말은 착하게 했다. 고개를 끄덕이고 가만히 있자 임석영이 발을 뻗어 슬리퍼를 툭툭 밀었다.

"안 신어?"

슬리퍼 등에 임석영의 이름이 써져 있었다. 학교로 다시 돌아가서 가져온 것 같았는데, 남의 슬리퍼를 신기에는 내 양말이 너무 더러웠다.

chapter 2. 이상한 점

"양말이 더러워서."

"뭐, 그럼 그러고 가게?"

그의 시선이 내 발을 향한다.

"신어, 그냥."

양말이 잿빛이어도 너무 잿빛이었다. 이 더러운 양말로 남의 슬리퍼를 신는 게 괜히 미안해 망설인 건데, 본인이 신으라고 하니.

"고마워."

슬리퍼에 발을 꿰어 넣고 발가락을 꼼지락거렸다.

"내일 돌려줄게."

"안 줘도 돼."

"왜, 그럼 너 내일……."

"새로 사면 돼."

"왜 사? 빡빡 닦아서 줄게."

임석영이 조용히 내 발을 내려다봤다. 그러더니 얼굴을 굳히고 진지한 투로 말한다.

"가져오면 죽을 줄 알아라."

"……응."

괜히 민망해져 발가락을 오므리고 버스가 오는 방향을 살폈다.

정류장에 같이 앉아 있는 것도 어색한데, 같은 버스를 타고 가야 한다니. 생각만으로도 진땀이 흘렀다.

학교에서 늦게 나온 탓에 우르르 버스에 올라탈 아이들이 있는 것도 아니었다. 설마 나란히 앉아서 가지는 않겠지, 하며 민망한 상황을 상상하고 있는데 핸드폰이 진동했다.

주머니에서 꺼내본 핸드폰에 할무니, 라는 이름이 떠 있었다. 힐긋, 임석영의 눈치를 살피고 몸을 돌려 전화를 받았다.

"어, 할머니."

— 어묵 먹었어?

다짜고짜 어묵의 안부를 물으시는 건가요.

"응. 어제 먹었어."

— 다 먹었으면 또 가져가. 너무 조금 준 거 같아서 마음에 걸려.

조금이라니요. 김밥 세 줄이 들어가고도 남는 용기였는데요.

"할머니, 많이 줬어. 그것도 충분히 많아."

— 그게 많아? 누리, 너도 요즘 다이어트인가 뭔가, 그런 거 하는 겨?

"할머니, 내가 언제 그런 거 하는 거 봤어?"

— 그러니까! 너 누리 맞냐? 그게 많다니. 이해가 안 간다. 예전에는 부침개도 앉은 자리에서 열 장씩 먹던 애가.

"내가 언제 앉은 자리에서 부침개를 열 장씩 먹었어. 다섯 장 먹었겠지."

— 그게 그거지.

"그게 어떻게 같아. 두 배나 차이 나는데."

— 그래. 들어가.

뚝, 전화가 끊겼다. 아무리 내 할머니라지만 황당했다. 할 말

chapter 2. 이상한 점　　75

끝났다 이건가.

 멍하니 통화가 종료된 핸드폰 액정을 보다가 주머니에 집어넣었다. 괜히 멋쩍어져 목을 가다듬고 힐긋 눈을 돌렸다. 임석영의 시선이 다른 곳을 향해 있었다. 어색한 침묵이 흘렀다.

 "할머니랑 친한가 보다."

 불쑥, 옆에서 목소리가 튀어나왔다.

 "어? 아."

 할머니랑 살아서, 라고 하려다가 급하게 입을 다물었다.

 "보기 좋다."

 "아……. 고마워."

 보기 좋다니. 뭔가 따뜻한 말에 기분이 이상했다. 괜히 분위기가 어색하게 느껴져 목덜미를 긁적이며 시선을 돌렸다. 버스는 왜 안 와, 하는 말을 작게 구시렁거리며.

 버스가 곧 도착한다는 알람을 발견하고 자리에서 일어났다. 임석영보다 먼저 버스에 올라타 자리에 앉아야지, 하는 생각으로 주머니를 뒤졌다.

 "그런데 너 뭐 누구한테 원수졌냐?"

 도로를 살펴보다가 고개를 돌렸다.

 "자전거 안장 도둑맞은 애들은 봤어도 신발 도둑맞은 애는 처음 봐서."

 "아, 그게……."

 가방을 챙겨 든 임석영이 의자에서 일어나 내 옆에 나란히 섰다.

"누군데?"

임석영의 기다란 눈이 흐트러진 매무새를 훑고 지나간다. 말없이 눈만 끔벅이자 임석영이 무표정하게 되물었다.

"도둑질한 새끼 누군지 몰라?"

마음 같아서는 강은호! 그 새끼가 가방도 뺏어 가고 신발도 뺏어 갔다! 가서 죽여주라! 하고 소리치고 싶었지만, 그러면 내가 감당할 수 없이 일이 커질 것 같았다.

혹여 임석영이 강은호한테 야, 너 전학생 가방 뺏었냐? 라고 말이라도 하면 강은호는 또 나를 찾아와 시비를 걸겠지. 생각만으로도 암담했다. 최대한 조용히 다니는 게 여러모로 안전하다.

"응. 알면 진작 신고해서 콩밥 먹였지."

임석영이 빤히 쳐다보다가 고개를 돌렸다.

"뭐, 그렇다 치자."

그 말이 왠지 다음번엔 그렇게 안 쳐준다는 말처럼 들려 고개가 기울어졌다.

△ ○ ☆

화장실에 쪼그려 앉아 교복을 손빨래했다. 셔츠에 빨랫비누를 묻혀 빡빡 힘주어 비볐다. 찬물에 손이 빨갛게 얼었다. 졸졸졸 흘러간 비눗물이 수채통에 회오리치듯 빨려 들어간다.

꽈배기처럼 꼰 세탁물을 비틀어 짠 뒤 반듯하게 펴서 탈탈 털었다. 물방울이 사방으로 튀었다. 세탁물에 남은 물기를 최소

화하고자 인간 탈수기처럼 세탁물을 사정없이 흔들어 털었다.

건조대에 세탁한 교복을 하나하나 널고 바닥에 드러누웠다.

학교를 그만두면서 책가방은 중고나라에 팔았다. 가지고 있는 가방이라고는 여기저기 이사 다닐 때 썼던 이민 가방과 탁수반점 사장님이 여행 갔다가 사 온 중저가 브랜드의 미니 크로스백, 나의 데일리 백인 에코백이 전부였다.

"나 내일 뭐 메고 가지."

천장을 바라보는데 먹구름이 드리우는 듯 어둡기만 했다. 그러다 불쑥 천장으로 임석영의 모습이 튀어나왔다. 꼬질꼬질한 모습으로 정류장에 앉아서 울고 있자 교실로 돌아가서 슬리퍼를 가져오던 모습.

"같은 반 친구라고 챙겨주는 거 보면 착한 놈 같은데."

화장실에서나 옥상에서 마주친 모습을 보자면 그건 또 아니었다.

"임석영."

멀뚱히 천장을 쳐다보며 헷갈리는 미지의 인물에 대해 생각했다.

다음 날, 아침.

컨버스화를 신고 에코백을 들었다. 가방은 백팩이 없는 관계로 어쩔 수 없는 선택이었다. 이민 가방을 끌고 갈 수는 없잖아.

이제 내가 가진 홍차연의 것이라고는 교복이 전부였다. 사모님이 생활비에 쓰라며 봉투를 주긴 했지만 그 돈은 한 푼도 쓰지 않을 생각으로 서랍에 넣어두었다. 왠지 이 일이 끝나기 전까지는 그 봉투에 손을 대서는 안 될 것 같은 느낌이 들었다.

털레털레 길을 내려가다가 걸음을 멈추고 상가 유리에 비친 모습을 쳐다보았다.

"정말이지, 머리까지 이렇게 자르니 영락없는 차연이야."

홍차연 모친이 나를 보고 한 말이었다. 유리에 비친 모습을 보고 있자니 그럴싸하긴 했다. 생김새나 키, 머리 스타일 같은 게.

그런데 홍차연 특유의 귀티가 전혀 없었다. 그건 내가 홍차연이 아니니까 당연한 걸지도 모른다.

꼬질꼬질한 신발이며 햄스터가 그려진 에코백. 이건 홍차연이 무덤에 들어갈 때까지 절대 몸에 걸칠 일 없을 것들이었다. 홍차연이 내가 자기 흉내를 내면서 이런 꼴로 다니는 걸 알게 된다면, 날 죽이려고 들겠지. 생각만으로도 아찔했다.

징, 핸드폰이 진동했다. 주머니에서 꺼내 본 핸드폰 액정에 홍차연의 모친이 보낸 메시지가 떴다. 모르는 주소가 들어와 있었다. 도로명 주소를 보아하니 학교에서 조금 떨어진 곳 같았다. 어디지, 생각할 무렵 메시지가 뒤이어 도착했다.

[당분간 여기서 지내렴. 현관문 비밀번호는 네 핸드폰 뒷자리로 했다.]

학교 근처로 구해준다는 집을 드디어 구한 모양이었다. 새

집이라니, 당분간 사는 것인데도 괜히 설레었다. 그러다가 남의 흉내나 내고 있는데 설레었다는 사실에 빠른 속도로 기분이 가라앉았다.

"학교나 가자."

바람에 흐트러지는 앞머리를 꾹 눌러 붙이며 걸음을 옮겼다.

△ ○ ☆

"너 왜 가방이 없어?"

임석영이 턱을 괴고 물었다. 어깨에 걸치고 있는 에코백을 눈짓했다. 여기 가방 안 보이냐는 듯. 그러자 임석영의 얼굴이 굳는다.

"오늘 그거 들고 왔다고?"

"응."

의자를 뒤로 빼고 앉았다. 턱을 괸 임석영이 어깨까지 틀고 앉아 햄토리가 그려진 가방을 뚫어져라 쳐다봤다.

뭐. 왜. 이건 가방 아니냐. 여기 안에 필통, 노트 다 들었는데.

"교문에서 안 걸렸어?"

"안 잡던데."

심드렁하게 답하고 가방에서 필통을 꺼냈다.

"내일은 백팩 메고 와. 안 그럼 너 교문에서 잡힌다."

……그런 거 없는데요.

책 넣으면 그게 책가방이지. 에코백 들고 왔다고 교문에서 잡히면 그건 좀 억울한 거라고.

인중을 쓱쓱 긁다가 걸려 있는 가방을 들었다. 에코백의 끈을 벌려 잡고 각 끈을 한 팔에 하나씩 끼워 넣었다. 내가 하는 짓을 말없이 보던 임석영의 눈썹이 점점 일그러진다.

"너 뭐 하냐?"

에코백을 등에 메고 임석영을 보았다.

"어때. 이러면 좀 백팩 같을까."

임석영이 손으로 입을 턱 막으며 눈을 동그랗게 떴다. 어떻게 그런 기발한 생각을, 뭐 그런 표정인 것 같아 내심 기분이 좋아 엷게 미소했다.

임석영이 일어나더니 구부린 가운뎃손가락을 튕겨내며 내 이마를 가볍게 때렸다.

"아! 왜 때려?"

이마를 문지르며 인상을 쓰고 쏘아보자 임석영이 고개를 절레절레 젓는다.

"왜? 그냥 아예 지게를 지고 오지."

"지게? 지금이 무슨 조선시대인 줄 아나."

내 말에 임석영이 어이없다는 듯 웃는다.

"야, 에코백 이렇게 메는 건 지금 시대에 가능하고?"

"안 될 건 뭐야."

내 말에 임석영이 고개를 숙이더니 이마를 문질렀다. 뚱한 얼굴로 올려다보자 웃고 있는 낯이 보였다. 머리를 쓸어 올린 임석영이 얼굴에 어린 웃음기를 지우며 말했다.

"그럼 내일 그러고 학교 오든가. 잘하면 인터넷에 네 사진 올라올 수도 있겠다. 올라오면 내가 추천 정도는 눌러줄게."

안 된다는 말을 참 거창하게도 하네.

양쪽 어깨에 걸치고 있던 끈을 내렸다. 벌어진 끈을 붙여 잡고 가방 걸이에 걸었다.

어차피 홍차연 대역이 끝나면 백팩 같은 건 쓸 일이 없다. 학교만 잘 나오면 되지, 그런 것까지 신경을 써야 하나. 머리를 굴리며 계속 고민했다.

수업과 쉬는 시간이 반복되었고 청소 시간이 되었다. 수업은 열심히 안 들어도 청소만은 열심히 했다.

교실 뒤쪽에 있던 쓰레기들을 분리수거하고 돌아와 자리에 앉았다. 드르륵, 창문이 열렸다. 남윤수가 불쑥 머리를 들이민다.

"우리 반 소지품 검사한대. 와씨, 교무실 청소 아니었으면 100프로 걸렸다. 맡아주라."

휙휙, 주위를 두리번거린 남윤수가 빠르게 담뱃갑을 날리고 사라졌다. 임석영의 책상 위에 남윤수가 던지고 간 담뱃갑이 덩그러니 놓이고, 교실 앞문이 열렸다.

담임이 저벅저벅 옆구리에 기다란 나무 주걱을 끼고 들어왔다. 담임이 들고 다니는 나무 주걱, 저건 사랑의 매였다. 주걱 손잡이에 검은 매직으로 이렇게 쓰여 있었다. 궁서체로. 사랑의 매, 라고.

사랑의 매는 길이가 대략 50cm로 가마솥 밥을 뒤적일 때 쓰면 어울릴 것 같았다. 그런데 그걸 왜 학생들 손바닥 때리는 데 사용하는 건지 모를 일이다.

담임이 왔는데 임석영은 담뱃갑 치울 생각은 하지도 않고 남윤수가 사라진 복도만 보고 있었다.

이 미친놈아, 네 책상 위에 그거 치워.

눈동자가 바쁘게 움직였다. 담임과 임석영을 번갈아 살폈다. 교탁에 다다른 담임이 몸을 틀었다.

홱! 임석영의 책상 위로 손을 뻗어 담뱃갑을 잡았다. 그리고 빠르게 에코백 안에 쑤셔 넣었다.

탕탕, 담임이 주걱으로 교탁을 두드렸다. 그제야 임석영이 복도로 던지던 시선을 돌렸다. 음? 하는 임석영의 목소리가 들린다. 책상을 훑다가 바닥을 둘러보더니 나를 본다.

반응 참 빠르다.

"네가 가져갔어?"

대답할 가치가 없었다. 쳐다보지 않자 임석영이 음, 이상하네, 하며 바닥을 두리번거렸다. 친구가 담뱃갑을 창문으로 던져 날렸는데, 바로 안 줍는 네가 더 이상하다.

에휴, 하고 숨을 뱉으며 가방 걸이에 걸어둔 에코백을 보았다. 담배를 품은 햄토리의 얼굴이 왠지 모르게 처연해 보였다.

미안, 햄토리야. 담임 가고 나면 돌려줘야지.

돌려줘야지. 분명 거기까지 생각했었는데. 집에 와서 탈탈 턴 가방 속에서 담뱃갑이 섞여 나왔다. 홍차연 모친이 구해준 집이 아파트라는 점에 감동하고 있을 때였다.

미친, 방이 두 개나 있어! 하며 구린 화질로 사진도 팡팡 찍고 난 후였다. 감상을 끝내고 가방을 정리하는데 글쎄, 말보로 라이트가 나올 건 뭐람.

담뱃갑 뚜껑을 열어보았다. 몇 개비 안 남은 담뱃갑 안에 라이터가 쏙 들어가 있었다.

"와……. 이걸 어쩐담."

난감했다. 이걸 돌려주겠다고 학교에 가져가는 것도 문제고, 그렇다고 남의 물건을 내가 가지고 있는 것도 문제였다.

저기, 윤수야, 안녕? 너에게 돌려줄 게 있어. 나와 함께 우리 집으로 가지 않을래?

그것도 영 이상했다.

가만히 뚜껑 열린 담뱃갑을 내려다보다가 코에 대고 냄새를 맡았다. 킁킁, 그러다 얼굴을 찌푸렸다. 마른 나무 냄새 같기도 하고, 아닌 것 같기도 하고, 애매한 냄새가 났다.

뚜껑을 닫은 뒤 목재로 된 TV 장식장 서랍 안에 넣었다. 뒤에서 핸드폰이 짧게 울었다. 손을 더듬어 핸드폰을 잡았다.

[임석영: 동영상을 보냈습니다.]

임석영의 이름이 뜨자 눈이 휘둥그레졌다. 친구 물건 없어진 걸 이제야 알아차린 건가?

메시지를 열었다. 이렇다 저렇다 내용 없이 동영상 한 개가 들어와 있었다.

"뭐지."

왠지 모를 불길함으로 재생 버튼을 눌렀다. 초반에 화면이 정신없이 움직이다가 고정됐다. 고정된 동시에 내 표정이 굳는다. 화면 안에서 내 발이 까닥거리고 있었다. 반주 없이 노래를 부르는 목소리가 가관이다.

"이 새끼. 뭘 찍은 거야, 도대체?"

도저히 계속 듣고 있을 수가 없어 재생을 멈췄다.

너무 어이가 없어서 답장도 못 하고 있는데 말풍선 하나가 대화창으로 쏙 올라온다.

[옥상가왕]

일순 얼굴이 일그러졌다.

[보내줄 거 있어서 그런다. 아니 이게 그렇게 정색할 일이야……?]

임석영이 국사 시간에 보냈던 쪽지가 생각났다.

"그게 이거였어?"

손가락을 움직여 짤막하게 답을 적어 전송했다.

[지워라]

임석영에게 바로 답장이 왔다.

[지게 지고 오면]

"뭐지? 또라이인가?"

허, 하는 헛숨만 내뱉다가 '지게나 사주고 말해.'라는 답장을 적어 보내자 임석영에게서 '접수'라는 답장이 왔다.

벌어진 입을 다물지 못하고 대화창을 그대로 껐다. 임석영이라면 왠지 진짜 사 올지도 모른다는 생각이 들었다.

진짜 그런 걸 파나, 하는 생각에 인터넷에 들어가 '지게' 두 글자를 검색했다. 국내 생산 알루미늄 지게가 4만 5천 원에 판매 중이었다.

알루미늄 지게를 등에 이고 교문을 지나는 내가 그려졌다. 학생들은 나를 이상하게 쳐다보고, 학주는 애를 잡아야 돼, 말아야 돼, 하는 얼굴로 나를 보겠지.

그리고 임석영은 운동장 어딘가에서 그런 나를 핸드폰으로 찍으며 재미있다고 깔깔 웃을 것이다.

"번호 괜히 알려줬다."

뒤늦게 후회가 되는 부분이었다.

△ ○ ☆

전에 살던 곳은 옥탑이었다. 그 전에 살던 곳은 홍차연네 집이었다. 할머니 반대를 무릅쓰고 얻은 옥탑은 홍차연의 공부방보다도 작았다. 그 작은 방에 부엌, 화장실이 모두 들어가 있는 거였다. 여름엔 덥고 겨울엔 추웠다.

심지어 여름엔 온수를 안 틀어도 뜨뜻한 물이 나왔는데 겨울엔 온수를 틀어도 물이 안 나왔다. 수도관이 얼어서 그런 거였다. 탁 트인 풍경 빼고는 내세울 게 아무것도 없는 곳이었다. 물론 내 집 아니고, 월세 내고 사는 남의 집이었지만.

반면 홍차연 흉내를 내며 잠깐 지내게 된 이 집은 떠나기 싫을 만큼 좋았다.

남장하는 거 들키면 나도 홍차연도 뭐 되는 거다, 그런 생각에 심장 쫄려 빨리 이 대역 생활이 끝나기를 바랐다. 그런데 오늘 이 집에 두 발을 들이고 나니 홍차연이 1년 내내 병상에 누워 있었으면 싶었다. 눈이 멀어버린 건가.

끼익, 끼익, 그네의 쇠줄이 앞뒤로 움직이며 소리를 냈다. 아파트라서 그런가, 동 건물 사이에 놀이터가 있었다.

"좋네."

놀이터를 은은하게 밝히는 가로등 빛마저 좋아 보였다. 고개를 올려 드문드문 불이 켜진 아파트 베란다 창을 보았다.

옥탑에 살 때는 사람 사는 냄새가 역겹게 났다. 그러니까, 지상으로 지저분하게 얽혀 있는 전선들, 다닥다닥 붙어 있는 건물들, 밤이면 밤마다 이 집 저 집에서 터지던 비명들. 그런 것에 숨이 턱턱 막혔다.

나뿐만 아니라 이 동네 모든 사람들이 마지못해 사는 느낌이었다. 바로 옆 동네가 부촌이라는 게 믿기지 않을 정도로 온도가 달랐다.

쓱쓱, 모래 위를 끄는 발짓에 슬리퍼 안으로 모래가 들어온다.

아파트 단지 안이 조용했다. 많은 세대에 불이 켜져 있었다. 그 모습이 고즈넉하게 느껴졌다. 왜 마음이 편안한 걸까. 편안하면서도 이따금씩 코끝이 아렸다.

chapter 2. 이상한 점

몇 달만 머물다가 떠날 집이다. 발가락 사이로 모래알이 밀고 들어왔다.

그네에서 일어나 걸음을 옮겼다. 편의점에 들어가 아이스크림을 샀다. 이어폰을 귀에 꽂고 있어서 아르바이트생이 하는 말을 제대로 못 들었다.

자연스레 박자를 탔다. 박자를 안 탈 수 없는 리듬이었다. 끄덕끄덕, 고개가 움직였다.

나는 비닐봉투를 달라고 한 적이 없는데 아르바이트생이 금액을 추가해 계산하고 아이스크림을 비닐봉투에 담아준 걸 보면, 고개를 끄덕이고 있을 때 그런 질문을 했던 것 같다. 봉투 드릴까요?

손목에 건 검은 비닐봉투가 움직일 때마다 바스락 소리를 냈다. 슬리퍼를 끌며 집으로 향하는데 샛길에서 누군가 툭 튀어나왔다.

샛길 앞에 가로등이 우뚝 박혀 있었고, 가로등 빛이 튀어나온 사람의 얼굴을 밝혔다. 드러난 얼굴에 두 눈이 휘둥그레졌다.

미친, 임석영이다!

걸음을 멈추고 주위를 두리번거렸다.

화단이 길게 이어진 곳이라 숨을 만한 곳이 없었다. 나무 뒤에 숨어? 하며 화단을 살피는데 임석영의 걸음이 이쪽으로 향했다.

편한 차림으로 집에서 나왔다. 압박 붕대를 했을 리도 없고 교복을 입었을 리도 없다. 나는 무릎 위로 올라오는 후드 원피스를 입고 있었다.

지금 이 상태에서 임석영을 마주치면 빼도 박도 못하고 여자인 걸 들키는 거다. 뒤돌아 달리기 위해 몸을 돌렸다.

"어, 석영!"

남윤수가 손을 번쩍 들고 흔들었다. 세상에. 90도로 몸을 틀었다.

오른쪽 길에서 임석영이, 왼쪽 길에서 남윤수가 걸어왔다. 머리를 굴릴 틈이 없었다.

탁, 손목에 건 비닐봉투를 재빨리 빼내 뒤집었다. 봉투를 뒤집어 안에 든 아이스크림 세 개를 바닥으로 다 떨어트리고 머리에 뒤집어썼다.

검은색 비닐봉투를. 그러자 세상이 암전된다.

"……."

봉투를 쓰고 고개를 숙였다. 임석영과 남윤수가 지나가면 아이스크림을 주워서 달려가자.

두 주먹을 쥐고 마음속으로 숫자를 셌다. 한 열까지 세고 나면 가고 없지 않을까.

1······ 2······ 3······ 4······ 5······.

그렇게 느리게 숫자를 세고 있는데 누군가 어깨를 두드렸다. 예감이 좋지 않다.

"저기요."

임석영 목소리다.

부스럭, 소리를 내며 고개를 저었다. 아래로 내리고 있던 손을 들어 허공을 휘휘 밀어냈다. 신경 쓰지 말고 네 갈 길 가라는 듯.

"이거 떨어졌는데."

눈을 아래로 내리깔았다. 벌어진 봉투 틈으로 임석영의 손이 보였다. 그의 손에 아이스크림 세 개가 있었다.

"여기요."

바닥에 아이스크림을 심어둔 겁니다. 다시 놓고 가주세요.

그렇게 말하고 싶었지만 목소리를 내지 못했다.

"안 받으세요?"

왠지 받을 때까지 안 갈 것 같아 두 손을 내밀었다.

휘이잉, 소리를 내며 바람이 불었다. 그 바람에 봉투가 팔랑 날아가려고 해 급하게 손을 올려 머리를 부여잡았다. 시야가 완전히 차단됐다. 눈을 내리깔아도 아무것도 안 보였다.

아, 젠장. 망했다, 하고 생각하며. 그냥 발을 내디뎠다. 우선 이 자리를 피하고 보자며 걸음을 뗐는데 높이가 있는 턱을 밟았는지 몸이 기우뚱 기울었다.

"어!"

외마디 비명이 튀어나가고, 그대로 쓰러지는 줄 알았으나 중심을 잡았다. 두 팔을 쫙 벌린 채였다. 한쪽 팔에 낯선 사람의 손이 감겨 있었다.

휙, 팔을 잡아 빼자 임석영이 저기요, 하고 불렀다.

"내 것이 아닙니다."

목소리를 변조해서 내뱉었다.

"예?"

"그 아이스크림은 내 것이 아닙니다."

"그쪽 봉투에서 쏟아지는 거 봤는데 무슨 소리세요."

"그, 아무튼, 아닙니다. 땅에 기부했으니 먹든지 버리든지."

알아서 하세요, 라고 말하려는데 팔이 잡혔다. 움찔 몸을 떨자 바닥에 이렇게 막 버리시면 안 되죠, 하고 임석영이 말했다.

맞는 말이라 반박을 못 했다.

어쩌지 못하고 가만히 서 있는데 큼지막한 손이 손목을 휘감아 잡았다. 손가락 끝 마디는 차고 바닥은 따뜻한 이상한 온기가 손목으로 옮겨 왔다.

임석영이 손목을 잡아 올리더니 손바닥 위에 아이스크림을 하나하나 올려주었다. 쓸데없이 친절했다. 차마 목소리는 낼 수 없어 꾸벅 고개를 숙였다.

"버리는 사람, 치우는 사람 따로 있는 거 아니잖아요. 먹든 버리든 그건 가져오신 분이 알아서 하세요. 불법 투기 하지 마시고."

두 손에 아이스크림을 들고서 고개를 끄덕였다. 머리를 움직일 때마다 비닐봉투가 바스락거렸다.

걸음을 옮기는 소리가 났다. 멀어지는 발소리를 들으며 한숨을 뱉었다. 입 밖으로 흘러간 숨에 비닐봉투가 팔랑팔랑 흔들린다.

"그냥 반상회에도 나가지 그러냐? 자기 사는 아파트라고 아끼는 거 봐."

저만치서 남윤수 목소리가 들렸다. 검은 봉투 안에서 눈이 동그랗게 커졌다. 아이스크림 세 개를 손에 든 채 얼었다.

자기 사는 아파트? 임석영, 이 아파트 살아?

두근두근, 가슴이 뛰었다.

△ ○ ☆

학교에서 온종일 임석영의 눈치만 살폈다. 하필 옆자리일 건 뭐람.

수업을 듣다가, 급식을 먹다가, 복도를 지나가다가, 힐긋 눈을 돌리면 그중에 반은 눈이 마주쳤다. 턱을 괴고 있는 임석영과 눈이 마주치기도 했고, 복도 창틀에 기대고 있는 임석영과 눈이 마주치기도 했고, 젓가락을 입에 물고 있는 임석영과 눈이 마주치기도 했다.

그럴 때마다 화들짝 놀라며 눈을 돌리고 도망갔다. 나 너 보고 놀랐다! 하고 이마에 붙이고 다니는 수준이었다. 태연하게 행동하고 싶은데 지은 죄가 있어서 그런가, 쉽지가 않다.

진짜 나를 본 건가. 두 다리 훌렁 드러내고 원피스 입은 나를 본 거냔 말이다.

"하……."

한숨을 뱉으며 책상에 엎드렸다.

똑똑, 누군가 책상을 두드렸다. 고개를 들고 보자 임석영이

다. 마주칠 때마다 놀란 탓에 이번에도 흠칫 어깨를 떨었다.

무슨 일이지. 꼴깍, 침이 넘어간다.

"가자."

어디를. 어디를 가는데. 옥상으로 따라와, 그건가. 눈동자가 불안하게 흔들렸다.

"아, 아니. 안 갈래."

"왜?"

그야, 네가 가자고 하니까.

"어디 가자고 하는 줄은 알고?"

어딘지는 몰라도 사람 없는 으슥한, 협박하기 좋은 그런 장소가 아닐까 생각했다.

임석영이 의자를 뒤로 쭉 잡아끌었다. 무슨 힘이 그리 좋은지, 질질 끄는 대로 끌려갔다.

"어, 뭐, 뭐야?"

픽, 웃음을 터트린 임석영이 내 책상 위에 있는 교과서를 챙겨 들고 눈을 맞췄다.

"그냥 가지?"

그 미소가 정말이지, 사람을 미치게 만들었다.

아는 거야 모르는 거야. 본 거야 안 본 거야. 머릿속에서 저울이 미친 듯 기우는 것을 반복했다.

"이동 수업인데."

"아……."

임석영이 그만 일어나라는 듯 앉아 있는 나를 내려다봤다.

바로 일어나지 못하고 괜히 애먼 책상만 정리하다가 임석영에게 옷깃을 잡혔다.

"행동 엄청 굼뜨네."

"굼, 굼떠? 아니, 수업 갈 준비 하려고 그런 건데?"

위로 끌어 올리는 힘에 순순히 자리에서 일어났다. 임석영이 옷깃을 놓고 어깨 위에 가볍게 손을 얹었다.

"수작 그만 부려. 네 교과서 나한테 있으니까."

내가 언제 수작을 부렸다고 그러십니까. 그저 너와 함께 가고 싶지 않았을 뿐입니다. 입술을 말아 물고 고분고분 임석영의 말을 따랐다.

의자를 책상 아래 집어넣고 임석영의 뒤를 쫓았다. 이유를 들자면 첫째로 임석영이 내 교과서를 가져갔기 때문이고, 두 번째로 이동수업을 어디서 하는지 몰랐기 때문이다.

임석영의 걸음이 후문에서 멈췄다. 후문 담 너머로 얼굴을 길게 빼고 포장마차 사장님을 불렀다.

"사장님, 만득이 두 개요!"

후문 맞은편에는 분식을 파는 포장마차가 있었다. 후문이 닫혀 있어 포장마차에 가려면 담을 넘어야 했는데, 담을 넘다가 걸리면 운동장행이었다. 오리걸음 한 바퀴.

그래서 아이들은 담에 다닥다닥 붙어 사장님을 호출했고, 결국 포장마차 사장님은 배달을 시작했다. 담을 사이에 두고 주문을 받고, 계산된 건의 분식을 직접 배달해주는 방식이었다.

이동 수업 간다기에 말없이 따라왔는데. 만득이 두 개라니.

"이동 수업이라며."

"응."

"그게 포장마차는 아닐 거 아니야."

"당연하지."

내 미간은 의문으로 점점 좁아지는데, 임석영은 표정 변화 없이 주머니를 뒤졌다.

얘 진짜 뭐지?

만득이 핫도그가 하나에 2천 원이었다. 임석영이 주머니에서 5천 원 한 장을 꺼내 담 너머에 선 사장님에게 건네고 잔돈과 핫도그 두 개를 받아 들었다.

겉에 바른 설탕과 케첩에 군침이 돌았다. 그 영롱한 빛깔에 나도 모르게 시선이 고정됐다. 임석영이 어이없다는 듯 웃는다.

"안 데려왔으면 어쩔 뻔."

임석영이 손에 든 핫도그 하나를 건네며 말한다.

"오늘부터 내 분식집 메이트 해라."

"엉?"

무슨 소리인 줄 모르겠으나, 우선 건네는 핫도그를 받아 든 뒤 눈을 올렸다. 그러자 임석영이 몸을 돌리며 손에 든 핫도그를 흔들었다.

"내 친구들은 분식 안 먹거든."

동관 건물 뒤, 좁은 틈에 쪼그려 앉아 핫도그를 먹었다.

유유자적 핫도그를 들고 운동장을 가로지르다가 저편에서

야, 이놈의 쉐끼들아! 하고 소리를 지르는 선생과 마주쳤다. 둘 다 입에 핫도그를 문 채 얼었고, 임석영이 재빠르게 먼저 튀었다. 그리고 그 뒤를 눈치 빠르게 따라 쫓았다.

그렇게 달려서 몸을 숨긴 게 동관 뒤, 담벼락과 건물 사이의 좁은 틈이었다.

"다 먹고 가야 돼. 입 싹 닦고."

입에 든 것을 꾹꾹 삼키며 고개를 끄덕였다. 빨리 먹으려고 많이 씹어 넣은 탓에 볼이 빵빵했다. 두 손으로 막대를 잡고 입을 오물거리자, 이미 핫도그 하나를 해치운 임석영이 소리 없이 웃었다.

그 상태로 고개를 돌렸다. 눈이 마주치자 임석영이 입술을 꾹 힘주어 다물고 웃음을 참는 게 보였다. 왜 웃어? 묻고 싶었지만 아직 입을 벌릴 때가 아닌 것 같아 입에 든 것을 빠르게 씹었다. 그러자 못 참겠다는 듯 임석영이 소리 내 웃는다.

"야, 너 열여덟 살 맞냐."

맞는데. 그 대답을 하기 위해 입에 든 것을 꿀꺽 삼키는 찰나 입가로 임석영의 손이 올라왔다.

"뭐 이렇게 다 묻히고 먹어."

임석영이 웃는 얼굴로 입가를 쓱 문질러 닦았다.

설탕 알갱이가 입술 위에서 구르고 있는 느낌이 났다. 입술에 닿은 손가락의 감촉이 이상했다.

눈만 동그랗게 뜨고 코앞에서 슥슥 움직이는 그의 손과 집중한 얼굴을 쳐다보았다. 설탕 알갱이 하나 안 붙은 임석영의 입술이 붉고 도톰했다.

"안 먹은 것처럼 입 싹 닦고 가야 된다니까."

눈을 끔벅이다가 고개를 뒤로 뺐다. 뭐지. 방금 엄청 다정해 보였어.

"아, 묻었어?"

"닦았어."

"응."

손등으로 입술을 쓸어 닦고 남은 핫도그를 입에 욱여넣었다. 이걸 빨리 먹어야 여기를 벗어나지 싶어서.

"야, 콩알."

임석영의 말에 주위를 두리번거렸다. 여기 있는 거라고는 나랑 임석영 둘뿐인데.

"어딜 봐. 너 말이야."

"나?"

손가락으로 얼굴을 가리켰다. 뭔가 말을 하려는 것 같았는데, 콩알도 못 알아먹는 나에게 말할 필요성을 못 느꼈는지 됐다, 하며 말을 마무리했다. 뭐지.

임석영이 내 손에 든 빈 막대를 가져갔다.

"가자."

뭐. 또 어디를 가는데. 분식집 도장 깨기인가. 핫도그 깼으니까 뭐 또 다른 거 먹으러 가자 그건가.

눈을 동그랗게 뜨고 올려다보자 임석영이 엷게 웃으며 머리 위에 손을 얹었다.

"수업 가자고."

△ ○ ☆

며칠 만에 에코백이 더러워졌다. 화장실에 갔다 온 사이에 바닥에 떨어진 가방을 애들이 밟고 다닌 게 결정적이었다.

교실 바닥이 더러운 건지, 애들 슬리퍼 밑창이 더러운 건지, 햄토리 얼굴이 연탄에 맞기라도 한 듯 참혹했다. 가방 안에 든 것을 탈탈 털어 비우고 에코백을 손빨래했다.

거뭇하게 변한 햄토리 얼굴에 빨랫비누를 묻혀 빡빡 비비고 찬물에 헹궜다. 역시나 손이 빨갛게 얼어붙었다. 세탁기가 있었으나 찌든 때 빼는 데에는 손이 최고다.

힘주어 비틀어 짠 에코백을 탈탈 흔들어 물기를 털어냈다. 이불을 널어 빈 공간이 없는 건조대를 지나쳐 베란다 문을 열었다. 햇볕 잘 드는 베란다 난간에 에코백을 걸어두었다.

"날씨 좋다."

올려다본 하늘이 맑았다. 푸르른 하늘에 뭉게뭉게 피어올라 흘러가는 구름이 목화솜 같다. 바람이 잔잔한 게 날아갈 걱정은 안 해도 될 것 같다.

크르릉, 쾅쾅, 하늘이 무겁게 울리는 소리에 번뜩 눈을 떴다.

빨래 널고 집 청소하고 라면 하나 끓여 먹고 배불러서 바닥에 드러누워 있다가 잠이 들었다. 깜빡 졸았다고 생각했는데 눈을 뜨고 본 집 안이 어두컴컴했다. 어둑한 사위, 빗소리가 가득하다. 그 소리를 가만히 들었다.

"비 오네."

잠깐만, 뭐가 온다고?

뒤늦게 상체를 일으켜 베란다를 돌아보았다. 활짝 열린 베란다 문틈으로 빗줄기가 쏟아져 들어오고, 쏟아져 들어온 비에 바닥이 흥건하게 젖어 있었다.

바람이 얼마나 불어댔는지 이불을 널어두었던 건조대는 힘없이 쓰러져 있고, 베란다 난간은 비에 축축하게 젖은 채 휑했다.

후다닥 베란다로 달려가 문을 닫았다. 타다닥, 빗줄기가 유리를 때리는 소리를 들으며 아무것도 없는 난간 위를 내려다보았다.

"……내 에코백."

갑자기 지구 멸망 하루 전날처럼 변해버린 하늘을 망연히 바라보았다.

▲ ○ ☆

교실. 의자를 뒤로 빼고 앉아 쇼핑백을 가방 걸이에 걸었다.

쇼핑백 하단에 '황금 빵집'이라는 상호가 궁서체로 큼지막하게 박혀 있었다. 상호 위에는 제빵 장인 김황금의 얼굴이 동그란 금테 안에 들어가 있었다. 바게트를 들고 미소 지은 채.

임석영의 눈이 내 등과 손을 옮겨 가며 훑었다. 아무리 봐도 김황금의 얼굴이 박힌 쇼핑백이 이해가 되지 않는 듯 두 다리를 책상 밖으로 빼고 앉아 쇼핑백을 응시했다.

"설마."

"뭐가?"

자연스레 쇼핑백에서 필통을 꺼내자 임석영이 경악스러운 표정으로 입을 벌린다.

"진짜 오늘 그거 들고 등교했다고?"

"응."

아무렇지 않게 답했지만 부끄러웠다. 얼굴이 빨개지는 느낌에 임석영을 마주 보지 않은 채 쇼핑백에서 주섬주섬 노트와 메모지를 꺼냈다.

"세상에. 거기서 노트가 왜 나와."

"……."

"너 닮은 햄토리는 어디 가고?"

"어제 비바람에 날아갔어."

그게 나를 닮은 햄토리인 줄은 모르겠으나, 어젯밤 비바람에 휩쓸려 간 에코백에 햄토리가 그려져 있긴 했으니 같은 가방이 맞을 것이다.

"다른 가방 없어?"

"……."

"없구나."

대답이 없는 걸 긍정으로 받아들였는지, 임석영이 측은하게 바라보았다.

"뭐 하러 필통이랑 노트를 만날 들고 왔다 갔다 하냐. 그냥 학교에 놓고 다녀."

"내 마음이거든……."

"설마 그것도 누가 훔쳐 갈까 봐?"

아무런 말이 없자 임석영이 코끝으로 웃는다.

뭔데 아침부터 자꾸 시비야. 뾰족하게 뜬 눈으로 흘겨보자 녀석이 턱을 괴며 나를 보았다.

"너 책이랑 슬리퍼도 사물함에 넣고 다니잖아. 다른 거 넣을 자리도 없겠다."

그만 말 시키라는 듯 고개를 세차게 돌리고 필통을 열었다.

대단해, 전학생, 하며 얄밉게 빈정거리는 소리가 들린다. 입술을 삐죽이며 연필을 꺼내 들었다.

"야, 저 아저씨가 계속 나 노려봐."

"……."

"내일도 설마 이거 들고 학교 와?"

"……."

"아, 너무 무서운데."

가방 걸이가 오른쪽에 있었다. 쇼핑백 양면에 제빵 장인의 얼굴이 박혀 있어 김황금의 얼굴이 임석영을 향하는 건 어쩔 수 없는 일이었다.

바게트 들고 미소 짓고 있는 건데, 뭐가 무섭다는 건지.

턱을 괴고 있던 임석영이 몸을 일으켜 교실 뒤쪽으로 걸어갔다. 사물함을 향해 걸어가는 임석영을 가는 눈으로 흘겨보며 구시렁거렸다.

"뭔 상관이야, 진짜. 분식집 메이트 하나 봐라."

흘기던 눈을 획 거두고 노트를 폈다. 메모가 된 페이지를 획획 넘기며 백지를 찾는데, 자리로 돌아온 임석영이 책상 위에 체육복을 비롯한 잡다한 짐들을 늘어놓았다.

교과서를 서랍에 쑤셔 넣고 자리가 없어 들어가지 못한 교과서는 책상 옆 빈 공간 바닥에 내려놓았다. 잘 접어서 단정하게 포갠 체육복은 바닥에 내려둔 교과서 위에 둔다.

뜬금없고도 이상한 정리에 그가 하는 짓을 힐끔거렸다. 정돈을 마친 임석영이 내 쪽을 바라본 채 의자에 앉았다.

"사물함 내 거 써."

"어?"

임석영이 뒤쪽 사물함을 턱짓으로 가리켰다.

"내 거 사물함 네가 쓰라고."

"왜?"

"내일도 네가 그거 들고 오는 게 싫어."

"어, 아니, 그래도. 그럼 너는?"

"난 안 써도 돼."

녀석이 책상 옆에 차곡차곡 쌓은 교과서를 가리킨다.

"누가 훔쳐 가면 어쩌려고?"

"훔쳐 가라고 해. 잡히면 죽는 거야."

죽인다는 말을 아무렇지 않게, 무표정하게 뱉더니 몸을 돌려 앉았다.

교실 앞문이 열리고 선생이 들어오면서, 바닥에 있는 교과서와 임석영을 번갈아 보던 시선도 정면으로 돌아갔다.

왜 또 잘해주는 건지 의아했다. 불친절하거나, 친절하거나, 둘 중 하나만 해라, 임석영아.

하는 것 없이 시간표가 잘도 넘어갔다. 교과서를 폈다가 덮고, 폈다가 덮으니 어느새 오후가 됐다. 그리고 어김없이 쉬는 시간이 되면 닭들이 교복 바지를 걷어 올리며 교실 뒤쪽으로 모였다.

매번 같은 장면이지만, 지금 뭔가 다른 게 있다면, 교실 뒤에 내가 서 있다는 거다.

"원조 종이 인형 대, 신규 종이 인형의 대결!"

머리를 빡빡 깎은 애가 노트를 돌돌 말아 주둥이에 대고 소리쳤다. 아이들이 모여들어 어느새 교실 뒤에 커다란 원이 생기고, 그 가운데 나와 김윤환이 있었다. 오른발을 굽어 올려 잡은 채로.

그러니까 체육 시간, 키순으로 줄줄이 섰는데 김윤환이 내 뒤에 섰다.

그 모습을 본 누군가가 "야, 아무리 봐도 네가 차연이 앞에 서야 하는 거 같은데." 하고 말하자 김윤환이 발끈했고, "내가 전학생보다 크거든?" 하며 갑자기 발뒤축을 맞붙이고 서서 키를 쟀다.

chapter 2. 이상한 점

아이들이 눈을 가늘게 뜨고 키 차이를 살피다가, 어우, 눈 시리네, 하며 우위 가리는 것을 포기했다.

원조 종이 인형 김윤환이 내가 더 크다고! 나는 이제 종이 인형 직을 전학생에게 넘겨줬다고! 하고 바락바락 우겼다. 그 모습에 그의 친구들이 대결을 제안했다.

"야, 이참에 전학생이랑 닭싸움해서 종이 인형 최강자를 가려."

그렇게 해서 체육 시간이 끝나고 교실로 돌아오자마자 판이 벌어진 것이다. 2학년 1반의 종이 인형 최강자를 가리기 위해서. 키 작고 마른 애들 서러워서 살겠나.

두 손으로 발목을 단단히 붙잡고 콩콩 뛰었다.

김윤환의 눈이 불에 타는 듯 이글거린다. 어떻게 해서든 이 닭싸움에서 이겨 종이 인형이라는 오명을 탈피하고 싶은 것 같다.

"야, 전학생! 여기서 지면 깔끔하게 우리 반 공식 인형 하는 거야!"

공식 인형씩이나 되어야 하는 거라면, 져줄 수 없지. 최선을 다해 싸워야지.

승부욕 버튼을 누르는 순간 시작! 하는 소리가 터졌다.

김윤환이 성급하게 콩콩, 바닥을 내려찍으며 다가온다. 달려들어서 날려 버리겠다, 그런 심산인 것 같았다.

발목을 힘주어 잡고 김윤환이 가까이 오기를 기다렸다. 콩, 콩, 콩, 그가 가까워지고, 가까워진 만큼 콩, 콩, 콩, 뒤로 물러났다.

"비겁하다!"

김윤환이 소리치고, 내가 씩 웃었다.

"닭싸움에서는 방어가 중요하지. 지금 너처럼 뛰었다가는 체력이 금방 소진되고 말 것이다."

꽤나 비장한 내 말투에 애들이 소리 내 웃었다.

"미친, 내가 너 한 방에 날려버린다."

김윤환이 콩콩 뛰어왔다. 가만 기다리다가 가까워졌다 싶을 때 뒤로 물러났다. 김윤환이 얼굴을 찌푸리며 소리를 지른다.

"아! 미친! 정정당당하게 대결하자고!"

"전략이다."

"아, 벌써 힘드네."

그거 조금 한 발로 뛰었다고 숨이 거칠어진 김윤환을 보며 미소 지었다. 그러자 그가 마지막 한 방이라는 듯 전력으로 뛰어온다. 빠른 속도로.

가만 서 있다가는 부딪칠 것 같아 뒤로 물러나는데 발뒤축이 문턱에 걸렸다.

"어?"

중심 잃은 몸이 뒤로 기우는데, 눈앞에서 다리에 힘이 풀린 김윤환이 털썩 주저앉았다.

"김윤환 패!"

chapter 2. 이상한 점

그 소리와 동시에 몸이 훅, 뒤로 넘어갔다. 아아, 나는 좋은 닭이었습니다, 하며 안전한 착지를 준비하는데 누군가의 손이 등을 받쳐 올렸다.

중심이 무너지면서 뒤에서 등을 받친 사람과 함께 복도로 넘어갔다. 누군가의 손이 내 허리를 감아 안는 동시에 쿵, 소리를 내며 바닥에 떨어졌다.

"아……."

머리 위에서 앓는 소리가 들려왔다. 뒤에 서 있던 사람의 몸 위로 떨어진 탓에 나는 정작 부닥친 곳이 없었다.

"엇, 미안."

눈을 동그랗게 뜨고 올려다보자 머리 위로 그늘이 드리웠다. 누군가 한 팔로 내 몸을 감은 채 뒤로 뻗은 상체를 일으켰다.

"나이스 캐치."

체육복 상의를 벗어 어깨에 두른 임석영이 맑게 웃으며 눈을 맞췄다.

△ ○ ☆

임석영이 연필을 들었다가 힘없이 떨어트린다.

"아, 진짜 안 잡혀."

책상 위에서 도르르 굴러가는 연필을 쳐다보았다. 아까 교실 문 앞에서 내 등을 받쳐 구해준 뒤부터 손가락이 아프다고 저러는 중이었다. 서랍에서 교과서를 꺼내다가 떨어트리고, 연필을 들다가 떨어트리고, 교과서 페이지를 넘기며 신음했다.

"야, 홍차. 이거 보라니까. 진짜 연필 못 들어."

"······."

"손가락이 안 구부러져."

"장난하지 마."

"아니, 진짜라니까?"

임석영이 책상 위를 구르다 멈춘 연필을 다시 들었다. 연필을 손가락 사이에 제대로 쥐지도 못하고 떨어트렸다. 도르르, 연필 구르는 소리가 압박처럼 느껴졌다.

"아파. 아무리 생각해도 아프단 말이지."

꼭 나 들으라는 소리 같아서 연필을 쥐고 부들부들 떨다가 고개를 돌렸다.

"아, 그럼 보건실을 가보든가."

"보건실? 갔는데 진짜 다친 거면."

임석영이 힘을 잔뜩 뺀 손목을 들어 올리고 꺾인 손을 덜렁덜렁 흔든다.

"다친 거면 너 때문에 다친 거잖아."

"뭐, 그래서 어쩌라고."

"네가 내 수발들어야지."

수발 같은 소리 하네, 수발 놈이, 하고 생각했지만 눈만 흘기다가 시선을 거뒀다.

선생의 부재로 자습이 한창이었다. 고개를 들어 시간을 확인한 임석영이 의자를 뒤로 밀고 몸을 돌린다.

"야, 나 보건실 갔다 온다."

그러더니 쪼그리고 앉아 교실 뒷문을 빠져나갔다. 사사삭 사라지는 그 뒷모습을 보다가 헛웃음을 흘렸다.

"허, 진짜 어이가 없네."

어이가 없어. 절레절레, 머리를 흔들며 교실 뒷문에 향해 있던 시선을 책상 위로 옮겨 오는데 바닥에 떨어진 연필이 보였다. 임석영의 책상 위를 굴러다니다가 추락한 연필이었다.

바닥에 놓인 연필을 가만 보다가 허리를 숙여 그것을 주웠다. 바닥에 떨어지면서 연필심이 부러졌는지 나무 위가 댕강 잘려 있었다. 그냥 자리에 둘까 하다가 분화구처럼 파인 모양새가 보기 싫어 필통에서 커터 칼을 꺼냈다.

노트를 아래에 놓고 연필을 쥐었다. 오른손에 커터 칼을 들고 칼날을 쭉 밀어 올렸다. 칼날을 나무에 대고 칼등에 엄지를 붙여 나무를 얇게 벗겨냈다.

끝이 뭉툭하게 부러진 연필심이 모습을 드러내고, 칼날로 그 끝을 뾰족하게 깎아냈다. 칼날에 갈린 연필심이 가루가 되어 노트 위에 쌓인다.

"완전 조각이네."

빼주름히 깎은 연필로 노트에 글자를 적어보았다.

[임석영]

그렇게 세 글자를 적고 뒤늦게 왜 이 새끼 이름을 적었지 싶어 얼굴을 굳혔다.

왜긴. 임석영 연필이라 그런 거지. 암, 그렇고말고. 칼날을 집어넣고 다 깎은 연필을 임석영 책상 위에 놓았다.

자습 시간에 나간 임석영은 쉬는 시간이 끝날 때가 되어서야 교실로 돌아왔다. 한 손에 붕대를 감고서. 그걸 보는 내 눈이 동그랗게 커진다.

"야, 너, 너, 손 왜 그래?"

임석영이 손을 허공에 띄운 채 나를 무표정하게 바라보았다.

"왜겠어."

"어?"

"너 때문이지."

헐, 하는 소리와 함께 입이 벌어진다.

임석영이 자세를 고쳐 앉으며 서랍을 눈짓했다.

"다음 수업 교과서 좀 꺼내주라."

"너 다른 손은 멀쩡하잖아."

"아, 그렇지?"

임석영이 상체를 뒤로 빼고 왼손을 움직여 교과서를 잡아 꺼냈다. 어설픈 동작으로 교과서를 펼치더니, 요란하게 필통을 뒤적인다. 그러다 책상 위에 놓여 있는 연필을 발견하곤 오? 하는 소리를 냈다.

"살벌하게도 깎았네. 네가 했어?"

무표정한 얼굴로 임석영의 얼굴을 보았다.

"바닥에 떨어져 있어서."

책상 위에 잘만 있는 연필을 가져가 깎았다고 생각할까 봐 서둘러 답했다. 잘만 있는 연필을 깎아다 바친 것처럼 보이면,

그건 영락없는 임석영 꼬봉이잖아, 싶어서.

    그가 연필심이 뾰족하게 드러난 연필을 한 바퀴 돌려 보더니 내려놓았다.

"그런데 어떡해."

"뭘."

"나 오른손잡이잖아."

"대부분 다 오른손잡이지."

    책상에 붙어 있던 손이 허공으로 붕 떠오른다. 그러고는 보라는 듯 흔든다.

    뭐 어쩌라고 갑자기 로봇 팔 흉내지. 무표정한 얼굴로 흔들리는 손을 보다가, 그 손이 오른손이라는 것을 깨달았다.

    눈썹이 꿈틀거리며 일그러졌다. 그 모습에 임석영이 히, 소리를 내며 웃는다.

"이거 누구 때문?"

"······."

"홍차 때문."

"······야."

"손이 어떻게 됐다?"

"······그건 좀."

"삐어서 못 쓰게 됐다."

"······억울한데."

"필기 한다 못 한다?"

"······."

"못 한다."

아주 내 말은 귓등으로도 안 듣네.

임석영이 고개를 끄덕이며 자기 대사에 심취한 듯 홍차 때문이지, 홍차, 하며 이름을 반복해서 뱉었다.

내가 야, 그건 사고잖아, 누가 나 잡아주래, 그냥 넘어지게 놔두지, 하고 말했지만 듣는 척도 안 했다. 지금의 임석영은 마치 벽 같았다. 내가 뱉은 말은 모조리 튕겨 나가고, 청산유수 같은 그의 말만 가득한 벽.

눈을 가늘게 뜨고 그 벽을 노려보았다. 내 이름 아니긴 하지만, 지금 내가 빌려 쓰고 있는 그 이름을 입에 그만 올려줄래? 하는 표정으로.

혼자서 중얼중얼 떠들던 임석영이 입을 싹 다물고 몸을 돌려 눈을 맞췄다. 장난스럽게 웃음기를 머금고 있다가 싹 거둔 얼굴이 왠지 모르게 냉했다.

"그래서, 내 필기는 누가 해?"

임석영이 노트를 건네며 빤한 시선을 던졌다. 가만히 뜨고 있는 눈이었는데, 그 눈이 괜히 사납게 보여 시선을 조용히 내리깔았다.

악마 같은 놈이 아닐 수 없다고 생각하며 노트를 잡았다. 당겨 가져가려는데, 임석영이 노트를 잡고 안 놨다. 왜, 또 뭐가 문제인데.

"왜."

"대답을 해야지."

시바, 내가 개냐.

"내 필기 누가 한다?"

"내가 한다."

임석영이 만족스러운 듯 입술을 늘여 웃으며 손을 놓았다.

모나게 떠지는 눈으로 임석영을 흘기고는 그의 노트를 책상 위에 두고 펼쳤다.

공부도 더럽게 안 하게 생겼는데 필기는 개뿔, 생각하며 넘겨본 노트에 귀여운 필체로 빼곡하게 수업 내용이 기록되어 있었다.

임석영, 여러 사람한테 이런 식으로 자기 노트 돌려서 필기 시키는 거 아니야?

슥, 슥, 종이를 넘기는데 한 장을 넘겨도, 세 장을 넘겨도, 계속 같은 필체가 이어졌다. 검은색, 파란색, 빨간색, 펜을 바꿔가며 쓸 법도 한데 모든 글씨가 검은색이었다. 종이 테두리에 그 흔한 배고파, 언제 끝나, 잠 온다, 같은 낙서 하나가 없다.

공부도 안 하게 생겼다, 하는 것이 편견이었던 듯 수업 참여도가 좋아 보였다.

이거 진짜 임석영 글씨체인가.

그간 봐온 지렁이같이 휘갈겨 쓴 다른 애들의 필체와 달라도 너무 달랐다. 깨끗하고 깔끔한 필체였는데 이응을 크게 말아 쓰는 게 귀여웠다.

이렇게 매 시간마다 정리를 안 빼먹고 한 거 보면, 진짜 오른손을 못 써서 나한테 시키는 것일 수도 있다는 생각이 들었다.

내가 옆자리이기도 하고, 쟤가 나 때문에 다친 건 맞으니까. 모나게 각이 지던 마음이 조금 둥글해진다.

그래. 이왕 하는 거 좋은 마음으로 하자.

와다다, 와다다, 와다다다다.

아마 지금 내 모습을 소리로 나타내면 저렇지 않을까 싶을 정도로 오른손이 쉬지 않고 노트 위에서 움직였다.

좋은 마음으로 하자고 했지, 최선을 다하자고는 안 했는데. 나 지금 왜 땀까지 흘려가며 수업 내용을 필기하고 있냐.

내 노트도 이렇게 열정적으로 필기해본 적은 없는 것 같은데, 옆에서 하도 눈빛을 쏘아대는 통에 펜을 쥔 중지가 움푹 들어갈 정도로 분노의 노트 정리를 했다. 필기를 한 줄 정도 빼먹는다 싶으면 임석영이 손으로 책상을 툭툭 두드리며 느리다, 느려, 했기 때문이다.

고개가 쉴 새 없이 칠판과 노트를 오갔다. 선생님이 칠판에 휘갈겨 적은 메모 하나 빼먹지 않고 노트에 빼곡하게 옮겼다.

그렇게 노트 필기를 끝으로 빚을 삭감한 줄 알았으나, 그것은 나의 오산이었다.

경기도 오산 아니고 진짜 오산.

점심시간, 급식실에 홀로 앉아 있는데 임석영이 친구 두 명을 끌고 나타났다. 나타난 것까지는 괜찮은데 식판을 놓고 앉았다. 내 옆에.

chapter 2. 이상한 점

"식판 한 손으로 드는 것도 보통 일이 아니다."

"누가 보면 팔이라도 떨어져 나간 줄 알겠네."

남윤수가 그렇게 말하며 내 앞에 앉았고,

"너였구나."

하고 말하며 김찬영이 남윤수의 옆에 앉았다. 아니 그건 내가 하고 싶은 말이라고. 왜 또 너희들인데?

입에 잔뜩 욱여넣은 밥 때문에 부풀어 오른 볼을 하고서 의아한 얼굴로 임석영을 보자, 그가 묵묵히 내 손에 젓가락을 쥐어준다.

놓치지 말고 꼭 잡으라는 듯, 손가락 하나하나 자리까지 잡아주며. 왜, 뭔데. 이거 어디서 많이 본 그림인데.

어머니, 한 수저라도 뜨셔야죠. 그래야 살 거 아닙니까. 예?

병으로 인하여 몸이 쇠약해진 어머니의 식사를 챙기는 아들, 그런 거.

입에 든 것을 꿀꺽 삼키고 입을 열었다.

"나 젓가락 있는데."

"이건 내 젓가락이야."

"⋯⋯뭔 소리야."

임석영을 보며 미간을 찌푸리는데, 답이 앞자리에서 날아온다.

"이 새끼, 손가락 벤 게 너 때문이라며?"

그걸 그새 동네방네 떠들고 다녔니?

"넌 재수 옴팡지게 없는 거야. 하필 걸려도 저런 악랄한 놈한테 걸려서."

말없이 쳐다보자 남윤수가 손에 든 숟가락으로 나를 콕 찍어 가리킨다.

"오늘부터 그릇에다 물 떠다 놓고 임석영 깁스 풀게 해달라고 비는 게 좋을 거다."

뭔 소리를 하는 거야. 내가 왜 그릇에다 물 떠다 놓고 기도까지 해야 하는데.

못마땅한 얼굴로 남윤수를 보는데, 젓가락 쥔 손을 임석영이 툭툭 건드린다. 돌아보자 왼손으로 어설프게 쥔 숟가락을 내밀고 있었다.

"왜."

"어묵볶음."

"뭐?"

"어묵볶음 올려달라고."

황당한 소리를 참 당당하게도 하네.

굳은 얼굴로 임석영의 얼굴을 노려보았다. 그러자 묵묵히 밥만 먹던 김찬영이 내 쪽으로 시선을 던지며 입을 열었다.

"너 셔틀 된 거야."

"어?"

"임석영 오른팔 셔틀, 그거 된 거라고."

제가 왜요?

내가 그런 걸 할 것 같으냐? 하는 성난 얼굴로 홱 시선을 돌리자 임석영이 고개를 기울이며 오른손을 들었다.

chapter 2. 이상한 점

"누구 때문?"

꽉 맞붙은 이가 갈리는 느낌이었다.

"그래도 숟가락은 내가 들잖아. 입에 넣어주는 건 징그러워서."

임석영이 능청스러운 태도로 식판을 탁탁 두드렸다.

"어묵볶음이요."

"……."

"반찬 기다리다 밤새겠다."

그렇게 임석영 오른팔 셔틀 대장정이 시작되었다.

셔틀의 종류는 다양했다. 점심을 먹을 때는 젓가락질을 대신 했고, 수업 시간에는 노트 정리를 대신 했다. 게임 아이템 수집해야 한다며 임석영 대신 핸드폰 게임도 했다.

아니, 그거, 그거 누르라고, 그거! 하고 옆에서 임석영이 귀가 따갑도록 소리를 질러대서 결국 보다 못한 김찬영이 대신 해줬다.

"아이템 먹었다."

"야, 찬영아, 진짜 고맙다."

아이템 먹지도 못하고 자꾸 죽는다고 싫은 소리를 하도 들은 탓에 눈물이 날 지경이었다. 김찬영의 손을 잡고 감사 인사를 하자 그가 손을 빼며 어깨를 으쓱였다.

그 모습을 빤히 보던 임석영이 됐어, 이제 게임은 안 할 거야, 하며 핸드폰을 낚아채듯 가져갔다.

아이템 먹으래서 먹었더니 별 꼴이네. 혼자서 쿵쿵거리며 멀어지는 임석영의 뒷모습을 노려보았다.

말도 안 되는 걸 오른손 못 쓴다고 시킬 때마다 적당히 해라, 하고 이를 악물고 말하면 임석영이 손 깁스를 확인시켜 줬다. 병원비 청구는 안 하잖아, 하며 마치 자신이 나를 배려한다는 양 말을 할 때면 꿀밤을 세 대 먹이고 싶은 충동에 휩싸였다.

가장 충격적인 건 양치였다. 목덜미를 잡고 개수대로 끌고 가더니 내 손에 칫솔을 쥐여줬다.

"진심으로 거절한다."

"안 돼. 양치는 진짜 해야 돼."

"왼손으로 해, 그냥."

들고 있던 칫솔을 임석영의 왼손에 쥐여주려고 건네자 임석영이 손을 덜덜 떨었다.

"못 한다고. 내가 할 수 있으면 했지. 너를 왜 데려왔겠어?"

이거, 진짜 도망갈 수도 없고.

눈을 치켜뜨고 노려보자 임석영이 눈썹을 꿈틀거리며 양치질을 독촉했다.

"나 양치 못 해서 임플란트 하게 되면 어떡해?"

여기서 치과 치료가 왜 나와?

눈을 모나게 뜨고 쏘아보자 임석영이 나도 싫다, 나도, 하며 치약을 내밀었다.

아, 진짜. 태어나서 다른 사람의 이를 닦아주게 될 거라고는 생각도 못 했는데.

입술을 말아 물고 칫솔에 치약을 한 움큼 짰다.

"야, 치약을 뭐 그렇게 많이."

임석영이 한 소리를 하기에 눈을 뾰족하게 올려 뜨자 큼, 하며 입을 다물었다. 칫솔을 한 손에 들고 손을 까닥였다. 그 뜻을 알아먹었는지 임석영이 상체를 숙여 자세를 낮췄다.

"안 징그럽냐. 나 같으면 그냥 어설퍼도 혼자 닦겠다."

임석영의 어금니로 칫솔을 밀어 넣으며 말했다. 입을 벌린 임석영이 으어어, 같은 알아들을 수 없는 말을 뱉기에 알았으니까 닥치라고 했더니 순순히 목소리를 죽였다.

아래쪽 어금니, 위쪽 어금니, 위치를 옮겨가며 닦았다. 박박 움직였다가 피라도 날까, 열불이 나는 마음과는 다르게 손길이 조심스러웠다.

구석구석 칫솔질을 하다가 시선을 옮겼다. 입에서 조금 더 올라간 위치에서 임석영과 시선이 부딪쳤다.

계속 나를 보고 있었다는 듯 자연스러운 마주침이었다. 순간 움직이던 손이 멈췄다. 입 안에 칫솔을 놓은 채 가만히 있자 눈을 깜박거리던 임석영이 입을 다물고 씩 웃었다.

입가에 거품을 묻힌 채 숙였던 상체를 세운 임석영이 왼손으로 칫솔을 잡았다. 입에 머금은 거품을 개수대에 뱉더니 웃는 낯을 하고서 나를 내려다봤다.

"안 되겠다. 내가 닦을게."

전혀 어색할 것 없는 칫솔질에 주먹을 쥐고 임석영의 팔뚝을 퍽, 소리가 나게 때렸다. 입에 칫솔을 문 임석영이 눈을 동그랗게 뜨고 돌아봤다.

"닦을 수 있으면서."

부들거리며 노려보자 임석영이 픽 웃음을 터트렸다.

"아니야. 네가 힘들어 보여서 어렵지만 그냥 내가 해보는 거야."

"죽을래?"

"안 믿네."

임석영이 고개를 갸웃하며 시원하게 칫솔질을 했다. 너 같으면 믿겠냐? 원래 세상에는 믿을 사람 하나 없는 건데, 그중 제일은 너다, 하고 생각했다.

그렇게 학교가 끝났다. 학교를 벗어나면 셔틀도 끝나겠거니 했는데 아니었다.

앞서가던 임석영이 오른쪽 팔을 덜렁거리며 걸었다. 손가락 삐어서 지지대 받치고 붕대 감은 건데, 왜 팔을 못 쓰는 척해.

버스 정류장으로 가는 길, 뒤에서 바라본 그의 어깨와 등이 말끔했다. 왜냐하면 내가 녀석의 가방을 들었기 때문이다.

팔로 들 수 있는 모든 걸 나에게 떠넘길 생각인 건가.

"야, 가방은 어깨에 메는 거잖아. 인간적으로 네가 들어라."

"엇, 버스 왔다. 홍차, 뛰어!"

정류장으로 17번 버스가 정차해 있었다. 몇 미터 남은 거리를 임석영이 뛰었다. 어깨에는 임석영의 가방을 메고, 한 손에는 쇼핑백을 들고 후다닥 그를 따라 달렸다.

카드를 찍고 돌아서자 먼저 자리에 앉은 임석영이 손을 번쩍 들고 흔들었다.

"홍차!"

남윤수의 말을 따라 집에 가자마자 그릇에 물 떠다 놓고 기도드리리라.

임석영의 얼굴을 불만스럽게 바라보며 들어갔다. 그의 옆자리, 그리고 앞자리가 비어 있었다. 그럼 내가 앉을 자리는 어디? 당연 앞자리지. 임석영의 가방을 어깨에 멘 채 자리에 앉았다.

야, 왜 거기 앉아, 하며 툴툴거리는 목소리가 듣기 싫어서 주머니에서 엠피스리를 꺼내 이어폰을 귀에 꽂았다. 소방차의 '어젯밤 이야기'가 흘러나왔다.

"뭐 듣는데."

상체를 앞당긴 임석영이 귀에 꽂은 이어폰 한쪽을 빼더니 자신의 귀에 쏙 꽂아 넣었다.

아, 뭐냐고……. 저리 가라고…….

눈을 가늘게 뜨고 흘겨보는데, 임석영의 얼굴이 흠칫 굳는다. 재생 바를 앞당겨 노래 구간을 되돌렸다.

- 어젯밤에 난 네가 미워졌어. 어젯밤에 난 네가 싫어졌어.

다음 가사가 나오기 전, 노래 구간을 되돌렸다.

- 어젯밤에 난 네가 미워졌어. 어젯밤에 난 네가 싫어졌어.

그리고 다시 되돌리자, 가사가 반복됐다.

— 어젯밤에 난 네가 미워졌어. 어젯밤에 난 네가 싫어졌어.

반복되는 가사에 임석영이 무표정한 얼굴로 나를 보았다.

"구간 반복하는 이유는?"

"고장 났나."

"네 엄지가 부리나케 움직이던데?"

"그런 적 없는데."

"아, 그래?"

"응."

상체를 당긴 임석영이 의자 등받이에 팔을 대고 있는 탓에 고개를 돌리고 마주 본 얼굴의 거리가 이상하게 가까웠다. 임석영 귀로 이어진 이어폰 줄을 잡아당기자 그의 귀에 걸려 있던 이어폰이 툭 떨어진다.

"전학생, 나에 대한 네 감상 잘 들었고."

이어폰을 올려 잡고 고개를 정면으로 돌렸다. 등 뒤로 임석영의 음성이 이어진다.

"친구 미워하고 그러면 안 돼."

우리가 언제부터 친구였다고.

"나만 좋아하면 서럽지."

그러시는 겁니까.

△ ○ ☆

카톡.

이른 시간부터 핸드폰이 울리기에 이불을 더듬어 찾아 들었다. 안 떠지는 눈을 억지로 밀어 올려 확인한 핸드폰에 메시지가 들어와 있었다.

[안녕하세요? 제 오른팔 전화번호 맞습니까?]

임석영이다. 벌써부터 피곤해지는 느낌에 한숨을 뱉다가 프로필 사진을 눌러보았다.

파란색 후드 티를 입고 있었다. 야외 화단에 앉아 있었고, 반만 올린 후드 지퍼 위로 흰색 털에 검은색 털이 섞인 강아지가 빼꼼 얼굴을 내밀고 있었다.

강아지와 임석영, 둘 다 카메라를 바라보고 있었다. 강아지가 귀여웠고, 웃고 있는 임석영도 귀여웠다.

카톡, 알람이 울린다.

[네가 진짜 내 오른팔이 맞나 고민하고 있다면 맞으니 답장을 해도 좋다]

뭔데 답장을 보내라 마라 하는 거지.

괜히 괘씸한 생각이 들어 키패드를 두드리다가 입력한 내용을 전부 지우고 화면을 껐다. 이불 위에 핸드폰을 놓고 눈을 감았다.

다시 잠을 청하려는데 벨소리가 울린다. 눈을 뜨고 확인한 핸드폰 액정에 '내 번호 지워줬으면 좋겠는 애'가 떠 있었다.

"여보세요?"

— 야, 읽고 씹기 있냐?

"왜."

— 한 손으로 공들여 써서 보낸 건데, 씹으면 너무 서럽다.

"무슨 일인데?"

― 네가 필기한 노트, 혹시 그 가방 안에 있어?

"노트? 잠깐만."

침대에서 벗어나 방구석에 놓아둔 가방으로 향했다.

그러니까 어제, 임석영의 가방 셔틀을 했는데 하차 벨을 누른 임석영이 가방 달라는 말도 안 하고 문 앞에 섰다. 야, 가방, 하고 어깨에 메고 있던 가방을 벗어서 주자 너 써, 하는 답이 돌아왔다. 내가 왜? 그럼 너는? 하고 묻자 나는 너와 다르게 가방이 졸라 많아서, 라는 말을 남기고는 하차해 버렸다.

어이가 없어서 멍하니 있다가 잽싸게 창문을 열고 소리쳤다. 야! 월요일에 줄게! 그러자 임석영이 붕대 감은 손을 휘휘 흔들며 그래 봤자 네가 다시 들고 가게 될 거다, 하며 멀어졌다. 쇼핑백 들고 온 게 어지간히 짠해 보였나 보다.

지퍼를 열고 가방 안을 살폈다. 너무 가벼워서 아무것도 안 들어 있는 줄 알았는데, 노트 두 개가 들어 있었다.

"어, 가방에 있다."

― 왜 내 노트를 마음대로 가져가시는지?

당황스럽네. 막무가내로 가방 던져놓고 갈 때는 언제고.

"내가 언제 가져갔어. 네가 버리고 갔지."

― 그 노트는 안 버렸어.

"월요일에 가져갈게."

― 안 돼. 공부해야 돼.

"월요일에 하면 되겠네."

― 바보냐? 월요일에 쪽지 시험 보는데?

당황스러운 쪽지 시험 소식에 멍하니 손에 든 노트를 바라보았다. 같은 반에서 같이 수업 들었는데, 왜 너는 알고 있는 사실을 나는 모르는 것일까.

― 눈 뜨고 잘 때부터 알아봤다.

심지어 제가 눈을 뜨고 잤다고요? 믿을 수 없는 사실에 말문이 막혔다.

― 가져다줘. 주소 보내줄게.

"……뭐, 뭐라고?"

― 노트 가지고 오라고.

"뭐, 어, 어디로?"

― 어디겠냐.

어딘데!

― 우리 집이지.

chapter 3
다른 점

 임석영이 보낸 주소의 동과 호수를 다시 확인했다. 핸드폰 액정을 들여다보던 시선을 올려 눈앞에 있는 아파트를 보았다. 임석영의 집은 홍차연의 모친이 구해준 집에서 300m 정도의 거리에 있었다.

 위장 전학이니 아이들과 깊게 얽혀봐야 좋을 게 없었다. 그런데 학교 밖에서 같은 반 애를 만날 일이 생길 줄은 몰랐다. 그것도 임석영의 집을 찾아오게 되다니. 뭔가 잘못되어도 한참 잘못된 것 같다.

 닭싸움하다가 뒤로 넘어가지만 않았어도, 에코백을 베란다에 널지만 않았어도 이런 일은 없었을 텐데. 이것이 모두 다 거짓말하는 자의 운명이니라, 생각하며 마음을 다스렸다.

 계단을 밟고 올라가 출입문 옆에 달린 공동 현관 인터폰에 임석영 집의 호수를 누르고 호출했다.

 세대 호출음이 '스와니 강'이다. 미 레도미레 도 도 라도, 그 음을 따라 초등학교 때 배운 가사를 자연스레 따라 불렀다. 생각지 못한 흥얼거림에 입을 다물고 고개를 작게 저었다. 아, 따라 부르는 버릇 진짜 고쳐야 되는데.

달칵, 호출음이 넘어가며 끊어진다. 문도 안 열리고 목소리도 안 넘어왔다.

인터폰 앞에 가만히 서서 새카만 렌즈를 바라보았다. 혼자 있다고 그랬는데, 그사이에 부모님이 오셨을 수도 있으니 대뜸 야, 문 열어! 하고 소리칠 수는 없었다.

깜박깜박, 눈을 움직이다가 입을 열었다.

"……석영이 집 맞나요?"

그 의기소침한 소리에 킥킥거리는 소리가 들리는 것 같더니, 목소리가 넘어온다.

— 암호는?

임석영 목소리다. 그 소리에 두 눈이 절로 가늘어진다.

"열어."

— 누가 안 열어준대? 암호.

"아, 그걸 내가 어떻게 알아."

— 그럼 문제. 지금 나에게 없는 것은?

갑자기 무슨 인터폰 앞에 사람 세워두고 퀴즈쇼야.

"장난하지 마."

— 지금 나한테 없는 거, 뭐냐고.

"인성."

— 얼레?

"싸가지."

— 어쭈.

"개념."

― 참 많이도 없네. 올라와.

유리문이 옆으로 쭉 밀려나며 열렸다. 진작 열어줄 것이지. 성큼, 안으로 발을 들이자 서늘한 공기가 피부에 닿는다.

엘리베이터 버튼을 누르고 기다리며 옆에 붙은 거울을 들여다보았다. 들여다본 거울 속, 바가지를 뒤집어쓴 듯한 내가 뚱한 얼굴을 하고 있었다.

"머리 때문에 그런가. 진짜 사내새끼 같네."

홍차연 흉내를 낸답시고 이발하러 미용실에 갔던 날이 생각났다. 미용실 거울에 비친 내 모습이 새삼스레 예뻐 보였다. 검은 생머리가 허리까지 내려오고, 빨간색 니트에 무릎 위로 올라오는 흰색 치마를 입은 날이었다.

거울 앞에 앉아 싹둑 잘려 나가는 머리카락을 보고 있자니 눈물이 핑 돌았다. 이발기로 구레나룻을 깎을 때는 그렁그렁 맺힌 눈물이 선을 그으며 떨어졌다.

"아이구, 왜 울고 그래요."

머리를 이발해주던 여자가 휴지를 챙겨줬다. 눈물의 이발식이었다.

옛 기억에 빠져 있는 것도 잠시, 띵, 소리를 내며 엘리베이터 문이 열렸다. 층수를 확인하고 발을 내디뎠다.

"어……."

chapter 3. 다른 점

두리번거리지 않아도 임석영의 집을 단번에 발견할 수 있었다. 임석영이 현관문을 열고 빼꼼, 얼굴을 내밀고 있었다.

"왔어?"

작게 고개를 끄덕이자 현관문이 활짝 열린다. 어서 와, 임석영 집은 처음이지? 그런 자막이 임석영 머리 위로 떠오르는 것만 같다.

현관 앞에 서서 노트를 내밀었다. 노트만 주고 돌아갈 생각이었다. 어차피 여기 온 목적이 이 노트였으니, 굳이 신발을 벗고 집에 들어갈 이유가 없었다.

"안 들어와?"

"노트만 주고 가려고."

"왜? 약속 있어? 피자 시켰는데."

허기진 마음속으로 궁서체의 피자가 침투했다. 그 두 글자에 마음이 마구 흔들렸다. 피자를 마지막으로 먹은 게 언제더라.

"아, 아니야. 그냥 갈게."

"뭐, 그러든가."

임석영이 무심하게 노트를 받아 들었다. 그리고 배웅을 해주는 듯 현관문 손잡이를 잡고 섰다.

내가 엘리베이터를 타고 내려가면 문을 닫고 들어가려는 건가.

"들어가."

"왜?"

"아니, 나 가는 거 안 보고 있어도 된다고."

내 말에 임석영이 으음, 하며 눈썹을 매만졌다.

"너 보고 있는 거 아닌데."

띵, 소리를 내며 엘리베이터 문이 열렸다. 갑자기 귀로 청아한 유리상자의 노래가 흘러들었다. 문이 열리네요, 그대가 들어오죠, 첫눈에 난, 그런 가사.

피자 배달원이 서 있었다. 그리고 그가 입고 있는 유니폼을 봐버렸다. 도미노, 저것은 도미노.

"피자 시키셨죠?"

배달원이 피자 냄새를 흘리며 현관 앞에 서 있는 임석영에게로 걸어갔다. 눈앞에서 엘리베이터 문이 닫혔다.

눈을 돌려 피자 배달 완료 현장을 바라보았다. 허기진 마음속에 피자 냄새가 공격적으로 침투했다. 흔들리고 말고 할 것 없이 순식간에 점령당했다. 마음속 가운데 피자라는 깃발이 꽂혔다. 피자가 승리하는 순간이었다.

조용히 걸음을 돌려 배달원 뒤에 섰다. 배달원이 피자 박스를 놓고 돌아섰다. 임석영이 의아한 눈으로 나를 본다.

"뭐야, 안 갔어?"

"······."

입술을 꾸물거리며 가만 서 있자, 임석영이 입술을 터트리며 웃는다.

"먹고 갈래?"

"······네가 원한다면. 뭐."

픽, 입꼬리를 올린 임석영이 문을 열고 길을 내어줬다.

"들어와."

임석영을 따라 현관 안으로 걸음을 옮겼다. 망설임 없이 신발을 벗고 발을 들였다. 시원하게 트인 거실이 넓다. 거실 옆으로 부엌이 연결되어 있었다.

피자 박스를 든 임석영이 부엌으로 가지 않고 거실 탁자 위에 박스를 놓고 앉았다. 혹시 누가 있지는 않나 두리번거리자 임석영이 아무도 없어, 하며 가족의 부재를 알렸다.

테이블을 가운데 두고 임석영과 마주 보고 앉았다. 임석영이 피자 박스를 열었다. 나도 모르게 와아, 하는 소리를 내뱉었다. 도우가 두툼하고 토핑이 풍부했다. 냄새만으로도 기분이 좋아졌다.

피자 한 조각을 내게 건네며 임석영이 피식 웃는다.

"너 진짜 얼굴에 뭐 못 숨기는 거 알아?"

"어?"

뭐라고 하는지 모르겠고, 내 앞으로 온 피자를 덥석 받았다. 임석영이 가볍게 웃으며 아니다, 하고 대화를 마무리했다.

피자 한 조각을 입에 물고 거실을 둘러보았다. 부엌에서 안쪽 방으로 이어지는 벽에 가족사진이 걸려 있다. 조모와 부친이 의자에 앉고 그 뒤에 모친과 임석영이 서 있는 사진이었다.

"너 외동이야?"

"응."

아하, 하는 쓸데없는 소리를 흘리며 고개를 끄덕였다.

사진 속에 있는 네 사람의 인물이 장난이 아니었다. 임석영과 함께 서 있는 모친의 키가 컸다. 그래서 임석영이 키가 큰 건가. 부친은 짙은 눈썹에 날렵한 눈매를 가지고 있었다. 그래서 임석영이 잘생긴 건가.

가족사진이 있다는 이유로 화목하구나, 부럽네, 그런 생각이 들었다.

"그런데 너 여기 사는데 왜 다른 정류장에서 내렸어?"

"뭐, 언제."

"금요일. 가방 놓고 내린 날."

"아……."

피자를 입에 물고 눈을 올리자 임석영이 눈동자를 굴리다가 시선을 돌렸다.

"뭐 확인할 게 있어서."

아, 그러냐. 고개를 끄덕였다.

피자를 한입 크게 베어 물고 씹었다. 피자 한 조각이 네 입 만에 꽁다리만 남았다. 두 뺨 가득 먹을 것을 넣고 씹는데 임석영이 피클을 집어 먹으며 놀랍다는 시선을 보낸다.

"아까 분명 그냥 간다고 하지 않았냐."

"……."

"졸라 잘 먹네."

치켜뜬 눈으로 쏘아보자 임석영이 소리 없이 먹어, 먹어, 하고 말했다. 그 말에 또 순순히 먹는 데 열중하는 나다. 단순한 인간 같으니라고.

"오늘 뭐 해?"

"알바."

"너 알바 해?"

피클을 집어 먹다가 눈을 동그랗게 떴다. 아차, 싶은 생각에 말을 얼버무렸다.

"아……. 아니, 알 바 없다고."

더는 묻지 않기를 바라며 눈을 내리깔았다.

"알 필요 없다고?"

"그래."

"내 오른팔이 뭐 하고 다니는지는 알아야지."

"내가 왜 네 오른팔이야?"

불만스러운 목소리로 말하자 임석영이 음? 하며 오른손을 들었다. 진짜, 저거, 일부러 저러는 거야. 악마 같은 놈.

"텔레비전 좀 켜봐."

"뭐?"

"너무 조용하지 않아?"

임석영이 왼손으로 피자를 든 채 리모컨을 턱짓했다.

주말까지 내가 네 셔틀 노릇을 해야 하는 건가. 황당했지만 조용히 리모컨을 들고 전원 버튼을 눌렀다. 까라면 까는 운명이라니, 서글프다고 생각하며.

입술을 삐죽이며 리모컨을 내려놓자 임석영이 피식 웃었다. 재미있는 모양이었다.

"그런데 노트 하나 들고 오는데 가방은 뭐 한다고 가져왔어?"

임석영 가방이었다. 내가 빌려달라고 한 것도 아니고, 그냥 가방 셔틀을 했더니 나한테 버리고 간 거나 다름없었다. 너 써, 하고 말하긴 했지만 그렇다고 덥석 받아서 쓰는 것도 이상했다.

"네가 두고 내렸으니까."

"너 주고 내린 거라니까."

"내가 왜 네 가방을 써."

"아, 그 쇼핑백 보기 싫어서 그래. 종이 가방 들고 오면 다 찢어버린다."

헐, 하는 소리가 새어 나갔다. 이거 완전 미친놈 아니냐. 남의 소중한 가방을 왜 찢는다고 난리야?

"싫으면 다른 거 줄게. 그거 들고 가."

"왜 자꾸 네 가방을 가져가래?"

불만스러운 표정을 짓자 임석영이 못마땅한 표정으로 대꾸했다.

"친구가 주고 싶다는데 그냥 좀 받아주면 안 될까?"

우리가 언제부터 친구였다고. 자꾸 친구, 친구 하시는지.

"난 말했다. 쇼핑백 들고 오면 찢는다고."

이 새끼, 진짜 완전 제멋대로네. 입술을 꾸물거리다가 꾹 다물었다. 싫은 소리 해봤자 안 좋은 소리만 더 듣지 싶었다. 쇼핑백이 갈기갈기 찢기는 미래의 내 모습이 그려졌다.

"……나쁜 놈."

꾹 다문다고 다물었는데, 피자를 먹으려고 벌린 입으로 마음의 소리가 새어 나간다.

"허?"

임석영이 황당하다는 듯 입술을 터트려 웃었다. 저 스스로는 친구 돕고 욕을 먹었다고 생각하는 것 같았다. 도와달라고 하지도 않았는데 돕는 게 이기적이라는 것도 모르고.

흥, 하고 고개를 돌리며 채널을 돌렸다.

피자를 다 먹고 멋쩍게 앉아 있다가 자리에서 일어났다.

"가려고?"

"응. 약속 있어서."

"그래."

"이건 내가 가는 길에 버리고 갈게."

피자도 다 먹은 마당에 빈껍데기만 놓고 가는 게 마음에 걸려 재활용으로 들어갈 만한 것을 주섬주섬 챙겼다.

그러자 텔레비전 전원을 끈 임석영이 방으로 들어가기 전, 박스를 눈짓하며 말했다.

"그냥 둬."

가는 길이라 버리려고 했던 건데. 집주인이 그냥 두라고 하니, 고집을 피우기도 뭣해 손에 든 것을 도로 내려놓았다. 멀뚱히 서 있다가 걸음을 옮겼다.

"나 간다."

방으로 들어간 임석영에게 짤막한 인사를 전한 뒤 신발장 앞에 벗어둔 운동화에 발을 꿰어 넣었다.

저 새끼, 사람 간다는데 나와 보지도 않네.

신발 앞코를 콕콕 바닥에 찍어 발뒤축을 집어넣는데 벌컥,

임석영이 들어갔던 방문이 열렸다. 입고 있던 반팔 티를 벗고 후드 티로 갈아입은 모습이었다. 그 위에 바람막이를 걸친 임석영이 현관으로 걸어 나왔다. 어깨엔 가방끈이 걸려 있다.

"아, 손 하나 못 쓰니까 옷 입기도 힘드네."

왜 옷을 갈아입었지, 하는 순간 가까워진 임석영이 자연스레 슬리퍼에 발을 넣었다.

"배웅 안 나와도 돼!"

임석영이 따라 나서기에 두 손을 빠르게 내저었다.

남은 발 하나까지 슬리퍼로 옮겨 신은 그가 무표정한 얼굴로 현관문 손잡이를 돌리며 눈을 맞췄다.

"내가 너 배웅을 나간다고? 그렇게 생각해?"

"어?"

그럼 갑자기 왜 나오는데. 그런 생각으로 눈을 끔벅이자 임석영이 나를 지나쳐 현관문 밖으로 나간다.

"아이스크림 사러 가는 거야. 이상한 오해를 하네?"

아, 그러니. 쓸데없이 소리를 내질렀다고 생각하며 현관문이 닫히기 전, 문밖으로 걸음을 옮겼다.

엘리베이터를 타고 내려가는 길, 임석영이 붕대 감은 손으로 옷자락을 고정하고 지퍼를 채우려 하고 있었다. 그런데 왼손 사용이 힘든지 낑낑거렸다. 슬라이드를 막음쇠에 채우려고 할 때마다 손이 어긋났다. 툭, 툭, 자꾸 어긋나는 것이 신경 쓰인다.

그 쉬운 걸 왜 못 끼워 넣니. 왼손 사용이 영 서투르다. 그 모습을 힐끔대다가 한숨을 뱉으며 몸을 돌렸다.

chapter 3. 다른 점

"더럽게 못하네. 치워봐."

임석영의 손을 치워내고 지퍼 손잡이를 잡았다.

"어, 대신 해주는 거야?"

슬라이드 부분을 막음쇠 부분에 끼워 넣고 손잡이를 위로 쭉 끌어 올렸다. 이가 맞물리며 지퍼가 채워진다.

끝까지 지퍼를 채우고 보니, 올라간 손이 임석영의 턱 아래에 있었다. 손을 따라 올라간 고개가 위를 향하고, 내려다보는 녀석의 눈과 마주쳤다. 생각보다 가까운 거리에 서 있었다.

엇, 하는 소리가 작게 흘러나갔다. 마주 보고 선 모양새가 조금 이상했다.

괜히 민망해 옷에 닿아 있던 손을 떼고 빈손을 탁탁 털었다. 몸을 돌려 한 걸음 뒤로 물러나는데 임석영이 만족스럽다는 듯 고개를 작게 끄덕이며 머리를 쓰다듬는다.

"옳지. 이게 오른팔의 자세지."

"……뭐래."

엘리베이터 문 앞에 바짝 붙어 섰다. 문에 비친 얼굴이 홍조를 띠고 있었다. 미친, 왜 이래. 혹시라도 오해를 살까 싶어 후드를 뒤집어쓰고 끈을 당겨 묶었다.

힐끔 옆을 돌아보자 거울을 보고 선 임석영이 한 손으로 머리칼을 쓸어 잡고 있는 게 보인다. 시원하게 드러난 이마에 이목구비가 또렷하다.

"야, 홍차."

괜히 훔쳐보는 걸 들킨 것 같아 어깨를 움찔 떨며 고개를 돌렸다.

"어, 어?"

"너 사귀는 사람 있어?"

생각지도 못한 물음에 눈이 동그래졌다. 애인이 있냐는 단순한 질문인데도, 성별 자체를 거짓말하고 있는 처지라 그런지 심장이 철렁 내려앉았다.

"그건 왜?"

거울에 비친 얼굴을 들여다보던 임석영이 머리칼을 잡고 있던 손을 내리고 몸을 돌렸다.

거울에 등을 기댄 그가 빤히 나를 본다.

"아니, 친구가 자꾸 남자 소개해 달라고 그래서. 없으면 너 해주게."

하마터면 아니! 이 미친놈아! 나 남자 좋아하거든! 하고 소리칠 뻔했다.

큼큼, 헛기침을 뱉으며 층수를 확인했다. 뭔 엘리베이터가 이렇게 느려터졌어.

"그, 네 친구 누구냐. 남윤수랑 김찬영 해주면 되겠네."

"안 돼. 걔들은 담배 펴서 탈락이야. 혹시 너 담배 피우냐?"

"아니!"

나도 모르게 큰 소리가 새어 나간다. 이게 소리까지 지를 일인가. 뒤늦게 머쓱해져 콧등을 문지르며 고개를 돌렸다. 한 칸, 한 칸 내려가는 층수가 보였다.

"아, 그런데 너 대답 안 했어."

"뭐를."

"사귀는 사람 있는지."

1층에서 엘리베이터가 멈췄다. 문이 열리자마자 후다닥 다리를 움직였다.

"야, 나 먼저 간다!"

뒤도 돌아보지 않고 걸었다. 세상에, 소개팅이라니.

괜히 두근거리는 심장을 쓸어내리며 다리를 빠르게 움직이는데 뒤로 임석영 목소리가 날아들었다.

"번호 준다?"

무시하고 갔다가는 소개팅이 성사될 것 같은 분위기에 우뚝 걸음을 멈추고 돌아보았다.

"안 돼! 주면 죽는다!"

"죽기까지?"

"죽어!"

"무섭네."

임석영이 알았다는 듯 고개를 끄덕였다. 재확인을 위해 주먹을 말아 올리자 임석영이 입술을 터트리며 웃는다.

"아, 알았어. 안 줘."

주기만 해봐. 주먹 쥔 손을 내리는데 허공으로 포물선을 그리며 가방이 날아왔다. 엉겁결에 두 손을 뻗어 가방을 받아 들었다. 전학 첫날, 화장실의 풍경과 겹쳐졌다.

"번호 안 줄게. 이건 받아. 그렇게 찝찝하면 그냥 생일 선물 당겨서 받았다고 생각해."

두 손으로 가방을 받아 든 채 말없이 임석영을 보았다. 붕대 감은 손을 허공에 휘휘 흔들어 보인 그가 걸음을 옮겼다.

멀어지는 임석영의 모습을 멀거니 보다가 두 손에 든 가방을 내려다보았다. 한 번도 쓴 적이 없는지 지퍼 손잡이에 가격표가 달려 있다.

"생일 선물?"

기분이 이상했다. 고개를 들어 임석영이 걸어간 방향을 보았다.

어딘가로 꺾어 들어갔는지 임석영의 모습은 없고 거리가 텅 비어 있었다.

"선물이라……."

낯선 단어에 왠지 모르게 마음이 이상해졌.

△ o ☆

"누리야, 뭐 한다고 머리를 이렇게나 짧게 잘랐어?"

전에 함께 배달 일을 했던 오빠가 오랜만에 가게를 찾아왔다. 두 손에 음료가 든 캐리어를 들고 들어오더니 구레나룻을 다 깎아먹은 나를 보고는 빽 소리를 질렀다.

자꾸 어색해 죽겠다고 쉬지 않고 떠들기에 조용히 가운뎃손가락을 펴주었다. 그러자 조용히 입을 다물더니, 다시금 이야기를 꺼낸다.

"뭐, 그냥. 샴푸도 많이 쓰고."

chapter 3. 다른 점

"야, 그래도 그렇지. 여기 구레나룻을 뭐 한다고 다 밀어버렸어."

"아, 진짜. 돈도 한 푼 안 보태 줬으면서 말이 많아. 구레나룻을 밀든가 말든가!"

커피를 쪽쪽 빨아 마시다가 신경질적인 어조로 답하자 재민이 눈을 동그랗게 뜨고 입술을 내민다.

"아니, 나는 그냥……. 네 머리 스타일이 확 변해서…… 심경의 변화라도 있나 하고……."

기가 죽은 재민의 모습에 신경질적으로 날 섰던 마음이 둥글해지며 가라앉는다.

"없어. 그런 거."

"알바도 이제 평일은 안 한다며. 평일에 다른 일 해?"

그게 사실 일이라면 일이었지만, 누구에게 말할 수 있는 일은 아니었다. 입에 빨대를 물고 고개만 작게 끄덕였다.

"뭐 하는데?"

"그냥, 뭐……."

뭐라고 할까, 머리를 굴렸다.

"대역?"

"뭐야, 그게. 보조 출연 같은 건가?"

"어, 뭐. 비슷해."

"그럼 주말에도 그걸 하지. 오토바이 타는 거 너무 위험하잖아."

그게 또 주말은 학교를 안 가잖아. 그런 말은 할 수가 없어 입술을 붙이고 어색하게 웃었다.

재민은 세 살 터울로 올해 스물한 살이었다. 알바를 하기에 나처럼 자기 용돈 자기가 버는 사람인가 보다, 했는데 어느 날 재민의 모친이 주렁주렁 보석이 박힌 목걸이와 귀걸이, 팔찌를 걸고 나타났다.

그러니까, 그게 일종의 반항이었던 거다. 집에서 오토바이를 못 사게 하니까 오토바이 탈 구실을 만드는 것. 그게 알바의 이유였다.

귀를 잡힌 채 끌려 나가더니 다음 날 알바를 그만두었다.

여기서 일했던 기억이 좋았는지 재민은 알바를 그만둔 이후로도 종종 중국집을 찾아왔다. 오늘처럼 두 손에 먹을 것을 사 들고서.

"그럼 앞으로 주말에만 와야겠다."

"기름 냄새 나는데, 뭐 한다고 여길 자꾸 와?"

그 말에 재민이 말없이 웃는다. 생긴 건 강아지같이 생겨가지고, 웃을 때면 눈이 접혔다.

"김누리! 배달!"

주방에서 이름이 불렸다. 탁수 사장님이 래핑한 그릇을 밖으로 훅훅 밀어 보내고 있었다.

손에 든 커피를 테이블 위에 내려놓고 의자 옆에 두었던 헬멧을 머리에 썼다. 철가방에 탕수육, 자장면, 단무지를 챙겨 넣고 슬라이드 뚜껑을 내려 닫았다.

"다녀오겠습니다!"

그 말에 주방에서 천천히 다녀! 하는 사장님 목소리가 크게 울리고, 구석진 자리에 앉아 있는 재민이 손을 들어 흔들었다.

띵동, 벨을 누르고 기다렸다. 개 짖는 소리가 들리더니 현관문 너머에서 누구세요? 하는 사람 목소리가 들린다.
"자장면 배달 왔습니다."
띠리릭, 하는 소리와 함께 현관문이 열렸다.
여자가 강아지를 안은 채 문손잡이를 잡고 있었다. 하얀 몸통에 검은 털이 박힌 강아지였다. 낯선 사람이 와서 그런지 작은 입으로 우렁차게 짖어댔다.
"아, 죄송해요. 원래 순한데."
"아니에요. 괜찮습니다."
자연스럽게 현관문 안으로 발을 들이고 신발장 앞에 쪼그려 앉아 철가방을 내려놓았다.
"카드 결제 하셨죠?"
"네."
뚜껑을 올리고 안에 든 접시들을 하나씩 빼서 바닥에 놓았다.
"야, 꿈꿈이 데리고 들어가 있을 테니까 네가 받아."
계속 짖는 강아지를 안고 여자가 방으로 들어갔다. 방문 너머에서 멍멍, 하는 소리가 울렸다. 탕수육, 자장면 세 그릇, 단무지 그리고 군만두를 꺼내놓으며 고개를 들었다.
"군만두는 서비스입니다."

뚜껑을 탁 내리고 일어서려는데 거실에 늘어져 누워 있는 누군가와 눈이 마주쳤다.

"어……."

미친, 임석영이 왜 저기에 있지?

동그랗게 눈을 뜨고 보다가 잽싸게 헬멧 바이저를 내렸다.

"어?"

돌고래 인형을 베고 누워 있던 임석영이 자세를 고쳐 앉으며 나를 보았다.

"홍차?"

"마, 맛있게 드세요."

철가방을 들고 나가려는데 손잡이를 돌려도 문이 안 열렸다. 왜 이래, 이거.

다급하게 손잡이를 잡고 위아래로 움직이는데 등 뒤로 임석영의 목소리가 들렸다.

"젓가락 안 줬는데."

"아."

손잡이를 놓고 쪼그려 앉아 철가방 뚜껑을 열었다. 미처 꺼내지 못한 젓가락 세 개가 함석판 위에 덩그러니 놓여 있었다. 젠장.

앞으로 그림자가 드리웠다. 저만치 거리를 두고 있던 임석영이 어느새 바로 앞에 멈춰 서 있었다.

흘긋, 그의 몸통까지 눈을 올리자 앞으로 내민 손이 보인다. 젓가락 내놓으라는 듯 손바닥을 뒤집은 채로.

chapter 3. 다른 점

철가방 안에서 꺼낸 젓가락을 그의 손바닥 위에 놓으려는데, 임석영의 손이 움직였다. 위로 올라와서 시야를 가린다 싶더니 바이저 위에 닿는다.

아차, 하는 순간 얼굴을 가리고 있던 바이저가 위로 올라갔다. 어둡게 보이던 막이 걷히며 임석영의 얼굴이 선명하게 보인다. 나를 바라보는 그 또렷한 눈동자까지.

픽, 임석영의 입꼬리가 올라갔다.

"야, 너 맞네."

잽싸게 임석영의 손을 쳐내고 바이저를 내렸다. 허? 하는 웃음이 앞에서 터지더니, 다시 바이저 위에 손을 얹고 위로 올렸다.

미친, 누가 이기나 보자.

탁, 손을 쳐내고 다시 바이저를 내렸다.

"야."

"왜 자꾸 반말이십니까."

최대한 목소리를 깔았다. 어차피 헬멧 바이저를 내리고 있어 소리가 울렸다. 목소리를 분간하긴 어려울 것이다.

"너 아니라고?"

"이승기도 아니고 뭐 자꾸 너라고 하시는지."

"허?"

임석영이 고개를 옆으로 기울이며 헛웃음 지었다.

이 상황이 어이없다는 듯 구겨진 얼굴에 들키면 죽는다는 초조함이 몰려왔다. 빨리 이 자리를 벗어나야 한다.

"맛있게 드십시오."

꾸벅, 고개를 숙이고 손잡이를 잡아 돌렸다.

"젓가락 들고 가시게?"

손잡이를 아래로 내리던 손이 멈칫했다.

아, 미친. 되는 일 없네. 젓가락 든 손을 뻗었다. 임석영이 젓가락을 가져가더니 젓가락 끄트머리로 헬멧을 탁탁, 소리가 나게 두드렸다.

"헬멧 잘 어울리네."

겁 대가리 없는 놈 같으니라고. 진짜 모르는 사람일 수도 있는데, 어쩌자고 젓가락으로 헬멧 치면서 잘 어울린다고 반말을 하는 건지.

무례한 새끼가 따로 없다고 생각하며 팔을 거뒀다. 손잡이를 잡고 돌리는데 또 문이 안 열렸다. 헬멧 안에서 얼굴이 울상으로 찌푸려진다.

덜컹덜컹, 안 열리는 문을 흔들었다. 그러자 머리 위로 그림자가 드리우며 임석영이 손을 내밀었다. 움츠러든 어깨로 임석영의 옷자락이 닿았다. 길게 뻗은 손가락이 손잡이 위의 버튼을 누른다. 띠리릭, 소리와 함께 잠금이 풀렸다.

어깨에서부터 사선으로 내려온 임석영의 팔에, 손잡이를 잡은 채 꼴깍 침을 삼켰다. 현관문과 임석영 사이에 끼어 있는 꼴이었다.

"학교에서 보자."

"자꾸 뭐, 뭐라고 하시는지. 저, 서, 서른인데요. 학교 졸업한

chapter 3. 다른 점

지가 언제인데."

어깨로 문을 밀고 밖으로 나왔다. 열렸던 문이 천천히 닫히고, 그 좁아진 틈 사이로 임석영의 목소리가 새어 나왔다.

"누나, 이제 나와."

엘리베이터 버튼을 누르고 닫힌 문을 힐긋 돌아보았다.

공부한다고 노트까지 가져오라던 놈이, 왜 이 동네까지 와서 놀고 있는 건지. 그것도 여자 집에서.

단둘인가? 자장면은 세 개였는데. 공부도 안 하고 놀 거면서 괜히 나 엿 먹으라고 어제 노트 가져오라 시킨 거 아니야?

그 생각에 미치자 괜스레 미간이 찌푸려졌다.

"알 게 뭐야."

문이 열린 엘리베이터 안으로 걸음을 옮겼다. 버튼을 누르고 시선을 떨어뜨렸다. 그러자 후드 티 아래, 하얗게 드러난 맨다리가 보였다. 미친, 반바지.

그랬다. 나는 오늘 후드 티에 반바지 차림이었다.

"봤겠지?"

발끝에 닿은 시선을 허벅지까지 쭉 올렸다. 반바지가 짧아도 너무 짧다.

"망했다."

△ ○ ☆

대망의 월요일. 안 떨어지는 발을 어떻게 움직이고 움직여서 교문은 넘었는데 계단에서 말썽이었다.

2층에 다다르니 발이 안 움직였다. 엄지손톱만 잘근잘근 물었다. 마지막 한 계단만 올라서 복도로 진입하면 바로 교실이 나왔다.

심장이 미친 듯이 뛰었다. 이 긴장감은 흡사 서바이벌 프로그램에서 무대 끝내고 심사 평 기다리는 참가자와 같았다.

'홍차연을 흉내 내는 김누리 씨?'

'당신은, 우리와 함께, 중간고사 기간으로……'

'가지 못하게 되었습니다.'

'교복을 벗고 학교를 나가주세요.'

취이이이익! 바람이 쏟아져 나오고, 머리가 날리고, 갑자기 불길이 솟아오르고, 나는 그 속으로 가라앉고.

벗은 교복을 책상 위에 두고 나가면서 아, 찍지 마세요, 찍지 말라니까요? 찍지 마시라고요! 하며 중지를 펴는.

중지는 왜 펴.

고개를 저었다.

"뭐야, 너 왜 오늘도 손이 그 모양이냐?"

"아프니까 그렇지."

"웃기네. 네 성격에 하루 감고 있는 것도 용했는데."

익숙한 목소리가 들렸다. 바짝 계단에 붙어 섰다. 고개를 내밀자 복도에 서 있는 임석영과 남윤수가 보인다.

"왜 안 풀어?"

"아프다고."

chapter 3. 다른 점

"어디서 약을 팔아. 어느 안전이라고."

임석영이 어이없다는 듯 웃는다. 엉덩이를 쭉 빼고 그 둘의 모습을 훔쳐봤다. 계단을 오르는 아이들이 힐끔거리며 지나갔다.

"오른손인데 안 불편하냐?"

"응. 뭐, 딱히."

"하긴. 너 양손잡이지."

네?

네??

네에에??

남윤수가 말했다. 귀를 의심했다. 양손 뭐라고요?

이명처럼 남윤수의 마지막 말이 귀를 울렸다. 하긴, 너 양손잡이지…… 양손이지…… 이지…….

하마터면 복도로 튀어나갈 뻔했다. 양손잡이라니. 누가. 임석영이?

손이 부들부들 떨렸다. 오른손을 못 쓴다는 이유로 숟가락 위에 반찬 올려주고, 필기해주고, 심지어 가방도 들어줬는데?

"야, 석영아."

"어?"

"나는 다 이해한다. 네 짱친이잖아."

"갑자기 뭐래."

남윤수가 임석영 옆에 바싹 붙어 서며 그의 어깨 위에 손을 얹는다.

"너 혹시 남자 좋아하냐?"

갑자기 이건 또 뭔 소리야. 들으면 안 될 이야기를 엿들은 것만 같아 눈이 동그래졌다. 지금이라도 뒤로 물러날까, 그만 엿들을까, 고민하는데 임석영이 오른손으로 남윤수의 옆구리를 쿡 찔렀다. 아프다더니. 붕대 감은 그 손으로 옆구리를 잘도 가격했다. 표정 변화 없이.

"여자 좋아해."

"아닌데. 냄새가 나는데."

남윤수가 옆구리를 문지르며 눈을 가늘게 떴다.

"뭐 해?"

가까운 곳에서 낮은 목소리가 들렸다. 나한테 하는 소리인가. 뭐 하긴. 쟤들 훔쳐보고 있지.

그러다가 펄쩍 뛰며 몸을 돌렸다. 놀란 기색을 숨길 수 없었다. 바로 뒤에 김찬영이 서 있었다. 지금 막 등교했는지, 가방을 멘 채 나를 내려다본다.

그 언짢은 표정에 말문이 막혔다.

김찬영은 쌍꺼풀 없이 처진 눈매로 순한 인상을 주었는데, 어째 나를 볼 때면 냉기가 도는 게 표정으로 사람을 팼다. 지금도 그런다. 표정으로 지금 한 열 대는 맞았으려나.

"아……. 교실 가고 있었는데?"

엉거주춤 굽히고 있는 허리를 펴고 복도로 나갔다. 임석영과 남윤수가 교실로 들어간 뒤에 나가려고 했는데, 어쩔 수 없는 진입이었다.

복도로 진입하자 창가에 서 있던 임석영과 남윤수의 시선이 이쪽으로 향한다.

"오!"

남윤수가 한 손을 번쩍 들고 흔들었다.

"……아, 안녕."

뭐 저렇게 반갑게 맞아주지, 생각하며 어색하게 인사를 뱉는데.

"늦게 온다, 김찬영?"

나한테 한 인사가 아니었다. 뒤에서 걸어오던 김찬영이 버스 놓쳤어, 하고 답했다. 눈동자가 갈 곳을 잃었다.

창문에 어깨를 기대고 선 임석영이 픽 웃음을 터트렸다. 그 눈이 나를 향해 있었다.

신이시여…….

수치심에 얼굴이 뜨거워지는 게 느껴졌다. 이러면 꼭 얼굴도 붉어지던데. 곧바로 눈을 내리깔고 교실로 직진했다.

"홍차."

얼굴이 울상이 됐다. 가방끈을 잡고서 돌아보았다. 임석영이 다가오더니 상체를 낮게 숙이고 속삭인다.

"잘 어울린다."

무슨 소리지 싶어 임석영의 얼굴이 멀어졌을 때 시선을 올렸다. 임석영이 웃는 얼굴로 가방을 툭툭 건드렸다.

"귀여워 죽겠네."

뭐가. 네가 준 가방이?

임석영이 교실 뒷문으로 들어갔다. 남윤수는 김찬영의 어깨에 팔을 두른 채 4반으로 걸어갔다. 나만 복도에 가방끈을 잡고 멍하니 서 있었다. 눈만 끔벅거리면서.

뭐야. 방금 뭔가가 좀 이상했는데.

조회 시간이 되자 각 반의 담임들이 하나둘 복도로 나타났다. 고개를 갸웃거리며 교실로 걸음을 옮겼다.

점심시간, 임석영의 오른팔 셔틀에서 벗어나지 못하고 그의 숟가락 위에 반찬을 올려줬다.

남윤수와 김찬영은 햄버거 할인 쿠폰을 쓸 거라며 몰래 학교를 나갔다. 그 때문에 임석영과 단둘이 식사를 하는 중이었다.

마주 보고 앉은 임석영이 왼손으로 숟가락을 쥐고 어설프게 밥을 뜨면 그 위에 내가 반찬을 올려주는 식이었다.

"제육볶음 주세요."

임석영용 젓가락을 들고 그의 식판에 있는 제육볶음을 집어 숟가락 위에 올렸다. 제육볶음이 올라간 숟가락이 임석영의 입으로 들어간다.

깔끔하게 숟가락을 긁은 임석영이 붕대 감은 오른손을 식판 위에 떡하니 내려놓고 씩 웃는다. 얄밉게.

"홍차야."

"왜."

"어제 뭐 했어?"

젓가락질을 하다가 흠칫 동작을 멈추고 눈을 올렸다.

"나, 어제, 어, 동물농장 봤어."

chapter 3. 다른 점

"동물농장?"

"일요일엔 동물농장이지."

"아아."

임석영이 숟가락을 내민다.

"멸치볶음 부탁합니다."

눈을 치켜뜨자 임석영이 싱긋 웃는다. 이래라저래라, 사람 부려먹는 주제에 사람 좋은 웃음은 왜 흘려.

입술을 비죽이며 임석영 젓가락을 들었다. 그의 식판에 있는 멸치볶음을 집어 숟가락 위에 올렸다.

"야……. 넌 불편하지도 않냐. 이렇게 밥 먹는 거."

"하나도."

임석영이 밥을 뜨며 고개를 젓는다.

너 양손잡이라며. 왜 왼손으로 숟가락 잡는 것도 버거운 것처럼 어설프게 구는 건데.

"밥 먹는 시간도 오래 걸리고."

"원래 밥은 꼭꼭 오래 씹어야 된다고 그랬어."

"그거 언제 푸는데."

"이거?"

임석영이 오른손을 들었다. 고개를 끄덕이자 음, 하며 고개를 기울인다.

"그러게."

그러게? 이 황당한 놈을 봤나.

손에 들고 있던 임석영용 젓가락을 놓고 내 숟가락을 들었다.

남은 밥 빨리 쓸어 먹고 임석영 밥이나 먹여야지. 젓가락을 들었다가 놓고 들었다가 놓고 하는 것도 일이었다. 밥 한 숟가락을 크게 떠서 입에 넣고 반찬을 입에 욱여넣었다.

활짝 열린 급식실 출구로 내내 안 들어오던 햇빛이 새어들었다. 느리게 밥을 먹고 있어 점심시간이 끝나갈 무렵이었다. 운동장에선 공을 차는 아이들의 목소리가 들리고, 한산해진 급식실에 잔잔한 소음이 돌았다. 식기가 달그락거리는 소리, 남아서 밥을 먹고 있는 아이들의 말소리.

"야, 홍차."

전투적인 자세로 숟가락을 들고 눈을 올렸다. 늘 바람막이나 후드 집업을 입고 오던 임석영이었는데 오늘은 교복 셔츠에 니트 조끼 차림이었다. 부쩍 날이 따뜻해진 탓이리라.

옷이 얇아져서 그런지 넓고 다부진 어깨가 도드라졌다. 사람을 불러놓고 아무런 말이 없는 그를 빤히 보았다.

"뭐, 왜. 말해."

햇살과 소음 속에서 서로를 마주 보았다.

말없이 가만 보고만 있던 임석영이 숟가락을 놓으며 입을 열었다.

"이번 주말에 우리 집 와."

불규칙적인 소음이 아득해지는 듯 멀어졌다. 가까운 곳에서 임석영의 목소리가 들렸기 때문일까.

눈을 깜박거리다가 물음표를 띄웠다.

"왜?"

임석영이 내 앞에 있는 젓가락을 가져가 왼손에 쥐었다. 그리고 아주 능숙한 솜씨로 내 식판에 있는 멸치볶음을 집어 내 숟가락 위에 올린다.

"조별 숙제 해야지."

그런 게 있었나.

"너랑 나랑 조잖아."

그런 게 있는 줄도 모르겠는데, 조는 또 언제 정했어.

임석영이 손가락 사이에 젓가락을 끼운 채 턱을 괬다.

"설마 몰랐던 거 아니지?"

그러곤 도망갈 생각 말라는 듯 묻는다.

사용하는 데 전혀 불편함 없어 보이는 임석영의 왼손을 물끄러미 보았다. 젓가락이 아주 안정적으로 자리 잡고 있었다. 그간 숟가락 들기도 버겁다며 손을 떨던 모습은 온데간데없다.

"야, 너 왼손……."

"응?"

"완전 잘 쓰네."

"……."

"새끼야……."

△ ○ ☆

주말. 그러니까, 지금 내가 듣고 있는 거 머나먼 저곳 스와니 강물 맞느냐고.

평일 내내 임석영에게 시달렸다. 양손잡이인 것도 들킨 주제에 자꾸 붕대를 풀지 않은 오른손을 들먹이며 주말에 같이 숙제할 것을 강요했다.

월요일, 화요일, 수요일까지는 아, 나 오른손 못 쓴다고, 아프다고, 조별 숙제인데 혼자 하라고? 양심 없네, 하던 놈이 목요일이 되자 나 대신 망치면 너 때문이야, 그땐 어떻게 책임질 건데, 하며 협박하더니 금요일이 되자 미끼를 던졌다.

오기만 해, 내가 다 할게, 넌 그냥 와서 피자나 먹어, 아무리 그래도 조원이 자리는 지켜야지, 하고. 손해 보는 장사가 아니었다. 나는 그것을 입을 크게 벌려 덥석 물었다.

탁수 사장님에게 전화해 토요일 알바를 뺐다. 이유를 물을 만도 한데 내 목소리가 우울해 보였는지 흔쾌히 알았다! 하며 빼줬다.

달칵, 인터폰 소리가 넘어간다.

아파트 현관문이 열리지도 않고, 누구냐고 묻는 소리도 안 넘어왔다. 새끼가, 또 장난질인가.

"장난하지 말고 열어라."

— 누구세요?

여자였다. 아, 세상에. 곧바로 자세를 고치고 인터폰 렌즈 앞에서 꾸벅 고개를 숙였다.

"안녕하세요. 저 석영이 친구인데요."

— 아, 어서 와요.

유리문이 옆으로 부드럽게 밀려나며 열렸다.

망했네. 임석영, 내 올라가서 너를 처단하리라.

한 칸, 한 칸, 부드럽게 올라가던 엘리베이터가 멈추고 문이 열렸다.

굳게 닫힌 현관문 앞에 서서 벨을 눌렀다. 그러자 1분이 채 되기도 전에 현관문이 열렸다. 문을 열어준 사람은 가족사진에서 보았던 임석영의 모친이었다. 바로 허리가 굽었다.

"안녕하세요."

꾸벅 인사하는 나를 보며 그녀가 사람 좋게 웃는다.

"들어와요."

"네."

들어선 집 안에서 임석영의 모습이 안 보였다. 신발을 벗고 멋쩍게 서 있자 그녀가 임석영의 방문을 열어준다.

"석영이는 지금 씻고 있어요."

"아, 네."

그녀가 무슨 말을 할 때마다 고개를 작게 끄덕였다. 임석영의 방으로 들어서면서도 고개를 작게 끄덕였다. 꼭 자동차에 달아놓는, 계속 고개만 끄덕이는 인형 같았다.

그 모습이 웃겼는지 그녀가 소리 없이 웃는다. 내 나이 또래의 아들이 있다고는 믿기지 않을 정도로 젊은 모습이었다.

"기다리면 곧 나올 거예요. 숙제 한다고 했죠? 뭐라도 챙겨주고 싶은데, 지금 막 나가려던 참이어서."

"아! 괜찮아요. 조금만 있다가 갈 거예요."

거창하게 숙제를 할 생각도 없었다. 내 성적도 아니고 홍차연 성적이다. 홍차연 모친도 공부할 필요는 없다고 했다. 그저 출석만 신경 써주면 된다고 했다. 어차피 내가 공부를 해봤자 홍차연보다 점수가 잘 나올 리가 만무하다. 그는 전교 10등 안에서 석차가 오르내리곤 했으니.

"그럼, 공부 열심히 해요."

그녀가 웃으며 방문을 닫고 나갔다. 꾸벅, 인사를 한 뒤 멀뚱히 서 있다가 침대에 걸터앉았다. 현관문이 열렸다가 닫히는 소리가 난다.

"……예쁘시다."

괜스레 마음이 심란해졌다. 넓은 집, 친절한 엄마. 처음으로 임석영이 조금 부러웠다.

들썩들썩, 엉덩이를 움직였다. 엉덩이를 포근하게 감싸는 게, 침대마저 좋았다. 스프링 매트리스가 아닌지 꺼졌다가 올라오는 느낌이 달랐다. 쓸데없이 푹신하네. 괜히 할 일 없이 침대보를 쓸었다.

임석영의 방을 둘러봤다. 옷장 하나, 침대 하나, 책상 하나, 그게 다였다. 벽에 앉은 모기를 잡은 적도 없는지 흰색 벽지가 자국 없이 깨끗하다.

침대와 옷장, 책상은 모두 목제였다. 이불은 탁한 남색이었고 흰색 실선이 바둑판무늬로 얇게 들어가 있다. 장식용인지 뭔지 바닥에는 아령 두 개가 있고.

임석영 팔이 단단했던가? 고개를 갸웃하다가 시선을 옮겼다. 책장에는 문제집과 참고서, 세계문학전집이 빽빽하게 꽂혀

chapter 3. 다른 점

있고 책상 위에는 연필꽂이와 붕대, 노트북이 있다. 한입 베어 문 사과가 노트북 중앙에 하얗게 박혀 있다.

"좋은 거 쓰네."

침대에 앉아 방을 훑고 있을 때, 벌컥 방문이 열렸다. 왼쪽으로 잔뜩 돌아가 있던 고개가 정면으로 향했다.

"이제 오……."

냐, 라고 하려던 뒷말이 잘렸다.

문 앞에 임석영이 있었다. 벗은 채로.

샤워를 하고 나왔는지 임석영의 머리칼이 젖어 있고 물기를 덜 닦았는지 얼굴과 목, 팔에 송골송골 물방울이 맺혀 있다.

붕대는 온데간데없었는데 그게 문제가 아니었다. 붕대와 함께 상의도 없었다. 상의는 없는데 복근은 있다. 아니, 이게 아니지.

뜬금없는 상의 탈의에 눈이 동그래졌다. 화들짝, 놀랄 틈 없이 얼었다. 눈도 못 깜박이고 '냐'를 삭제한 '오'를 소리를 줄이며 계속 발음했다.

쾅, 하고 문이 닫혔다. 임석영이 들였던 발을 거두며 나가버렸다. 그 소리에 정신이 들었다.

"……아니, 방금, 뭐냐."

표정을 정리했다.

여기서 얼굴이 붉어지면 진짜 이상한 거야. 같은 반 친구가 벗은 모습을 보고 부끄러워하는 건 진짜 이상한 거라고.

마음을 다스렸다. 진정하자. 착한 생각. 그러고 있을 때 벌컥, 다시 문이 열렸다. 임석영이 붉어진 얼굴로, 수건으로 상체를 가린 채, 쭈뼛거리며 들어왔다. 아니, 왜 네 얼굴이 붉어?

"어, 씨, 씻고 나왔구나! 하하하! 자식! 몸 좋네!"

괜히 호탕하게 웃으며 매트리스를 팡팡 쳤다. 그게 꼭 옆에 앉으라는 신호처럼 느껴져 뒤늦게 슥슥, 이불을 쓸었다.

그러다 급하게 바닥에 있는 아령을 집어 들었다. 나도 내가 왜 아령을 들었는지 모르겠으나 그것을 열심히 들어봤다. 더럽게 무겁네.

"12시에 온다며."

"아, 그러게. 생각보다 빨리 왔네."

같은 아파트라는 걸 잊고 집에서 빨리 나선 탓이었다.

임석영이 등을 보이지 않은 채, 게처럼 걸어서 옷장으로 향했다. 쑥스러운 건 난데, 왜 얼굴은 네가 붉히고 난리지.

"안 나가?"

"어?"

아령을 힘들게 들어 올리느라 얼굴을 찡그리고 임석영을 보았다.

남자애들은 원래 이런 거에 좀 무감하지 않나. 방에서 나가면 괜히 부끄러워하는 것처럼 느껴질까 싶어 엉덩이를 붙이고 있는 중이었는데.

"가, 같은 남자끼리, 뭐가 어떠냐. 부끄러워하기는. 하하!"

임석영이 허, 하고 웃으며 옷장 문을 열었다.

상체를 가리고 있던 수건을 어깨에 걸치는 모습에 시선을 발끝으로 떨어트렸다.

미친. 하하는 얼어 죽을 하하. 임석영이 바지라도 입고 있어서 망정이지, 그것마저 벗고 들어왔어 봐. 죄라고, 이건. 남자라고 속이고 있는 주제에.

방금 뱉은 말을 후회하면서도 엉덩이를 붙이고 있는 내 모습에 눈이 절로 찌푸려졌다.

탁, 하고 옷장 문이 닫히는 소리에 고개를 슬쩍 들었다.

티셔츠를 꿰어 입은 임석영이 머리칼 사이에 손을 넣고 물기를 털어내며 나를 보았다.

"너 이런 거 아무렇지 않구나? 같은 남자끼리라 그런가."

허허허, 하고 어색하게 웃었다.

웃음이 너무 어색했나. 호탕하게 웃을 걸 그랬다. 고민하고 있는데 임석영이 느리게 걸음을 옮겨 앞에 멈춰 섰다. 괜한 긴장감에 마른침이 넘어간다.

"설마 바지 벗고 들어왔어도 그렇게 말했을까."

"음, 음?"

침대에 걸터앉아 고개를 올렸다. 임석영의 머리칼에서 떨어진 물방울이 바지를 물들인다.

"자고 가라."

"……어?"

"오늘 부모님 나가서 안 들어오시는데, 자고 가라고."

"나, 나는 집에 가야지."

"그럼 너희 집 가서 잘까?"

이 미친놈이, 왜 이래.

임석영의 큼지막한 손이 머리칼을 헤집고 들어와 앞머리를 쓸어 넘겼다. 그의 손에 쓸려 간 머리카락이 천천히 제자리로 돌아왔다. 갑자기 남윤수가 임석영에게 했던 말이 떠올랐다. 너 남자 좋아하냐?

"이마가 예쁘게 생겼네."

뭔, 갑자기 이마 타령이야. 이맛살을 구겼다. 아무리 봐도 분위기가 이상했다. 뜬금없이 이마가 예쁘다니. 친구한테 자고 가라고 할 수는 있는데, 앞뒤 맥락이 이상했다. 설마, 나를? 아니, 그러니까. 홍차연을?

"숙제 범위가 많아서 하루로는 모자랄 거 같아."

"내, 내일도 하면 되지."

알바, 까짓것, 내일도 빼면 된다.

"내가 내일 안 돼."

얼굴은 단호한데 묘한 웃음이 걸려 있었다.

이 새끼, 눈빛이 왜 이러지.

"새벽에 끝날 거 같은데? 부모님께 미리 말해둬. 친구 집에서 자고 간다고."

"왜, 왜? 안 돼. 나 집에서 자야 돼."

점점 가까이 상체를 숙여 오는 탓에 몸을 뒤로 뺐다. 임석영과 거리를 유지하기 위해 뒤로, 뒤로 물러나던 몸이 조금의 간격을 두고 거의 침대에 붙다시피 했다. 이거 자세가 이상한데.

"야, 좀 가."

바짝 거리를 좁히며 내려온 임석영의 어깨를 툭 밀었다.

한 손으로 매트리스를 짚은 임석영이 무표정한 얼굴로 눈을 맞췄다. 도통 의미를 알 수 없는 눈 맞춤에 입술만 바짝 마른다.

똑, 임석영의 젖은 머리칼에서 떨어진 물방울이 뺨에 닿았다. 그 차가운 감촉이 점점 열이 오르는 체온과 상반됐다.

"아무리 생각해도, 훌라당 웃통을 벗고 들어왔는데 같은 남자끼리 뭐가 어떠냐고 한 게 황당하네."

"아, 그, 그치? 기분 나쁠 수 있지? 나, 나가 있을게. 비, 비켜 줄래."

상체를 일으키고 싶은데 위로 몸을 드리운 임석영이 좀처럼 물러날 기미가 안 보인다. 손을 올려 옆에 우뚝 박힌 그의 팔을 툭툭 쳤다.

"야, 팔 좀."

제발 치워주기를 바라며 눈을 올렸다. 위에서 임석영이 빤히 나를 내려다본다.

"같은 남자끼리 그럴 수 있지. 있는데, 너 내 앞에서 깔 수 있어?"

"어?"

"웃통 깔 수 있냐고."

"……."

닥치고 나가 있을걸. 뭐 한다고 아령 들고 설치면서 엉덩이는 붙이고 있어가지고. 어색하게 눈을 깜박였다. 웃음도 안 나왔다. 잔뜩 얼어서 내게 고정된 임석영의 눈만 쳐다보다가 시선을 피했다.

"미안. 그러니까, 이 팔 좀……."

치워주겠니, 그런 말을 하려는데 임석영의 손이 내 뺨에 닿는다. 제 머리카락에서 떨어진 물기를 문질러 닦아냈다.

눈이 휘둥그레졌다. 환장할 노릇이다. 너 진짜 나한테 왜 그래. 나 좋아하면 안 돼! 안 된다고!

임석영이 부드럽게 내 뺨을 문질렀다.

"그…… 석영아, 네 마음이 혹시 그런 거라면……. 미안하다. 나는 여자 좋아해……."

"뭐?"

"나 여자 좋아한다고."

"……."

이렇게 된 거 임석영을 잘 달래서 상황을 무마하자, 그런 생각으로 넌지시 던져본 말에 임석영이 픽 웃음을 터트린다.

"나도 여자 좋아해."

"아, 그…… 그래?"

그런데 나한테 왜 이래. 이 분위기 뭔데. 이렇게 나를 침대에 눕히고 옆에 팔뚝 박고 뺨을 쓸고, 이거 뭔데!

"그런데 너 여자 좋아해? 그건 좀 아쉬운데."

뺨을 쓸어내린 손이 가볍게 턱을 쓸었다. 눈을 동그랗게 뜨고 끔벅였다.

"수염도 안 났고."

턱을 쓸어내린 손이 목에 닿는다.

"울대뼈도 안 튀어나왔고."

chapter 3. 다른 점

"……."

무표정한 얼굴이 나를 가만 내려다본다. 꿰뚫어 보는 듯한 시선에 숨이 턱 막혔다. 임석영의 입술이 느긋하게 열린다.

"너 홍차연 아니지?"

"뭐, 미, 미쳤냐? 나와! 나갈래!"

몸을 옆으로 돌리며 임석영의 어깨를 밀었다. 그러자 임석영이 어깨를 내려 누르며 못 일어나게 막았다. 무표정한 얼굴이 매섭다.

"너 여자잖아."

심장이 터질 것처럼 뛰었다. 식은땀이 나는 게 등골이 서늘하다. 머리가 텅 비어버린 것처럼 아무런 말도 안 떠올랐다.

"아, 아닌데!"

"비닐봉투 뒤집어쓰고 아이스크림 떨어트린 거, 너잖아."

"……."

아닌데, 라는 말이 안 튀어나왔다. 왜냐면, 그거 나 맞거든.

"모른 척해주려고 했더니, 같은 남자라면서 바지 까는 것도 볼까 봐 안 되겠어."

아령 들고 설친 김누리, 나가. 당장 나가. 퇴장해. 지구에서 로그아웃.

ㅅㅇ☆

나는 침대에, 임석영은 책상 앞 의자에 앉았다. 꾸중이라도 듣는 사람처럼 절로 주먹 쥔 두 손이 무릎 위로 올라갔다.

결국 임석영에게 모든 사실을 털어놓았고, 그 사실을 털어놓는 과정에서 내 가정사도 까발려졌다. 이야기가 얼마나 구구절절한지, 내가 돌이 지나기도 전에 아빠가 집 나간 것까지 튀어나왔다.

임석영의 입을 막아야 했으니, 나로서는 어쩔 수 없는 선택이었다. 최대한 사연이 있어야 했다. 내가 이럴 수밖에 없는.

말없이 내 이야기를 듣는 임석영의 얼굴이 무표정했다. 무슨 생각을 하는지 도통 알 수가 없었다.

학교에 까발릴 생각을 하고 있는 건지, 담임한테 이럴 수가 있냐고 따질 생각을 하고 있는 건지, 것도 아니면 교육청 홈페이지에 고발할 생각을 하고 있는 건지, 아무런 반응이 없다.

그 무표정한 얼굴이 더 불안했다. 이야기를 듣는 임석영의 손이 까닥까닥 책상을 때렸다.

아빠 집 나간 이야기 했고, 엄마 돌아가시고 할머니랑 둘이 살다가 독립한 것도 이야기했고, 겨울에 온수가 안 나와서 찬물 샤워 한 것까지 이야기했는데. 더 이상 할 말도 없는데.

입술을 꾸물거리다가 임석영의 눈치를 살폈다.

손가락을 까닥까닥 움직여 책상을 두드리던 임석영이 의자를 쭉 밀어 내 앞에서 멈췄다. 얼굴을 빤히 들여다보더니 턱을 잡고 얼굴을 이리저리 돌린다.

"신기하네. 어떻게 똑같이 생길 수가 있지?"

"똑같은 건 아니고, 그냥 좀 닮은 거야."

"그래도."

잡고 있던 턱을 놓은 임석영이 의자에 등을 밀어 붙이며 상체를 뒤로 젖혔다.

생각해보니 임석영이 나를 차연이라고 부른 적이 없었다. 처음엔 전학생, 그다음엔 홍차라고 불렀다.

공에 맞고 기절한 나를 업고 보건실에 간 게 임석영이었으니. 그때 눈치를 챈 건가.

"남고 생활이 얼마나 험난한데. 애들 땀 냄새는 또 어떻고. 말도 못 해. 여름 되면 걔들 이제 옷도 막 훌러덩훌러덩 벗고 다녀. 5월만 되어도 덥다고 난리인데."

임석영이 혼자서 중얼중얼 혼잣말을 뱉었다. 끼어들 틈 없이 혼자서 계속 말을 이었다.

뭔 소리인가, 하고 들어보니 내가 겪게 될 고충에 대해 미리 말해주는 것 같았다.

걱정해주는 얼굴은 아니고, 뭔가 되게 못마땅한 표정인데. 지금 나를 걱정해주는 게 맞는 건가.

중간 중간 고개를 끄덕이며 턱을 긁적였다.

"그래서, 집은 진짜 준대?"

"주겠지?"

"계약서 그런 거 썼어?"

"응."

"그건 잘했네."

불안한 얼굴로 묻던 임석영이 마음에 든다는 듯 고개를 끄덕였다.

두 발을 바닥에 붙인 임석영이 빙글빙글 의자를 좌우로 돌렸다. 으음, 하고 소리 내며 천장을 올려다보더니 묻는다.

"그럼 너 다시 전학 가는 거네?"

"뭐, 전학은 전학이지. 홍차연이 자기 학교로 돌아가는 거니까."

"그건 좀 아쉽네."

뭐가 아쉽다는 건지 몰라 말없이 천장을 올려다보는 임석영을 보았다. 뒤로 젖힌 고개에 면도를 했는지 매끄러운 턱이 보인다.

"너랑 학교 다니는 거 재밌는데."

의외의 말에 기분이 이상해졌다. 너랑, 학교, 다닌다, 그 문장 안에 든 모든 말이 이상하리만치 나와 동떨어진 것처럼 느껴졌기 때문이다.

천장을 올려다보던 임석영이 고개를 내렸다. 그의 턱을 보고 있는지라 바로 눈이 마주쳤다.

"그래서."

낮은 목소리가 울렸다. 그래서? 앞뒤 다 자르고 뭐래.

눈을 끔벅이며 그를 보았다. 어느새 마른 임석영의 머리칼이 차분했다.

임석영이 바닥에 붙이고 있던 두 발을 내 발등 위에 겹쳐 올리며 말을 이었다.

"넌 이름이 뭐야?"

chapter 3. 다른 점

눈을 동그랗게 뜨고, 내 발등을 덮은 임석영의 발을 내려다보다가 시선을 올려 그의 얼굴을 보았다.

발가락을 꿈틀거리며 뒤로 빼자 임석영이 의자를 앞으로 당기며 다리를 벌렸다. 벌린 다리 사이에 내 다리를 넣고 무릎을 모았다. 꼼짝없이 임석영의 다리 사이에 갇힌 모양새가 되었다.

미간을 찡그리고 허벅지에 힘을 주는데도 임석영의 다리에서 좀처럼 못 벗어났다. 임석영의 다리를 툭툭 때렸다.

"뭐야. 치워."

"이름 알려주면."

"홍차연이라니까?"

"허?"

어이없다는 듯 헛웃음을 터트린 임석영이 볼을 꼬집어 잡는다.

"수염도 안 나는 게 자꾸 까분다."

"아! 아! 야, 안 놔?"

뺨을 꼬집은 손을 눈짓하자 임석영이 입꼬리를 올려 웃는다.

"뭐, 알려주기 싫으면 어쩔 수 없고."

집요하게 캐물을 줄 알았더니, 순순히 물러났다. 뺨을 꼬집은 손을 놓고 포박했던 다리도 풀어주고 의자를 뒤로 밀어 일어났다.

책상에 의자를 집어넣은 임석영이 방을 나서며 숙제하자, 하고 말했다.

비밀로 해주는 건가. 생각했던 것보다 순조로운 반응에 바짝 말랐던 입술에 침을 바르며 침대에서 일어났다.

이건 거의 사육이다.

임석영과 점심을 먹었다. 점심을 먹고 거실에 앉아 빈둥거리다가 진짜 자고 가고 싶지 않으면 도와주는 게 좋을 거라는 임석영의 말에 자료를 조사하고 정리하기를 한 시간, 임석영이 마우스를 놓고 부엌으로 가더니 과도를 들었다.

먹어, 라는 짧은 말과 함께 과일을 깎아 줬다. 과일을 먹고 또 자료 정리하고 분석하기를 몇 시간, 과자를 주고 주스를 주고 빵을 줬다.

저 부엌 뭐지, 의심스러울 정도로 무언가가 계속 나왔다. 그런데 난 또 그걸 다 잘 받아먹었다. 도저히 안 먹고 배길 수 없는 것들만 줬다.

그러다 보니 해는 저물고, 날은 어두워지고, 저녁 먹을 시간이 됐다. 안 먹으려고 했는데.

"갈비찜 먹을래?"

인덕션 위에 있는 냄비를 살피던 임석영이 묻는다.

"아니. 안 먹어. 빨리 하고 집에 갈 거야."

"소갈비인데."

소갈비 깃발이 김누리 마을을 점령하였습니다. 소갈비가 입장할 수 있게 마음의 문을 열어주세요.

삼중으로 걸려 있던 자물쇠가 풀리고 마음의 문이 활짝 열렸다. 열린 문틈으로 소갈비도, 소갈비를 주는 임석영도, 아무런 의심 없이 입장하는 순간이었다.

    소갈비라는 소리에 마음이 물러졌다. 눈은 임석영을 향한 채 종이를 팔랑팔랑 넘겼다.

    "너 눈빛이 지금 되게 간절하다?"

    임석영이 눈을 맞춘 채 묻고, 나는 소심하게 고개를 저었다.

    "아니라고?"

    작은 고갯짓을 오해한 듯했다.

    "아니, 맞다고……. 먹자……."

    임석영이 피식 웃으며 식탁을 두드렸다.

    "와서 앉아."

    딱히 임석영이 요리한 것은 없었다. 있는 것들을 데우고 꺼내고 퍼 담은 것뿐이었는데, 식탁 위에 차려진 음식이 풍성했다.

    "잘 먹을게."

    "뭐 다 집에 있던 건데."

    임석영이 자연스레 오른손으로 숟가락을 들었다.

    내 안에서 폭죽이 터졌다. 오른팔 셔틀의 대장정이 막을 내리는 순간이다. 순간을 놓치지 않고 숟가락을 든 임석영의 오른팔을 가리켰다. 숟가락이 닿으며 챙, 하는 소리가 났다.

    "나 이제 네 오른팔 아닌 거야."

    "어?"

    숟가락 쥔 손을 눈짓하자 임석영이 아, 하며 고개를 끄덕였다.

"아쉽네."

"아쉽기는."

"좋았는데."

얼씨구. 임석영의 얼굴을 한 번 쏘아보고는 밥을 한 숟가락 떴다.

임석영이 먼저 밥그릇을 비웠다. 턱을 괴고는 내가 먹는 모습을 빤히 보는 탓에 밥이 목구멍으로 들어가는지 콧구멍으로 들어가는지 알지도 못했다.

"설거지 내가 할게."

"됐어."

임석영이 빈 그릇과 수저를 수거해 갔다. 뭐라도 해야 할 것 같아서 싱크대로 향하는 임석영을 따라가 그 옆에 섰다.

"이거 냉장고에 넣을까?"

"그냥 둬."

계속 얻어먹기만 하고, 뭔가 민망한데.

지금 설거지를 할 생각은 없는 듯 임석영이 그릇을 대충 헹궈 싱크대 한쪽에 쌓았다. 그 옆에 멀뚱히 서 있자 임석영이 수도 레버를 내리며 나를 돌아본다.

"안 자고 갈 거라며."

"응, 그렇지."

"지금 8시야. 가서 얼른 한 장이라도 더 정리해."

"어. 그래. 그래야지."

그렇다. 나는 오늘 무조건 안 자고 갈 것이고, 임석영은 내일 시간이 안 된다고 했으니까, 저 미친 범위의 숙제를 오늘 안에 끝내야 했다. 조별만 아니었어도 여기 안 남아 있는 건데.

빠르게 거실로 가서 착석했다. 지금이 8시니까 못해도 네 시간 안에는 이걸 다 끝내야 한다.

펜을 쥐고 눈에 불을 켰다.

끔벅끔벅, 느리게 눈을 움직였다. 눈꺼풀이 무거운 게 아령이라도 올려놓은 느낌이었다.

뭐지. 잠들었나.

책상에 머리를 박은 채 엎드려 있었다. 한쪽 뺨이 얼마나 눌린 건지, 머리를 드는데 종이가 뺨에 붙어 올라왔다.

"일어났냐."

임석영이 노트북 키보드를 두드리며 물었다. 조용한 거실, 그의 낮은 목소리가 괜스레 생소하다.

"몇 시야?"

탁, 가볍게 엔터를 친 임석영이 두 손을 탁자 아래로 내리고 나를 보았다.

"새벽 2시."

"어?"

믿을 수 없어 고개를 돌리고 벽시계를 보았다. 시침의 자리가, 그러니까, 2에 있었다. 세상에. 이렇게나 오래 잤다고?

"야, 깨우지!"

"깨우지?"

임석영이 말끝을 불만스럽게 올린다. 눈썹이 꿈틀대는 것이, 무슨 일이 있었던 것 같은데, 도통 기억이 안 났다. 뭐지. 내가 뭘 실수했나.

"내가 원래 이런 짓 안 하는데. 너무 황당해서."

뒷말을 자른 임석영이 주머니에서 핸드폰을 꺼내 탁자 위에 놓았다. 잠금을 풀고 배경 화면을 넘기더니 음성 메모로 들어갔다.

임석영의 손가락 끝을 눈으로 좇다가 불안한 생각에 마른침을 삼켰다. 음성 메모라니, 그는 도대체 무엇을 녹음했는가.

임석영의 기다란 손가락이 최근의 메모를 툭, 가볍게 눌렀다. 녹음된 소리가 재생됐다. 녹음 버튼을 누르고 핸드폰을 움직이는지 부스럭거리는 소리가 난다.

임석영이 잘 들으라는 듯 핸드폰을 내 쪽으로 내밀고 턱을 괬다. 재생 시간이 올라가는 액정을 보다가 슬그머니 눈을 올려 임석영을 보았다.

― 야, 그만 자고 일어나.

임석영의 목소리가 들렸다.

내 목소리는 없고, 그의 목소리만 연달아 나오자 긴장감이 고조됐다. 나한테 이걸 들려준다는 건, 내 목소리도 나온다는 거잖아.

― 12시 넘었어. 집에 안 가?

― ……만두

― 뭐라고?

chapter 3. 다른 점

— 갈비만두.

— 뭐래. 일어나. 집에 가라고.

— …….

— 홍차.

— ……홍차라고 하지 말라고.

— 뭐?

— 만두. 만두라고 해. 난 홍차 안 좋아해. 만두 좋아하지. 갈비만두. 특히 좋아해.

— 진짜 뭐래냐.

— 홍차…… 아니라고 했다. 내가 좋아하는 거.

— 헛소리 그만하고 일어나라고. 집에 가. 시간 늦었어.

— ……만두 주면 가지.

— 진짜 황당하네. 일어나라고. 집에 가. 네가 가야 나도 잘 거 아니야.

— 만두! 만두! 만두!

툭, 정지 버튼을 눌렀다. 내가. 도저히 들을 수 없어서. 얼굴이 미친 듯 뜨거워졌다.

"……미안."

임석영이 핸드폰을 가져가 주머니에 넣었다.

"이제 홍만두라고 부르면 되겠냐."

"…….."

"홍차도 뒤에 연 빼고 부른 거니까, 홍만두도 뒤에 두 빼고 부르면 되겠네. 그치?"

"아니."

"흥만."

"……아니라고."

할머니는 코를 골고 나는 잠꼬대를 했다. 할머니가 너 잘 때 자꾸 헛소리한다, 라고 해서 무슨 소리 지껄이나 보려고 녹음기를 켜고 잤더니 헛소리와 드르렁의 콜라보로 차마 끝까지 듣지 못했다.

욕이나 안 하면 다행이지, 라고 생각했었는데. 다행인 건 아무것도 없었다.

임석영이 노트북을 닫고 자리에서 일어났다.

"가자. 데려다줄게."

입술을 휘어 내린 채 일어선 임석영을 올려다보았다. 자고 가라고 할 때는 언제고, 순순히 집에 보내주네.

"아니야. 혼자 가도 돼."

"시간 늦었잖아."

"나 데려다주면 넌 혼자 아니냐. 괜찮아."

널브러진 종이를 정리하고 일어났다.

기어코 됐다고 말렸는데도 임석영이 따라나섰다. 몇 동만 지나가면 되는 건데, 뭐 그게 그렇게 걱정된다고 유난인지.

듬성듬성 가로등 빛이 쏟아지는 길을 천천히 걸었다. 새벽이라 그런지 정적이 날 선 유리처럼 예리하게 느껴졌다.

오늘은 무슨 달인가, 별은 얼마나 보이려나, 하고 고개를 뒤로 젖혔다. 이마를 덮고 있던 머리카락이 자연스레 사선으로 흘러내린다. 하늘을 올려다보다가 임석영을 곁눈질했다.

살랑, 불어오는 바람에 임석영의 머리칼이 흔들렸다. 눈길을 느꼈는지 정면을 보고 걷던 임석영이 고개를 돌려 내려다본다.

탁, 큼지막한 손이 이마 위에 가볍게 앉았다. 임석영의 온기가 반듯한 이마로 옮겨 왔다. 따뜻한 기운이 감도는 게 기분이 이상하다. 물끄러미 얼굴을 내려다보던 임석영이 묻는다.

"안 무섭냐. 다른 사람 대신에 학교 다니는 거."

"뭐……."

젖혔던 고개를 내리자 이마 위에 얹어져 있던 임석영의 손이 자연스레 이마를 쓸고 올라와 머리 위에 놓였다. 머리칼 사이를 헤집는 그의 손가락이 꿈틀대는 게 느껴졌다.

"다른 것도 아니고, 남자인 척하는 건데."

"그래서 조용히 다니잖아."

"너 안 조용해."

그럴 리가 없다는 얼굴로 보자 임석영이 머리 위에 얹은 손을 가볍게 툭, 툭 두드렸다.

"콩, 콩, 콩, 이렇게 다녀. 전학생 지나간다, 길을 비켜라, 그러고 다니는데."

뭔 소리인지. 이해할 수 없는 말에 눈썹을 찌푸렸다. 왜 그걸 모르지, 하는 얼굴로 임석영이 시선을 거둔다.

"너 걷는 폼이 있어. 귀여워서 자꾸 보게 되는."

귀엽다니. 내 귀를 의심하며 눈을 크게 떴다.

"콩알만 한 게 겁도 없어."

"야……. 콩알이라고 하지 말아줄래. 큰 편이거든?"

머리를 쓱 옆으로 빼자 임석영이 팔을 뻗어 멀어지는 머리를 붙잡아 제 쪽으로 당겼다.

"애칭이야."

"뭔, 뜬금없이 애칭."

"네가 이름도 안 알려주잖아."

임석영의 낮은 목소리가 새벽을 울렸다.

"네가 홍차연 아니라는 거 알면서 그 이름 부르기 싫어. 다 자기 이름이 있는데."

임석영이 뒤통수를 가볍게 쓸어내렸다.

내려앉은 새벽 공기가 찼다. 이따금씩 가볍게 부는 바람이 옷깃에 시원하게 스몄다. 임석영이 손을 거두어 갔는데도 머리가 따뜻했다. 그의 온기가 남아도는 것처럼.

옆에 선 임석영에게서 비누 향이 났다. 그냥 비누 말고, 좀 비싼 비누.

멀대같이 큰 키와 벌어진 어깨에 어울리지 않는 향이라고 생각했는데, 가벼운 옷차림에 말간 얼굴을 한 임석영을 보니 어울리는 것 같기도 하다.

왠지 모를 따뜻함에 기분이 부푸는 것도 잠시. 두 손을 주머니에 찔러 넣은 임석영이 입을 열며 분위기를 깨트린다.

"콩알 마음에 안 들면 다른 걸로 불러줄까?"

"뭐?"

"홍차연 흉내 내는 콩알, 홍콩 어때."

chapter 3. 다른 점

"장난하냐."

"아니면 임석영의 오른팔, 영팔이."

"……."

"석영이 친구, 영구."

"……."

"아니면, 아까 그 홍만?"

눈을 가늘게 뜨고 쏘아보자 임석영이 싫구나, 하며 입을 다물었다.

사실 뭐라고 불러도 상관없었다. 임석영은 홍차연 대신 다니게 된 학교에서 만난 같은 반 아이일 뿐이고, 홍차연이 다시 학교에 다니게 될 때면 만날 일도 없는 애였다.

그런데 이 학교에서 유일하게 내 비밀을 아는 아이이기도 했다. 내게 처음으로 선물을 준 친구이기도 했고, 셔틀을 시킨 놈이기도 했다. 나쁜 것도, 좋은 것도, 다 가지고 있는 놈. 어쩌면 몸에 비밀을 덕지덕지 붙인 채 생활하는 학교에서 환기구가 될지도 모른다.

"누리."

뜬금없이 튀어나간 이름 세 글자에 임석영이 고개를 돌리고 되물었다.

"어?"

"내 이름, 김누리야."

임석영이 말없이 눈을 맞췄다. 고작 이름만 말했을 뿐인데 분위기가 묘하게 흘러간다.

왜 민망하지. 괜히 얼굴이 붉어지는 것 같아 큼큼, 목을 가다듬으며 시선을 돌렸다.

"예쁘다. 이름."

고개를 올리자 무표정한 임석영의 얼굴이 보였다. 말을 마치고 다문 입술이 얼핏 호선을 그린 것 같았다.

"둘이 있을 땐 네 이름 불러도 되지?"

느리게 눈을 깜박이다가, 고개를 끄덕였다.

앞에 나타난 캐노피를 가리켰다. 집에 다 왔음을 알리는 신호였다. 임석영이 고개를 올려 캐노피 위에 써진 숫자를 보았다.

"가깝네."

계단 앞에서 걸음을 멈추고 섰다. 계단 하나를 밟고 올라가 뒤돌자 임석영이 두 손을 주머니에 넣은 채 서 있었다.

"가."

"갈 거야. 너 들어가는 거 보고."

뭐, 그러면 그러든가.

뒤돌아서 공동 현관의 비밀번호를 눌렀다. 자동문이 열리고 들어가기 전 짧게 손을 흔들고 몸을 돌렸다.

엘리베이터 버튼을 누르고 기다리다가 흘긋 돌아보았다. 계속 보고 있으면 겁나 민망한데, 라고 생각하며 돌아본 곳에 다행히도 임석영의 모습은 없었다.

"같은 남자끼리 그럴 수 있지. 있는데, 너 내 앞에서 깔 수

있어?"

아까의 임석영을 떠올리다가 고개를 세차게 저었다. 얼마나 숨이 막히고 심장이 빨리 뛰었는지, 다신 생각하고 싶지 않은 공포였다.

아무리 확답을 얻으려고 그랬다지만, 아까의 임석영은 너무 날이 서 있었고, 무서웠다. 잔뜩 낮아진 음성이며 그 기운이 며칠간 봐왔던 녀석 같지 않았다.

엘리베이터 문이 열리고 발을 들였다. 버튼을 누르고 고개를 돌리자 거울에 비친 내 얼굴이 보인다. 머리가 그새 길었다. 구레나룻을 만지작거리며 거울 속 얼굴을 들여다봤다. 익숙해질 만도 한데, 버섯 같은 머리가 볼 때마다 낯설다.

"이발하러 가야겠네."

거울에 머리를 기댔다. 어깨가 축 처지는데 주머니에서 핸드폰이 진동했다. 주머니에 손을 찔러 넣고 핸드폰을 잡아 꺼냈다. 눈을 돌려 액정을 확인했다. 임석영의 이름이 떠 있다.

[ㅇㅅㅇ: 사진을 보냈습니다.]

뭐지.

엄지를 움직여 카톡을 열었다. 빨간색 십자가가 박힌 교회 사진이었다. 십자가 아래 교회 이름이 걸려 있다. 온누리 교회.

징, 핸드폰이 진동하며 임석영이 보낸 카톡이 들어왔다.

[편의점 가는 길인데 교회 이름이 누리야.]

뭐 어쩌라는 거야. 얼굴을 굳히다가 툭, 웃음이 터졌다.

[그냥 그렇다고.]

[잘 자.]

[김누리.]

엄지로 액정을 쓱쓱 문지르다가 답을 적었다.

[ㅇ]

"엇."

보내버렸다. 응, 너도, 라고 적으려고 했는데, 이응 하나만 쓴 채 가버렸다. 겁나 성의 없어 보이는데, 라고 생각하는 찰나 임석영에게서 답장이 왔다.

[설마 그게 응은 아니겠지.]

[응일 리가 없어.]

[김누리가 쏘아 올린 작은 콩알이겠지.]

연달아 세 개나.

생각보다 긍정적인 놈이구만?

히죽, 입술이 늘어지며 미소가 지어졌다.

chapter 4
점과 점을 이어 그으면

 점심시간, 구석진 곳에 자리를 잡고 앉았다.

 오늘 식단에 만두가 있었다. 소심하게 한 개만 더 주시면 안 될까요, 했더니 두 개를 더 주었다. 한 개를 더 달라고 했는데 두 개가 오다니, 괜히 기분이 좋았다. 싱글벙글 웃으며 숟가락을 드는데 누군가 앞자리에 식판을 놓고 앉았다. 고개를 들고 보자 임석영이다.

 나는 혼자 먹는 게 마음이 편한데, 임석영이 식판을 놓고 앉으니 남윤수와 김찬영도 식판을 놓고 앉는다. 내 앞으로 임석영이, 내 옆으로 김찬영이 앉고 대각선에 남윤수가 앉았다.

 주위를 두리번거렸다.

 "야, 빈자리 많은데."

 "여기도 빈자리였는데."

 아니, 내 말은……. 그게 아니라고 하려다가 입을 다물었다. 말해 뭐 하냐.

 임석영에게 홍차연이 아닌 걸 들켜서인지, 조심성 없이 그의 친구들에게 비밀이 흘러갈까 불안했다. 항상 붙어 있으면 뭔가

가 저도 모르게 튀어나오기 마련이고, 튀어나온 것은 누군가 알아채기 마련이니까.

그러면 이제 너도나도 어 그러네, 너 수염이 안 났네, 울대뼈도 안 튀어나왔네, 꼬추도 없는 거 아니냐! 하겠지.

"야, 나 만두 봐봐."

남윤수가 뿌듯한 얼굴로 자신의 식판을 눈짓했다.

"학교 뒤에 있는 뒷산처럼 주시면 안 될까요, 라고 했더니 이렇게 줌."

남윤수의 식판에 만두가 산처럼 쌓여 있다. 나는 고작 두 개 더 받았는데, 남윤수는 네 개를 더 받았다. 대단한 놈.

"홍차연 너도 만두 좋아하는구나. 더 받았네."

숟가락을 들며 남윤수가 물었다.

"응. 좋아하지."

그러다 뭔가가 불현듯 생각나 임석영의 눈치를 살폈다. 임석영이 남윤수의 식판을 숟가락으로 툭툭 치며 고개를 작게 저었다.

"야, 얘 홍차연이라고 부르는 거 안 좋아해. 갈비만두라고 불러. 홍갈비만두."

"홍갈비만두?"

다리를 움직여 임석영의 발을 툭 쳤다. 임석영이 어억, 소리를 내며 나를 본다. 소리 없이 표정을 굳히자 임석영이 픽 웃으며 고개를 돌렸다.

"야, 오늘 체육 시간에 축구 했는데 반장이 김찬영 이 새끼를 골키퍼 시킨 거야. 진짜 이렇게 느려터진 새끼 처음 봤다. 나무늘보인 줄. 공이 이미 들어가고 움직여."

남윤수가 고발하듯 조잘조잘 떠들었다. 임석영이 어, 어, 하고 대꾸하며 이야기를 들었고 김찬영은 남윤수를 보지도 않았다.

"지는 자책골 넣은 주제에."

김찬영의 말에 남윤수가 민망한 듯 소리 내 웃는다.

"나도 모르게 찬영이 있어서 그쪽으로 날림."

남윤수의 말에 나도 모르게 툭 웃음이 터졌다.

이러나저러나 몸 사리는 게 좋을 판국이니 혼자 다니는 게 신상에 좋았다. 그걸 알지만, 그런 마음과 별개로 다 같이 밥을 먹는 시간이 또 좋았다.

누군가와 함께 떠들며 밥을 먹는 것이 오랜만이었다. 별로 중요할 것 없는 대화가, 쉬지 않는 소음이 마음에 들었다.

학교를 그만두고는 늘 혼자 밥을 먹었고 그 공간은 너무 고요했다. 위잉, 위잉, 가전제품 돌아가는 소리만 나와 함께할 뿐.

"자책골이라니. 수치다, 윤수야. 어디서 나랑 축구 한다는 말 하지 마라."

임석영이 웃지 않는 얼굴로 남윤수를 보며 말했다.

남윤수가 억울하다는 듯 아니, 김찬영이 막 나를 보고 손을 흔들었다니까? 하며 당시의 상황을 설명하는 데 열을 올렸다. 김찬영은 묵묵히 밥을 먹는 데 열중했고, 임석영만 그의 이야기를 들어주고 있는 듯 보였는데, 갑자기 제 식판의 만두 하나를 집어 내 식판에 놓았다.

"음?"

뭐냐는 얼굴로 임석영을 보았다. 임석영이 소리 없이 입을 벌린다. 세 글자였는데, 그 입 모양을 복기해보니 홍만두였다. 절로 눈이 가늘어져서 노려보자 임석영이 피식 웃으며 시선을 돌린다.

만두가 한 개 더 늘어난 식판을 보았다. 갑자기 만두 부자가 됐다. 내 식판으로 옮겨 온 만두를 다시 되돌려 놓기도 뭣해서 대꾸 없이 밥을 먹었다.

기분이 이상하다. 웃고 싶지 않은데 자꾸 웃음이 났다. 나도 어딘가 속해 있구나, 같이 흘러가고 있구나, 그런 안도감이 들었던 건지도 모른다.

그게 안도라고 생각하면 못내 마음이 먹먹해졌지만, 이런 순간이 없는 것보다는 낫다고 생각하며 스스로를 위로했다. 남윤수는 계속 혼자 떠들었고 우리들은 이따금씩 웃었다.

밥을 먹고 나와 운동장으로 갔다. 운동장 옆 난간에 옹기종기 모여 섰다.

다들 후식으로 나온 오렌지주스를 하나씩 물고 있었다. 쪽, 소리를 내며 주스를 다 빨아 마신 임석영이 팩을 구기고 옆에 놓았다.

"야, 곧 체육 대회인데. 석영이 너 혹시 다 나가냐?"

남윤수의 물음에 임석영이 어깨를 으쓱인다. 곧 체육 대회구

나. 쪽쪽, 주스를 빨며 아이들이 하는 이야기를 들었다.

남윤수가 작년 체육 대회 이야기를 해줬다.

작년에 셋이 같은 반이었는데, 반 애들이 영 운동에 소질이 없었다고 한다. 팡팡! 응원 봉을 두드리며 임석영이 반 아이들에게 기합을 불어 넣었고, '얘들아, 잘하자, 어? 잘하자!' 하던 놈이 나중에 가서는 '포기하는 새끼 다 죽어!' 하며 고래고래 악을 질렀단다.

가장 먼저 포기한 새끼가 김찬영이라고 했다. 이 말을 하며 남윤수가 김찬영을 가리켰고, 김찬영이 무표정하게 시선을 먼 곳에 두었다.

"승부욕이 미쳤다니까, 이 새끼는. 쓸데없이 강해."

남윤수가 임석영을 보며 고개를 절레절레 저었다. 그의 승부욕에 질려 버렸다는 투였다.

"야, 지는 것보다 이기는 게 낫지. 못하는 애들 멱살 잡고 끌었더니, 어이가 없다?"

"멱살? 머리채 아니고? 반 애들 다 임석영이 지옥 열차 태웠다고 그랬는데. 나는 진짜 죽다 살아났다."

남윤수가 괜스레 몸을 떨며 말했다.

임석영이 승부욕이 쓸데없이 강한가 보네. 이야기를 들으며 작게 고개를 끄덕였다.

빨대를 입에 물고 주스를 들이켰다. 무표정하게 먼 곳을 보고 있던 김찬영이 "어." 하고 입을 벌리더니 무언가를 따라 시선을 옮겼다.

그리고 그 시선이 내게 닿았다.

"음?"

빨대를 문 채 눈썹을 올렸다. 왜, 왜 보냐, 그런 뜻이었는데, 김찬영이 불쑥 손을 내밀어 내 팔을 잡아당겼다.

순간이었다. 팔을 잡아당기는 힘에 몸이 앞으로 쏠렸고, 중심이 무너지며 그대로 김찬영 품에 얼굴을 박았다. 팡, 소리를 내며 무언가 바닥을 맞고 튕겨 나갔다.

"야이쒸! 사람 맞을 뻔했다! 공 똑바로 안 차냐!"

남윤수의 목소리가 운동장을 쩌렁쩌렁 울렸다. 눈앞이 캄캄했다. 그러니까, 눈앞에 뭔가가 있는데.

"내가 너무 세게 당겼나."

머리 위에서 김찬영의 목소리가 울렸다. 슬그머니 고개를 올리자 그의 턱이 보인다.

헉, 숨을 삼키며 몸을 뒤로 뺐다. 저도 모르게 내 허리를 감았는지, 등을 받치고 있던 김찬영의 손이 자연스레 풀렸다.

돌아보니 축구공이 바닥에서 데굴데굴 구르고 있었다. 운동장에서 공을 찬 아이가 죄송합니다, 하고 고개를 꾸벅 숙이며 인사했다. 1학년인 듯했다.

공을 굴려 난간 아래로 내려간 남윤수가 운동장 중앙으로 공을 뻥 차올렸다.

"여기로 한 번만 더 떨어지면 뒈진다!"

남윤수가 운동장에 있는 1학년들에게 경고 아닌 경고를 날렸다.

chapter 4. 점과 점을 이어 그으면

손에 든 팩이 가벼웠다. 김찬영 품으로 날아들면서 손에 힘을 주며 팩을 구긴 탓에 안에 든 내용물이 빨대 밖으로 튀어나온 것이다. 당연히 빨대의 방향은 나였고, 노란 주스가 교복 셔츠를 물들였다.

"아……."

고개를 숙이고 처참한 꼴을 살피는데, 불쑥 앞에서 손이 튀어나왔다.

"다 튀었다."

김찬영이 젖은 교복을 털기 위해 손을 내밀었다. 그러다가 흠칫 놀라며 내밀던 손을 살짝 뒤로 거두는 걸 봤는데, 손이 멀어지기도 전에 김찬영의 손목이 잡혔다. 얼마나 세게 낚아채듯 잡았는지 마찰음이 둔탁하게 났다.

김찬영과 나의 눈이 손의 주인에게로 향한다.

"안 돼."

묘한 분위기가 흘렀다. 임석영이 사나운 눈을 하고 김찬영의 손을 잡아 제자리에 놓았다.

김찬영 딴에는 저 때문에 내가 주스를 흘린 것 같아 챙겨주려는 것 같았는데, 난데없이 임석영이 사나운 기류를 흘리며 그의 손을 저지하니 분위기가 이상해질 수밖에.

김찬영이 임석영을 보았고, 임석영이 뒤늦게 표정을 갈무리하며 눈가를 문질렀다.

"아니, 그, 막 그렇게, 아무 데나."

"어?"

도통 알아들을 수 없는 말에 김찬영이 되물었다.

아, 세상에. 지금 나만 초조하니? 발을 동동 구르며 불안한 눈동자를 좌우로 움직였다.

김찬영은 알아듣게 말하라는 얼굴로 임석영을 보고, 임석영은 대체 이걸 어떻게 말해야 할지 모르겠다는 얼굴로 바닥을 보았다.

눈가를 문지르던 그가 흘긋, 눈동자를 돌려 나를 보았다. 눈이 마주쳤다. 난감하다는 듯 문지르던 눈가를 쓸어내린 임석영이 낮은 목소리로 중얼거린다.

"만지지 마."

작고 낮은 목소리에 김찬영이 미간을 찡그리며 고개를 기울였다.

"뭐라고?"

짧은 순간에 오만 가지 생각이 스쳤다. 그 순간 임석영이 무표정한 얼굴로 김찬영을 보았다.

"얘, 건들지."

"야! 좆 치겠다!"

임석영이 나를 가리키는 것과 동시에 소리를 내질렀다. 차마 내가 여자라는 것을 말할 수는 없고, 어떻게 포장은 해야겠는 임석영의 고군분투를 눈물 없이 볼 수 없었다.

하하하! 뜬금없이 호탕하게 웃으며 임석영의 어깨를 툭툭 두드렸다. 나보다 키가 큰 그의 어깨에 팔까지 걸고 어색하게 웃었다. 내가 웃는다고 해서 따라 웃는 사람은 없었다.

"뭐래. 방금 급식 먹고 나왔는데."

남윤수가 얼굴을 찌푸리며 말했다.

"셔츠는 빨아야겠다. 체육복 없으면 빌려줄게."

김찬영이 말했고, 임석영이 내 목에 팔을 두르며 고개를 저었다.

"나도 있어. 체육복."

"그럼 뭐, 됐네."

어쩌다 보니 네 명이 모두 서서 서로를 보는 모양새가 되었다. 남윤수와 김찬영이 나와 임석영을, 나와 임석영이 남윤수와 김찬영을.

별생각 없어 보이는 남윤수는 콧노래를 흥얼거리며 핸드폰을 들여다봤다.

"오늘 은근 덥다. 얼른 교실로 들어가자!"

어디를 찌르는 줄도 모르고, 검지를 길게 빼고 앞을 가리켰다. 성큼성큼 앞으로 걸어 나가려는데 목을 휘감은 임석영의 팔에 제지당했다.

"우리 교실은 이쪽이거든."

"아……."

임석영이 한 팔을 들어 흔들었다.

"이따 보자."

그 말에 남윤수가 핸드폰을 보며 건성으로 답했고 김찬영이 고개를 끄덕였다.

동관 현관으로 들어가 계단을 오르기 전, 고개를 숙여 목을 계속 감고 있는 팔을 보았다. 연막작전 같은 건가. 우리 이렇게 스스럼없이 친해서 다 안다! 다 알아서, 얘가 여자 아니라는 것도 안다! 얘 진짜 남자임. 뭐, 그런 거.

계단을 밟고 올라가다가 고개를 올렸다. 바로 위에 임석영 머리가 있었다. 시선을 느꼈는지 임석영이 고개를 숙이더니 눈을 맞춘다.

"왜?"

"이 팔은 언제 풀어?"

손을 올려 임석영의 팔을 가볍게 두드렸다. 고작 손목에서 팔꿈치로 이어지는 부분인데도 단단했다.

임석영의 시선이 물끄러미 얼굴에 닿았다. 말없이 여기저기 뜯어보는 듯 보더니 머리칼을 헤집고 들어와 헝클어트렸다. 큼지막한 손이 머리에 닿았다가 떨어졌다.

"안 풀어."

"왜?"

"이래야 애들이 의심을 안 하지."

"아아."

그런데 다른 의심을 살 것 같다는 생각은 안 드니?

별로 좋은 생각은 아닌 거 같은데, 라고 말하려는 찰나 임석영의 입이 먼저 열린다.

"딴 놈들이 다가오거든 냅다 튀어."

"뭐?"

"못 건들게 도망가라고."

아니, 도망까지? 나한테 누가 다가온다고. 반에서 말 거는 사람이라고는 너밖에 없는데.

흐트러진 앞머리를 정리하고 눈을 올렸다. 내게서 시선을 거둔 임석영이 팔을 더 단단히 고정했다.

"아니다. 됐다. 그냥 내가 붙어 다니지, 뭐."

꼭 붙어 계단을 오르는 모습이 흡사 이인삼각이었다. 절대 팔을 안 풀어줄 것 같던 임석영은 교실에 들어선 뒤에야 팔을 풀었다.

4층 화장실, 셔츠를 빨아 탈탈 털고 임석영의 체육복으로 갈아입었다. 사이즈가 얼마나 큰 건지 옷소매가 손을 덮다 못해 흘러내렸다. 대충 팔을 걷고 젖은 셔츠를 들고 나왔다. 화장실 앞에 쪼그리고 앉아 있는 임석영이 보인다.

체육복 받아 들고 교실을 나설 때부터 졸졸 따라오더니, 누가 화장실에 들어오기라도 하면 어떻게 하냐며 망보는 것을 자처했다.

"야, 무슨 인간 세탁기냐. 대충 빨지. 오래도 걸린다."

누가 기다리라고 그랬나.

무릎을 펴고 일어난 임석영이 핸드폰을 주머니에 집어넣으며 다가왔다. 앞에 서서 고개를 뒤로 빼고 체육복 입은 모양새를 살피더니 입술을 늘여 웃는다.

"너한테 크다."

그럼 이게 맞을 줄 알았니…….

대꾸하지 않고 걸음을 떼려는데 한쪽 팔이 임석영에게 잡혔다. 걷어붙인 옷소매를 쭉 끌어 내리더니 한 단 한 단 반듯하게 접어 올린다.

눈을 내리고 임석영의 손에 의해 접혀 올라가는 소맷자락을 보았다. 접히고 접히면서 체육복 안감이 드러났다.

소매를 잡는 임석영의 손톱이 말끔하고, 손가락이 기다랬다. 이 새끼는 왜 손도 잘생겼어.

반듯하게 접어 올린 옷소매가 손목을 가렸다. 임석영이 반대쪽 팔도 잡아 올려 걷어붙인 옷소매를 끌어 내리고 똑같은 모양새로 접었다.

흘긋, 눈을 올려 임석영을 보았다. 숱이 많은 머리칼이 부드럽게 이마를 가르고 내려왔다. 꼭 맞물린 입술이 도톰한 게 어떻게 나보다 더 붉은 듯했다.

"뚫리겠다, 내 얼굴. 그만 봐."

임석영이 말했다. 시선은 접어 올리는 소매에 둔 채였다. 하필 입술을 보던 차에 들킨 것 같아 괜히 목을 가다듬으며 눈동자를 데굴데굴 굴렸다.

"네 얼굴 안 봤는데……."

"보던데, 계속."

"아닌데……. 자연모인가, 하고 그냥 머리 본 건데."

내 말에 임석영이 피식 웃는다. 어이가 없다는 듯한 웃음이었다.

소매의 단을 접어 올리는 그 짧은 시간이 꽤 길게 느껴졌다.

복도가 조용해서인지, 말이 없어서인지, 공기가 괜히 어색하다.

양쪽 소매를 모두 접은 임석영이 눈을 내리고 두 팔을 번갈아 보았다. 뻣뻣하게 차렷을 하고 서 있자 임석영이 만족스럽다는 듯 고개를 끄덕인다.

"야, 그런데 이렇게 막 도와줄 필요는 없어. 나 혼자 알아서 할 수 있는데."

계단을 내려가며 말했다.

"왜? 불편해?"

"아니, 그런 것보다도. 안 귀찮아?"

임석영이 웃는 얼굴로 돌아본다.

"뭐. 화장실 앞 지키고 소매 접어준 것 때문에?"

"아니, 그냥. 뭐."

"내가 너를 귀찮아하는 거 같아?"

아니, 그야 나는 모르죠.

고개를 젓기도 끄덕이기도 뭣해서 입술을 꿈틀댔다.

임석영이 나와 엮이지 않았으면 내 비밀을 알 리도 없었을 테고, 그럼 오늘처럼 제 친구들과 민망한 상황이 생길 일도 없었을 것이다.

내가 화장실 앞에서 망보라고 시킨 것은 아니지만, 괜히 찜찜한 마음에 따라온 것이 아니겠나. 어쩌면 같은 반으로 전학 온 아이의 비밀을 알게 된 바람에 본의 아니게 귀찮은 일에 휘말린 것일 수도 있었다.

2층 복도에 다다랐을 때, 임석영이 걸음을 멈추고 돌아보았다. 그가 멈춘 탓에 그 뒤를 따라 내려가던 나의 걸음도 멈췄다. 계단 한 개를 더 밟고 서서 임석영을 보았다. 눈높이가 비슷해졌다.

"딱히 돕는다고 생각한 적은 없는데. 불편하면 말해."

임석영이 손에 있는 교복 셔츠를 뺏어 들고 등을 돌렸다.

"이건 내가 널게."

멍한 얼굴로 멀어지는 임석영의 뒷모습을 보았다. 종이 울렸다. 계단을 폴짝 뛰어내려 교실로 향했다.

점심을 그다지 많이 먹은 것도 아닌데 5교시 때부터 배가 쿡쿡 쑤시기 시작하더니 6교시가 되자 식은땀이 줄줄 났다.

마치 배 안에 먹구름이 드리우고 천둥이 무겁게 울리며 분위기를 험악하게 만들고 있는 것 같았다. 안에서 무언가가 목소리를 높이고 있었다.

문을 열어라! 당장 열어라! 우리들은 이곳을 탈출할 것이다! 명령을 받았다! 문을 열지 못할까! 지금 당장 열지 않으면 부수고 나가겠다!

안 돼. 부수는 건 절대 안 돼. 그렇게 허락 없이 나오면 안 된다고.

무릎을 꼭 붙이고 앉아 연필을 힘주어 잡고 부들부들 손을 떨었다. 하얗게 질린 얼굴로 벽에 붙은 시계만 노려봤다. 째깍, 째깍, 넘어가는 초침이 유난히 느려 보였다.

탁, 마지막 초침이 12시를 지나고 끝종이 울렸다. 종이 울리자마자 핸드폰을 챙겨 들고 4층으로 뛰어 올라갔다. 후다닥 계단을 올라 4층 화장실을 박차고 들어갔다.

구석진 칸의 문을 거칠게 열고 들어가 쾅, 소리가 나게 닫았다. 화장실 한 칸, 그 작은 공간이 내게 평화를 가져다줬다.

조용하기만 한데 새 소리가 들리는 것은 나의 착각인가.

"후······."

이것은 안도의 한숨.

다행히 위기를 무사히 넘겼다. 마음의 안정이 빠른 속도로 찾아왔다. 턱 끝까지 찬 숨을 고르고 송골송골 맺힌 인중의 땀을 닦았다. 손으로 땀을 훔쳐 닦고 화장지를 잡았다. 잡아당기는데 탁 끊어졌다.

한 칸.

"······뭐야."

휴지 걸이 안에 손을 넣어 휘저었다. 다 쓴 휴지심이 뱅글뱅글 돌았다.

"아니야. 아닐 거야."

현실을 부정하며 휴지 걸이를 들여다봤다. 없는 게 맞았다. 있는 거라곤 내 손에 있는 한 칸.

이 한 칸으로는 코도 못 풀어. 절로 입술이 휘어 내려간다.

"살려주세요······."

칸막이 안에서 우울한 음성을 흘렸다. 듣는 사람도, 들어주는 사람도 아무도 없었다. 그렇다고 바지를 어정쩡하게 내린 채 옆 칸으로 이동할 수도 없는 노릇이었다.

혹시나 하는 마음으로 화장실 칸막이 안 모서리를 모두 살폈다. 휴지통이 없다. 정면으로 고개를 돌리자 이제야 문짝에 붙어 있는 안내문이 눈에 들어온다.

[휴지통이 필요 없는 깨끗한 화장실. 휴지는 변기에 버리세요.]

"사람 살려……."

우울한 낯으로 방법을 모색하고 있는데 핸드폰으로 메시지가 들어왔다.

[어디?]

임석영이다. 힘없이 키패드를 두드렸다.

[왜]

[안 보여서]

임석영한테 화장지 달라고 해볼까, 고민하다가 고개를 세차게 저었다.

아니야. 그럴 수 없어. 아무리 내가 누구인지 알고 있다지만 그럴 수 없지.

우선 재빠르게 옆 칸으로 이동해볼까.

그런데 그건 도저히 엄두가 안 났다. 진짜 재수 없게 문 열고 나간 그 찰나에 누가 들어오기라도 하면 어떻게 하냐. 바지를 허벅지에 어정쩡하게 내린 채로. 상상만으로도 최악이었다.

그럼 바지를 입고 옆 칸으로 이동해?

교실에 들어갔을 때 어디서 똥 냄새 안 나냐고 자꾸 킁킁거릴 임석영이 그려졌다.

그건 안 될 일이지.

"하……. 왜 휴지가 없냐고."

한숨을 뱉는데 핸드폰이 진동했다. 고개를 내리고 보자 액정에 임석영 이름이 떴다. 이마를 문지르다가 통화를 연결했다.

"왜……."

— 어딘데 읽고 답장도 안 하냐.

"왜……."

— 혼자 뭐 먹으러 갔지?

"아니거든……."

— 종 치자마자 달려 나갔잖아. 어디야.

학교야. 학교라고.

휴지 한 칸을 멍하니 보고 있는데 음? 하며 임석영이 묻는다.

— 너 목소리가 울린다? 화장실이야?

"……."

— 일 보냐?

"……."

— 미안. 집중하렴.

통화를 종료할 것 같은 분위기에 급하게 임석영의 이름을 불렀다.

"석영아……."

대답이 없다.

"여보세요?"

— 아, 어. 무섭게 왜 이름을 그렇게 부르고 그래.

내가 너무 다정하게 불렀나.

"그게 있잖아."

— 어.

"……없어."

— 뭐가?

"화……장지…… 없어……."

— 똑바로 말해봐. 잘 안 들려.

한숨이 나왔다. 숨을 고르고 한 글자 한 글자에 힘을 실어 말했다.

"나 화장실인데…… 화장지가 없다고……."

— …….

수화기 너머로 아무런 소리도 안 넘어오고, 아이들이 와자지껄 떠드는 소리만 들렸다. 흑, 절로 고개가 다 익은 벼처럼 수그러든다.

임석영 씨, 통화 즐거웠습니다. 안녕히 계세요.

안녕, 이라는 인사를 남기고 통화를 끝내려는데 임석영의 목소리가 넘어왔다. 무슨 말이라도 하는 줄 알았는데, 웃고 있었다.

스끄야…… 웃즈 믈르그……. 나는 지금 생사의 기로에 놓여 있다…….

혼자 숨이 넘어갈 듯 웃더니 4층이지? 기다려, 하며 전화를 끊었다. 수치스럽다. 수치스러워.

곧 이곳에 당도하게 될 휴지 배달자 임석영을 기다리며 코를 쿵쿵거렸다. 그리고 엄지를 바쁘게 움직여 임석영에게 카톡을 보냈다.

[숨은 안 쉬고 들어오는 게 너의 건강에 좋을 것이다]

얼마 안 있어 핸드폰이 진동했다. 임석영이다.

"여보세요?"

— 화장실 문 앞에 두면 네가 나와서 가져갈 수 있어?

"장난하냐."

— 아니…… 내가 들어가도 되는 건가?

"뭐라는 거야. 가지고 온다며."

— 오긴 왔어.

"그럼 빨리 줘. 곧 종 쳐."

— 응……. 그러니까 내가 들어가야 되는 거겠지?

이 새끼가 진짜 왜 이래. 장난치는 건가. 초조하게 다리를 떨며 입술을 꾹 물었다.

"앞으로 말 잘 들을게……."

— 어?

"제발 빨리……."

수화기 너머로 웃음소리가 들렸다. 짜증 나는 놈…….

문이 열리는 소리가 들렸다. 휴지 한 칸을 손안에 꼭 쥐고 숨을 삼켰다.

지금 들어온 사람은 임석영인가, 임석영이 아닌가. 눈동자를 바쁘게 움직이며 아무리 뚫어지게 보아도 투시되지 않는 문짝을 바라보았다.

화장실에 들어온 당신, 누구이신가요. 휴지 배달자 임석영 씨인가요? 생각하는데 문 너머에서 임석영 목소리가 들린다.

"갈비만두?"

그거 지금 암호라고 대는 거냐.

"야, 빨리 아래로 던지고 나가."

임석영에게 빠른 후퇴를 권했다. 혹시나 나를 놀린답시고 휴지 안 주고 밖에서 놀려대면 어쩌나 했는데 문짝 아래로 훅 휴지가 미끄러지듯 넘어오더니 쾅, 하고 화장실 문 닫는 소리가 났다. 그 소리가 얼마나 큰지, 화장실 문이 떨어져 나가는 줄 알았다.

허리를 숙여 휴대용 티슈를 주웠다. 절로 눈이 휘고 입술이 휘어 내려간다.

만두…… 이게 다 만두 때문이다.

울상이 되어 팍, 팍, 휴지를 뽑았다.

주머니에 휴대용 티슈를 꼽고 칸막이 문을 열고 나왔다. 좀 오래 머물렀다고 아무도 없는 화장실이 내 방처럼 느껴졌다. 망할 놈의 익숙함.

세면대 앞에 서서 수도 레버를 올리고 비누거품을 팍팍 내서 손을 씻었다. 손가락 마디마디를 겹쳐 씻은 뒤 수도 레버를 내리고 물기를 털었다.

전쟁을 치른 느낌에 어깨를 축 늘어뜨리고 화장실 문을 열고 나오는데, 저만치 서 있는 임석영이 보인다.

"시원하냐."

"……."

교복 셔츠 빨 때는 화장실 바로 앞에서 문을 지키고 서 있더니, 지금은 왜 그리도 멀리 떨어져 서 있는 거니. 그냥 가버리지 그랬니.

"야, 너 만두 많이 먹어서 그래."

"뭐래……."

터덜터덜, 힘없는 걸음으로 복도를 걷자 임석영이 냉큼 옆으로 붙어 섰다.

"남윤수도 화장실에 갇혀 있대."

"헐? 진짜?"

나만 그런 게 아니란 말인가. 눈을 번쩍 뜨고 임석영을 올려다보았다.

"그래서 지금 2층 남자 화장실은 화생방이야."

임석영의 말에 웃음이 터졌다. 소리 내 웃으며 임석영의 팔을 찰싹찰싹 때렸더니 임석영이 무표정한 얼굴로 내려다본다.

"너는 아닌 줄 알지."

웃음을 싹 거두고 걸음을 빨리했다. 등 뒤에서 임석영이 놀리듯 말했다.

"야, 너 아무래도 만두 좋아하면 안 될 것 같아."

거리를 벌리며 빨리 걷는데도 임석영의 목소리가 계속 따라왔다. 만두 좋아하지 마라, 좋아하지 마, 홍만두 하지 마라, 하고.

후다닥 뛰어 계단을 내려와 교실로 들어갔다.

자리에 앉아 다음 수업을 준비하는데, 교실로 돌아온 임석영이 조용히 자리에 앉나 싶더니 나를 돌아보며 말한다.

"만두 말고 다른 거 좋아해."

그만해…….

"만두는 너랑 안 맞아."

그만하라고…….

"상극이야. 상극."

이 새끼야…….

△ ○ ☆

 임석영의 체육복 상의를 빨래했다. 비누 향 폴폴 나던 임석영의 체육복에 향기 없이 물 냄새만 날까 싶어 인심 써서 섬유유연제도 팍팍 넣어 헹궜다.

 목이 늘어나지 않게 조심스레 옷걸이를 넣은 뒤 건조대에 걸었다. 한 걸음 물러나 건조대에 걸린 체육복 상의를 보았다.

 상의를 보고 있자니 뜬금없이 상의를 탈의하고 들어왔던 임석영의 몸뚱이가 떠오른다.

 뭐야, 내 머리에서 꺼져! 세차게 고개를 저었다. 고개를 저으면 저을수록 복근이 왜 더 선명하게 떠오르는지 모를 일이다. 정신 차리라는 듯 이마를 탁탁 때렸다.

 햇빛에 바짝 마르라고 베란다 문을 열었다. 방충망을 밀어내고 난간에 기대서서 아래를 내려다봤다. 아파트 단지 내에 벚나무가 줄줄이 심어져 있어 내려다본 바닥이 온통 분홍빛이었다. 선선하게 불어와 피부에 스며드는 바람이 좋다.

"좋구만."

쏟아지는 햇살, 불어오는 바람. 그 모든 게 기분이 좋아 난간에 팔을 올리고 턱을 댔다. 엉덩이를 뒤로 쭉 빼고 풍경을 눈에 담는데 낯익은 형체가 풍경 속을 걷고 있었다.

"임석영?"

주말인데 가방을 메고 한 팔 안에 두툼한 책을 안고 가는 모양새가 공부하러 독서실이나 학원에 가는 듯했다.

턱으로 손등을 꾹꾹 누르며 길을 가로지르는 임석영을 보았다. 검은색 트레이닝 바지에 검은색 후드 티를 입은 모양새가 꽃길을 걷는 저승사자가 따로 없었다.

부를까 말까 고민하다가 그냥 들으면 듣는 거고 말면 마는 거다 싶은 마음으로 불러봤다.

"야, 임석영."

그렇게 크게 소리를 내지른 것도 아닌데 길을 걷던 임석영이 걸음을 멈추고 고개를 올렸다.

막상 부르고 나니 딱히 할 말이 없다. 어디 가냐고 물을까? 공부하러 가는 거 같은데. 그럼 공부하러 가냐고 물을까? 별로 안 궁금한데. 왜 불렀을까, 도대체.

입을 다문 채 손을 흔들었다. 안녕이라는 뜻이기도 했고 잘 가라는 인사이기도 했다. 만남과 동시에 이별이 이런 것인가.

임석영이 손을 들더니 콕, 콕, 콕, 허공을 찍었다. 흔들던 손을 내리고 가만 보았다. 허공을 찍은 손가락이 나를 가리키며 멈췄다.

뭐지. 손을 내린 임석영이 목소리를 높였다.

"내려와."

"어?"

"내려오라고."

나 머리도 안 감았는데.

"싫은데?"

가만 멈춰 서서 나를 올려다보던 임석영이 걸음을 옮겼다. 바로 아래에 있는 캐노피로 모습을 감추더니 얼마 지나지 않아 세대 호출음이 울린다.

헐? 후다닥 거실로 가 인터폰 화면을 확인했다. 화면으로 보이는 거라곤 '영어 독해' 네 글자였다.

"뭐야."

— 층수 다 셌다.

"……."

— 내려오세요.

처음부터 느낀 거지만, 이 새끼는 명령조가 입에 붙었어.

대충 후드를 올려 쓰고 집을 나섰다. 1층을 누르고 후드 끈을 꽉 조여 묶었다.

엘리베이터 문이 열리자 밖에 서 있는 임석영이 보인다. 자동문이 열리고 슬리퍼를 찍찍 끌며 발을 옮겼다. 임석영이 내게 줬던 그 슬리퍼다.

"왜."

임석영 앞에 걸음을 멈추고 서서 물었다. 고개를 숙인 임석영이 뒤꿈치 뒤로 여백이 낙낙한 슬리퍼를 보더니 픽 웃는다.

"왜 웃냐."

뚱한 얼굴로 묻자 임석영이 입술을 터트리며 고개를 숙이더니 웃는 낯을 하고 눈을 맞춘다.

"미치겠다, 진짜."

"뭐가?"

자기가 줬던 슬리퍼를 신고 있는 게 웃긴 건가. 네가 돌려주면 죽는다고 그래서 내가 꾸역꾸역 신는 건데.

"그냥. 내 이름 써져 있어서."

고개를 숙이고 슬리퍼를 보았다. 삼선 흰색 부분에 임석영 이름 세 글자가 써져 있다.

"그게 웃겨? 너 보면 이상한 데서 혼자 터지더라. 웃음도 많다."

신기하다는 듯 말하자 임석영이 서서히 웃음기를 지운다.

"그럼 웃기지를 말든가."

임석영이 손으로 이마를 쭉 밀어냈다. 고개가 뒤로 밀려났다가 돌아왔다. 뭐지? 미간을 찌푸리자 임석영이 후드를 올려 쓰며 시선을 돌린다.

"도서관 가는 길인데. 같이 갈래?"

도서관? 도서관이면 공부? 고개를 절레절레 저었다.

"시험공부 안 해?"

두 손을 후드 티 주머니에 집어넣고 고개를 끄덕였다.

"곧 중간고사잖아."

"내 성적도 아닌데, 뭐."

"야, 그건 좀 잔인하다."

"……아무튼, 공부 안 해도 돼. 그리고 내가 홍차연도 아닌데 시험을 잘 보면 그게 더 문제지. 전교 꼴등이 내 목표야."

사모님도 하지 말라고 했고. 그리고 어차피 한 거나 안 한 거나 그게 그거다. 중학교 때 코피 흘려가며 밤도 새워봤지만, 대박은 없었다.

"그럼 너 오늘 뭐 하는데?"

"그냥 뒹굴거리다가 오후 되면 알바 가야지."

임석영이 음, 하며 고개를 작게 끄덕였다.

"목표도 있는 놈이 왜 공부를 안 해? 너 이래가지고 전교 꼴등 하겠냐?"

"왜 못 해? 당연히 하지!"

"한 번호로 다 찍어도 그중에 몇 문제는 맞잖아. 너 운 좋아서 점수 잘 나오면 공부한 애들 서러워서 어떡해."

"에이, 설마."

"그렇게 되면 내가 학교에 대자보 붙이고 시위 좀 해도 될까?"

이 새끼가 지금 무슨 소리를 하는 거야. 눈을 부릅뜨고 노려보자 임석영이 허공을 턱짓한다.

"가방 챙겨서 나와. 공부를 해야 정답을 피해 가지. 그래야

네 목표를 이룰 수 있는 거야. 전교 꼴등 희망자야."

입술을 휘어 내리고 임석영을 보았다. 이야기가 왜 그렇게 돼?

"네가 홍차연도 아닌데 시험을 잘 보면 문제잖아?"

방금 내가 했던 말을 임석영이 그대로 되돌려줬다. 도망갈 구멍이 차단됐다. 아, 진짜. 입을 댓 발 내밀고 변명을 생각해 보다가 떠오르는 게 없어 걸음을 돌렸다.

"어디 가?"

"가방 챙기러 간다!"

빽 내지른 소리에 임석영이 피식 웃는다.

"알바 가기 전까지만 할 거야."

"그건 뭐 너 알아서 하고."

자동문이 열렸다. 발에 맞지 않는 슬리퍼를 끌며 돌아보자 임석영이 캐노피 기둥에 몸을 기댄 채 작게 웃었다. 저 웃음은 가식이다. 나를 놀리는 게 재미있는 거야. 엘리베이터 버튼을 누르고 화를 억눌렀다.

투덜거리며 집에 들어와 씻었다. 숙제가 있어서 챙겨 온 교과서와 필통을 가방에 쑤셔 넣었다. 대충 옷을 챙겨 입고 내려가자 기둥에 등을 기대고 서서 핸드폰을 보고 있는 임석영이 보였다.

임석영이 무표정하게 나를 보더니 진짜로 가방을 챙겨 나온 내가 웃긴지 입술을 늘인다. 얄미워 죽겠네.

걸음을 떼는 임석영을 한번 쏘아보고는 쿵쿵거리며 앞서 걸었다. 뒤따라오던 임석영이 어딘 줄 알고는 가? 하고 물었다.

"몰라. 아파트 밖에 있을 거 아니야."

단순한 답에 뒤에서 또 웃는 소리가 들렸다. 저 새끼는 왜 웃기지도 않는데 웃어. 정문까지 혼자서 열심히 걸었다. 정문까지만.

여기서부터는 길을 몰라 가만 서 있다가 뒤따라온 임석영 옆에 붙어서 갔다. 그런데 임석영이 자꾸 길을 모르는 나를 놀렸다. 오른쪽 골목으로 들어가는 것처럼 가다가 직진하고, 직진하는 것처럼 가다가 골목을 돌았다.

"아, 너 진짜 죽는다. 제대로 안 가냐?"

내 말에 임석영이 아, 알았어, 안 그럴게, 하며 웃었다.

임석영이 횡단보도 앞에 섰다. 옆에 가만히 서 있다가 불이 바뀌어서 건너가려는데 임석영이 횡단보도를 건너지 않고 직진했다. 몇 발자국 횡단보도를 밟고 나가다가 임석영의 등에 대고 소리쳤다.

"야!"

그러자 걸음을 멈추고 돌아본 임석영이 배를 잡고 웃었다. 진짜, 저 새끼가.

임석영에게 달려가 멱살이라도 잡을까 어쩔까 생각하다가 팔뚝을 때렸다.

"너 진짜 자꾸 길 이딴 식으로 갈래?"

뭐가 그렇게 웃긴지 임석영이 눈물까지 글썽였다. 눈가에 맺힌 눈물을 훔치더니 내가 때린 팔뚝을 쓸며 아파, 한다.

chapter 4. 점과 점을 이어 그으면

아프긴 개뿔.

"너 도서관 가서 공부하자는 거 장난이지? 어? 이렇게 나 놀려 먹으려고. 진짜."

"아니야. 나도 길을 잘 몰라서 그랬어."

"아, 나 안 가. 안 갈래."

휙 걸음을 돌리자 임석영이 팔을 잡았다. 인상을 쓰고 돌아보자 웃는 낯으로 옆에 있는 표지판을 가리켰다. 도서관까지 50m 남았다는 문구가 보였다.

"다 왔는데."

임석영이 손목을 당긴다.

"안 가면 안 되지. 어떻게 온 길인데."

임석영에게 잡힌 팔을 뒤로 빼고 표지판이 가리키는 곳으로 걸음을 돌렸다.

아무래도 알이 큰 반지를 네 개 정도 사 둬야겠다고 생각했다. 그래야 오늘처럼 임석영 팔뚝에 주먹을 날릴 일이 있을 때 타격감을 더 줄 수 있지 않을까 싶어서.

도서관 안은 세상의 모든 소음이 죽은 듯 조용했다. 창가 앞자리에 임석영과 마주 보고 앉았다. 창문 너머로 만개한 벚나무가 보인다.

챙겨 온 교과서를 꺼내고 내용을 달달 암기했다. 팔랑팔랑, 앞에서 임석영이 책을 넘기는 소리가 들렸다.

눈동자를 올렸다. 턱을 괸 임석영이 손에 든 연필을 빙글 돌렸다. 책을 보느라 내리깐 눈꺼풀이 눈동자를 반쯤 가렸다. 답지 않게 집중한 모습이 퍽 낯설다.

시선을 창문으로 돌렸다. 임석영 어깨 너머로 나뭇가지에서 떨어진 벚꽃 잎이 우수수 흩날렸다.

예쁘다.

봄의 풍경이 아름다웠다. 정적 속에서 바라본 탓에 더 진득하게 느껴진 건지도 모른다.

두 손을 책상 위에 내려놓고 그 풍경을 멀거니 바라보았다. 꽃잎이 흩날리는 풍경에 괜스레 마음이 동했다. 이 순간이 아름답게 느껴졌다. 되도 않는 공부를 하고 있는 지금 이 순간이.

턱을 괴고 책을 보던 임석영이 고개를 들었다. 바로 눈이 마주친다.

턱을 괸 임석영이 포스트잇을 끌어와 글씨를 끄적거리더니 한 장을 떼어내 내 교과서에 붙였다.

[내 얼굴 그만 봐]

뭔 소리야. 창밖 보고 있었는데.

임석영을 보며 고개를 저었다. 아니다. 너 안 봤다. 그런 뜻이었는데 임석영이 제 앞에 있는 책을 손가락으로 툭툭 두드린다. 그러더니 작게 속삭였다.

"공부하러 왔잖아, 우리."

뭐라는 거야, 진짜. 너 안 봤다니까.

"야."

너무 황당해서 목소리를 뱉자 임석영이 손가락으로 입술을 가리며 쉿, 한다. 그러곤 도서관 내부를 눈짓한다. 저는 할 말다 해놓고 나보고는 조용히 하래.

허, 하자 임석영이 고개를 숙인다. 이렇게 황당할 수가.

연필을 꼭 쥐고 임석영의 머리통을 노려보다가 고개를 숙였다. 앞에 있는 문장을 훑다가 너무 억울해서 입술을 잘근 씹었다.

▲ ○ ☆

딸랑, 방울 소리와 함께 탁수반점에 입장했다. 시끄럽게 울리는 전화벨에 철가방을 내려놓고 후다닥 달려 수화기를 들었다.

"네! 사랑과 정성을 담아 탁수반점입니다."

이 멘트는 탁수 사장님의 고정 멘트로 그냥 여보세요? 하고 전화를 받았다가는 춘장이 묻은 국자가 무기가 되기 십상이었다.

— 짬뽕 주문하려고 하는데요. 한 그릇도 돼요?

"네. 가능합니다."

— 아, 전화받는 본인이 배달해 줍니까?

불길한 예감이 든다. 꼭 외로운 꼰대들이 대화할 사람은 없고 대화는 하고 싶을 때 주문과 상관없는 말들을 주저리주저리 늘어놓고는 했다.

예전에는 자장면이 천오백 원이었는데. 그런 시절이 있었단 말이야, 천오백 원에 자장면 먹는 시절이. 자장면에 완두콩이랑 채 썬 오이를 꼭 올려줬어. 그게 얼마나 아삭아삭하고 맛있는지 몰라.

대체 어쩌라고 그런 소리를 탁수반점에 전화해서 하는지. 그들의 공통점이라면 긴 말을 모조리 반말로 한다는 거였다.

짜고 치기라도 했나. 다들 누가 전화를 받는 줄 알고 그렇게 말들이 짧은지. 어이가 없어도 네네, 해야 하는 게 알바생의 운명이었다. 뭐, 그건 탁수 사장님도 크게 다르지 않았지만.

그런데 지금 전화를 건 이놈은 목소리도 새파랗게 젊은데?

"네. 그렇습니다."

누가 가도 알 게 뭐야. 전화받는 사람이 누구인지 알지도 못할 텐데.

— 아, 그럼 짬뽕 하나 주세요.

"네, 주소가?"

— 아, 여기가…….

남자가 줄줄 주소를 외웠다. 메모를 하다가 멈칫했다. 몇 시간 전까지 내가 있었던 도서관이었다. 동네가 달라 배달을 갈 수 없는 거리였다.

"고객님, 거기까지는 배달을 못 가는데요."

— 어? 진짜요?

매우 언짢은 표정으로 수신 번호를 확인했다.

— 배달 안 해줘요?

"네. 가까운 중국집으로 전화하세요."

— 아, 그럼 저 못 먹는 거예요?

눈썹이 꿈틀 올라간다. 싸한 기운이 목덜미를 훑고 지나갔다. 주머니에서 핸드폰을 꺼내 수신 번호에 찍힌 번호를 틱틱 눌렀다.

― 진짜 안 해줘요? 짬뽕 먹고 싶은데.

[ㅇㅅㅇ]

번호 열한 자리를 누르자 저장된 번호가 떴다. 일순 표정이 굳었다.

"야, 임석영."

내 말에 상대가 입을 다문다.

"짬뽕이고 나발이고 장난 전화 하면 가만 안 둔다."

― 무서워.

"끊어."

― 아, 잠깐만. 알바 몇 시에 끝나?

그건 왜 묻지. 괜히 불길한 마음이 들어 입을 다물었다. 그걸 알아채기라도 했는지 임석영이 빠르게 말을 잇는다.

― 집에 혼자 가기 심심해서 그래. 몇 시에 끝나는데?

"9시. 그런데 그게 무슨 상관이야? 나는 여기서 바로 집에 갈 거야."

"누리야! 단무지 꺼내 와라."

탁수 사장님은 목청이 좋았다. 그냥 좋게 불러도 다 알아듣는데, 유독 김누리! 누리! 누리야! 이렇게 이름을 부를 때만 복식 호흡을 했다.

주방을 향해 네! 하고 답한 뒤 수화기를 고쳐 잡았다.

"나 일해야 돼. 끊는다."
— 응. 이따.
임석영이 뒤에 뭐라 말을 붙이는 것 같았는데 끊어버렸다. 이, 뭐라 했는데. 뭐 중요한 말은 아니었겠지.
주방에 있던 탁수 사장님이 빼꼼 얼굴을 내밀고 나를 본다.
"단무지."
"아, 네!"
탁수 사장님에게 단무지를 건네고 핸드폰을 들었다. 계산대에 있는 박하사탕 세 알을 입에 집어넣고 구석에 앉았다. 중요한 말이면 따로 메시지를 보내겠지 싶어 살펴보는데 연락이 오지 않았다.
"같이 가자는 말은 아니었겠지?"
사탕을 굴리며 핸드폰을 주머니에 넣었다.

9시, 혹시나 하는 마음에 탈취제를 몸에 착착 뿌리고 퇴근했다. 후드를 뒤집어쓰고 문밖으로 고개를 내민 뒤 두리번거렸다.
거리가 괜스레 어둡고 조용하게 느껴졌다. 한두 명 길을 지나고 있을 뿐 임석영의 모습은 보이지 않았다.
"사장님, 저 들어가요!"
뒤돌아 인사를 하자 탁수 사장님이 돌아보지도 않은 채 손을 번쩍 들고 흔들었다. 마감하느라 정신이 없는 듯했다. 허공을 휘휘 젓는 사장님의 손에 꾸벅 인사를 하고 문밖으로 나왔다.
기름 냄새와 탈취제 냄새가 섞여 알 수 없는 냄새가 나를 휘감으며 따라왔다. 한쪽 팔을 들어 코에 대고 킁킁거렸다. 라벤더 향이 났다가 기름 냄새가 나고, 양파 냄새가 났다가 라벤더 향이 났다. 들쑥날쑥한 냄새에 탈취제 뿌린 것을 금방 후회했다. 라벤더 향이 섞여 더 이상한 냄새가 된 느낌이었다.

소매에 하관을 파묻고 킁킁거리며 이불 가게를 지나가는데 건물 사이에 누군가 서 있는 게 보였다. 걸어가면서 흘긋 눈을 돌렸다. 옆에 누가 있어서 자연스럽게 돌아간 시선이었는데, 두 눈에 임석영이 들어왔다.

"어? 뭐야?"

벽에 어깨를 기대고 삐딱하게 서 있던 임석영이 주머니에 넣고 있던 손을 빼 내 팔목을 잡았다. 그대로 잡아당기더니 내가 하관을 파묻고 있던 소매에 코를 대고 냄새를 맡는다.

"뭔데 그렇게 킁킁거려."

놀라서 팔을 뒤로 빼고 한 걸음 물러섰다. 음? 하고 소리 낸 임석영이 한 걸음 다가온다.

"왜. 오지 마."

한 걸음 다시 물러났다.

"왜?"

"안전거리 확보 모르냐."

안 그래도 옷이며 머리에 밴 냄새가 이상하다고 생각하는 중이었는데 이럴 때 곁에 누가 다가오면 신경이 쓰일 수밖에 없다. 눈을 부릅뜨고 이 이상 가까이 다가서지 말 것을 경고했다.

얼레? 하고 소리 낸 임석영이 한 걸음 다가와 어깨에 팔을 둘렸다.

"난 그런 거 없어."

그리고 그대로 어깨를 잡아끌며 걸음을 뗐다.

"차도 없는데 안전거리는 무슨."

주춤거리며 몸을 옆으로 뺐다.

"아니, 옷에 냄새 배서 그래."

꿈틀거리며 몸을 빼려고 하자 임석영이 머리에 코를 묻고 냄새를 맡는다.

"안 나는데?"

어깨를 감은 팔에 힘을 주며 몸을 당긴 임석영이 고개를 내려 눈을 맞춘다.

"아무 냄새도 안 나. 나 코 막혔어."

코맹맹이 소리도 안 나는데, 거짓말은.

입술을 꾹 다물고 자세를 고쳤다. 더 이상 옆으로 물러나지 않는 게 마음에 드는 듯 임석영이 후드를 뒤집어쓴 머리를 쓰다듬는다.

길을 따라 쭉 걸었더니 버스 정류장이 나타났다. 걸음을 멈추고 서서 버스 도착 예정 시간을 확인하는데 임석영이 앞을 가리고 서며 시야를 가린다.

"다음 정류장에서 탈래?"

"어?"

"좀 걷자. 여기 벚꽃 길인데."

임석영이 정류장 너머로 펼쳐진 길을 눈짓했다. 도로를 따라 쭉 이어진 길에 벚나무가 줄줄이 심어져 있다. 만개한 꽃이 길을, 하늘을, 풍경을 수놓은 모습이었다.

그러고 보니 버스 차창 밖으로, 베란다 문 밖으로, 학교를 오갈 때만 눈에 담았지 진득하게 꽃을 본다는 느낌은 없었다.

"꽃 냄새 좋잖아."

임석영이 나를 설득하겠다는 듯 공기를 크게 들이마시는 척했다.

"코 막혔다며."

"아. 맞아."

그리고 빠르게 그 척을 철수한다.

"가는 길에 아이스크림 사줄게."

"좋아."

김누리 사용법을 터득한 것인가. 먹을 것으로 유인하다니. 성큼성큼 걸어 버스 정류장을 지나치자 임석영이 픽 웃으며 붙어 섰다.

"야, 먹을 거 사준다고 그렇게 냉큼 따라가고 그러면 안 돼."

아이스크림 사줄 테니 다음 정류장까지 걸어가자고 말한 사람이 할 말은 아닌 것 같은데.

"물론 나는 되는데."

황당하다는 얼굴로 보자 임석영이 왜 그렇게 보냐는 얼굴로 마주 본다.

"네 비밀 아는 거 나뿐이잖아. 그래 안 그래."

"아, 물론 그건 그런데……."

"그러니까 나는 따라와도 돼."

묘하게 설득력이 있단 말이지. 흠, 하며 눈을 돌렸다.

길을 따라 쭉 걷자 상가가 즐비한 길목이 끝났다. 큰 도로로 이어진 길에 분홍빛 길이 끝을 알 수 없게 펼쳐졌다. 가로등 빛이 벚나무 위에 걸리고, 살랑살랑 바람이 불 때마다 벚꽃 잎이 바람에 실려 날아갔다. 손톱만 한 꽃잎이 허공으로 흩어지는 풍경이 아름답다.

"걷기를 잘했지?"

"응. 너무 좋다."

고개를 올리고 머리 위를 지나쳐 가는 벚나무를 하나하나 보았다. 바람이 불어 벚꽃 잎이 날릴 때면 손을 뻗어 잎 하나를 손에 쥐려고 버둥거렸으나 손바닥 위에 떨어지는 것은 없었다.

거리는 조용하고 가로등 빛이 쏟아지는 길 위엔 떨어진 꽃잎이 쌓였다. 운치 있는 풍경에 괜히 마음까지 동요됐다. 모든 게 아름다워 보인다.

"예쁘다."

달빛 그윽한 밤 풍경 안으로 임석영의 목소리가 울렸다.

"그러니까."

고개의 방향을 살짝 틀어 임석영의 얼굴을 보았다.

벚나무를 올려다보고 있을 줄 알았는데, 나를 보고 있었다. 표정 없이 마주친 얼굴이 풍경만큼이나 아름다웠다. 벚꽃 잎을 너무 오래 눈에 담은 탓에 정말 모든 게 아름다워 보이는 것인가.

산뜻하고 맑은 얼굴이 물끄러미 나를 바라봤다.

"진짜 예……."

말을 잇던 임석영이 순간 입을 다문다. 그러더니 고개를 돌리고 얼굴을 쓸었다. 두 손으로 제 뺨을 탁탁 소리가 나게 때린다.

뜬금없는 행동에 눈을 찌푸렸다. 왜 저래. 예쁘면 좋은 거지.

"야, 왜 그래."

혹시 얼굴에 뭐라도 붙었나 싶어 까치발을 하고 들여다보자 임석영이 소스라치게 놀라며 한 발짝 떨어졌다.

"안전거리 확보 몰라?"

그러더니 아까 내가 했던 말을 그대로 따라 한다. 차도 없는데 그런 게 필요하냐고 할 때는 언제고. 순 다 자기 마음대로지. 괜히 얼굴을 쏘아보고는 걸음을 돌렸다.

주머니에 두 손을 찔러 넣고 걷다가 바람이 불어 꽃잎이 날리면 급하게 손을 빼고 손바닥을 폈다. 역시나 손바닥 위에 내려앉는 꽃잎은 없었다.

"그냥 주워."

임석영이 그렇게 말한 건 다음 정류장에 다다랐을 때였다.

허리를 숙인 임석영이 바닥에 떨어진 꽃을 주웠다. 내게로 손이 다가오더니 뒤집어쓴 후드의 틈을 살짝 벌려 손에 든 꽃을 한쪽 귀에 꽂아주었다.

가만 눈을 올려 보자 임석영이 후드 끈을 조여 묶은 뒤 두 뺨을 감싸 잡고 눈을 맞췄다.

"야, 진짜 이상해."

눈을 돌려 뺨을 감싼 임석영의 손을 보다가 임석영의 얼굴을 보았다.

"뭐가?"

무표정한 얼굴이 골똘한 상념에 잠긴 듯 깊었다.

눈을 동그랗게 뜨고 임석영을 보았다. 임석영이 뺨 위에 올린 손에 힘을 주었다. 그 바람에 입술이 뺨을 누르는 힘에 밀려 동그랗게 오므라진다.

"으, 느, 므르그."

뭐라 말을 하고 싶은데 입술 모양이 일그러져 발음이 뭉개졌다.

"예쁘잖아."

눈만 깜박이며 임석영을 보았다. 주어 없이 예쁘다니. 그렇게 말하면 네가 말하는 게 벚꽃인지 나인지 정확하지가 않잖아. 그런 장난은 하는 거 아니다. 그렇게 사람 놀리는 거 하나도 재미없다.

그런 생각을 하며 임석영을 보는데, 물끄러미 나를 바라보는 얼굴이 사뭇 진지했다. 검은 눈동자가 맑고 깊다.

바람이 불어올 때마다 옷에 밴 탈취제 냄새가 코를 스치고 가고, 그럴 때마다 내 신경은 곤두선다.

시원한 바람이 불었다. 불어오는 바람에 마주 보고 선 임석영의 머리칼이 흐트러진다. 임석영의 머리칼이 나풀거리고, 그 위로 벚나무 가지에 매달려 있다가 떨어진 꽃잎들이 우수수 흩

날린다.

모든 게 아름다운 순간. 시간이 멈추고 세상의 모든 언어가 사라진 것 같다.

말없이 눈만 깜박이자 뺨에서 손을 떨어트린 임석영이 머리를 가볍게 누른다.

"진짜…… 예쁘단 말이야."

살랑, 불어오는 바람에 임석영의 향이 내게로 쏟아진다. 기분 좋은 비누 향이. 가슴이 두근거리는 게, 이 상황이 당황스러워 그러는 건지 내 앞에 있는 임석영 때문인지 알 수가 없다.

△ ○ ☆

"야, 중간고사도 끝났는데 게임 조지자!"

남윤수는 이 말을 점심시간부터 했다. 시험이 끝난 기념이라는 이상한 이유가 붙었다.

소문에 의하면 남윤수는 중간고사를 제대로 말아먹었다. 수학은 3번으로 첫 문제부터 마지막 문제까지 찍었다나. 제대로 한 것도 없는 거 같은데 대체 무슨 기념을 한다는 건지.

말아먹은 기념? 하고 물었다가 남윤수가 나에게 헤드록을 걸었고, 피시방 가는 길까지 끌고 왔다.

힐러가 어쩌고저쩌고, 탱커가 어쩌고저쩌고 알아들을 수 없는 말이 남윤수의 입에서 쏟아졌다. 임석영도 게임을 즐겨 하는지 야, 아이템 레벨이 넌 너무 구리잖아, 하며 맞받아쳤다.

아무런 말이 없기에 김찬영은 게임을 즐기지 않나 생각했는데 알고 보니 김찬영 레벨이 제일 높았다. 이해를 못 해서 듣고만 있는 줄 알았는데, 가소로워서 대답을 안 하는 거였다.

"야, 차연이 너는 뭐야?"

"나? 나, 나는 중수."

"중수? 뜬금없이 뭔 중수?"

"테트리스, 중수……."

남윤수가 손절하듯 어깨에 얹었던 손을 탁 뗀다.

중학교 때 컴퓨터 시간만 되면 수업 진도는 안 따라가고 몰래 게임을 했다. 처음엔 지뢰 찾기로 시작한 것이 나중에는 조금 더 과감해져서 테트리스를 했다.

나는 무슨 게임을 하지. 그런 생각을 하며 같이 걸어가고 있는데 저 앞으로 익숙한 사람이 보였다. 그 사람의 얼굴을 인식하는 사이 거리가 가까워졌다.

느낌표가 나를 후려쳤다.

임석영 뒤로 숨으려는데 상대편이 눈을 동그랗게 뜬다. 눈이 마주친 재민이 웃는 얼굴로 손을 들었다.

손을 든다는 것은, 인사를 한다는 것. 인사를 한다는 건, 내 이름을 부른다는 것. 재민은 늘 누리야 안녕, 하고 인사를 했다.

재민의 입이 벌어지고,

"어! 형!"

내가 먼저 선수를 쳤다.

내 입에서 크게 튀어나온 소리에 아이들의 걸음이 멈췄다.

아이들이 나와 시선을 같이한다. 거기에 재민이 서 있었다.

아이들을 등지고 후다닥 재민에게로 달려갔다. 재민을 바라보며 눈을 빠르게 깜박거렸다. 내 이름 부르지 마! 부르지 마! 하는 신호였다.

"엇, 안녕하십니까. 차연이 형님 되십니까? 저희는 차연이 친구들입니다."

갑자기 뒤에서 나타난 남윤수가 꾸벅 재민을 향해 인사를 했다.

재민이 아이들을 보다가 눈을 내려 나를 보았다. 얼굴을 보더니 입고 있는 교복을 훑는다. 그러다 그의 눈이 명찰에 고정된다. 마주 본 재민의 얼굴이 의문으로 가득 찼다.

제발, 하는 심정으로 울상을 지어 보였다. 재민이 상체를 낮게 숙이고 귓속말을 했다.

"너 지금 위험한 상황인 거야? 쟤들 모르는 애들이야?"

입술을 말아 물고 고개를 작게 저었다. 재민의 옷자락을 잡았다. 제발, 제발 아무런 말도 하지 마, 그런 신호였다.

뭔가 이상하게 돌아가는 상황에 가만히 보고만 있던 재민이 뒤늦게 미소 지으며 아이들에게 꾸벅 인사했다.

"안녕하세요."

"와, 그런데 차연이랑 하나도 안 닮았네요. 형님한테 유전자가 몰빵 됐나 봐요."

"아, 저는 그냥 친한…… 형이에요."

형이라는 단어가 영 어색한지 재민의 입에서 뒷말이 작게 새어 나온다.

검은색 티셔츠에 체크무늬 재킷을 입은 재민의 손목에 꽤 비싼 시계가 채워져 있었다. 남윤수의 시선이 시계로 향하더니 오, 하고 입을 벌리며 나를 봤다. 너 되게 돈 많은 형을 두었구나, 그런 표정이었다. 원래도 그랬지만 오늘따라 더 방정맞게 느껴진다.

재민이 내 어깨 위에 손을 얹더니 앞에 선 세 명의 얼굴을 쭉 살펴본다.

"아, 그런데 다 같이 어디 가요?"

"아, 피시방이요. 시험 끝난 기념으로 가는 겁니다."

"아…… 너도 가?"

재민이 눈을 내려 나를 본다. 여전히 어깨 위에 손을 둔 채였다.

"가는 길이긴 했는데, 어……."

뒷말을 흐리자 재민이 나 너한테 할 말 있는데, 하며 싱긋 웃는다. 그 웃음에 입술이 바짝 말랐다.

"시간 좀 내줘."

부드러운 목소리에 왜 노기가 어린 것만 같은지. 어색하게 웃으며 고개를 끄덕였다.

"얘들아, 나는 먼저 갈게."

"왜? 피시방 안 가?"

남윤수의 눈이 휘어 내려갔다. 다 같이 가지 못하게 되자 못내 아쉬운 기색이었다.

"응. 나는 형이랑 어디 좀……."

임석영이 의아한 얼굴로 나와 재민의 얼굴을 번갈아 봤다. 그러곤 뭔가 복잡한 얼굴을 했다.

"형이라고?"

임석영의 말에 고개를 끄덕였다.

"혀엉?"

믿을 수 없다는 듯 임석영이 말을 늘린다. 눈치껏 넘어가주지, 그걸 꼭 저렇게 걸고넘어지지.

"어. 우리 형이야. 피는 안 나눴지만 친형이나 다름없지. 하하."

어색하게 웃으며 나보다 키가 큰 재민의 어깨에 팔을 올리자 임석영의 얼굴이 영 못마땅하게 굳는다.

"우리 형씩이나?"

그러곤 빈정대는 듯 말꼬리를 올린다. 초면인 사람을 앞에 두고 건방지게 구는 임석영을 김찬영과 남윤수가 이상하게 쳐다봤다.

"왜 그래, 새끼야."

눈치를 보던 남윤수가 눈을 모나게 뜨고 있는 임석영의 옆구리를 툭 쳤다.

"나랑 같이 안 갈 거야?"

재민의 옆에 서 있는 나를 보며 임석영이 물었다. 내가 고개를 끄덕이는 것과 동시에 재민이 어깨에 팔을 두르며 꽉 붙든다.

"아무래도 친구들끼리 가야 할 것 같은데요."

임석영의 시선이 재민에게로 향한다. 아무런 말도 없었지만 왠지 모르게 불꽃이 튀는 것처럼 느껴졌다.

"그냥 우리끼리 가자."

조용히 지켜보던 김찬영이 그렇게 말하며 걸음을 뗐다. 남윤수가 허리를 반으로 접으며 예의 바르게 인사를 했다.

"형님, 안녕히 가세요. 차연아, 내일 보자."

인사를 하지도 시선을 거두지도 않는 임석영의 팔을 남윤수가 잡아끌었다. 가만 서서 인상을 쓰고 있던 임석영이 입을 댓 발 내밀고는 돌아섰다.

어색하게 재민과 발을 맞춰 걸었다. 모퉁이를 돌아서고 잽싸게 재민과 떨어졌다. 사과가 반으로 갈라지는 것과 비슷한 모양새였다.

아, 식은땀 났네. 진짜.

두 손으로 머리를 싹 빗어 넘기는데 재민과 눈이 마주쳤다. 나를 내려다보는 얼굴에 의문이 가득한 것이, 아마도 해명이 필요한 듯했다.

"누리야."

"……엉?"

"설명이 필요하지 않아?"

재민은 다정다감한 성격으로 늘 자상하고 신경질 한번 부린 적이 없는데, 가끔 이렇게 냉랭한 표정으로 나를 취조할 때가 있었다. 아마도 내 사정을 다 알고 있어서, 걱정되어 그러는 것이리라.

"말해봐. 내가 왜 오빠에서 형이 된 건데?"

"……."

"할머니께 여쭤볼까?"

그리고 그걸 늘 아이템처럼 이렇게 써먹곤 했다. 할머니 카드. 만능 카드. 할머니한테 말한다? 라고 하면 술술 모든 비밀을 털어놓게 되는 마법의 주문.

"듣고 화내지 마."

그 말에 흠칫, 재민의 얼굴이 굳는 것 같았으나, 바로 사람 좋게 웃으며 고개를 끄덕였다.

"내가 언제 화내는 거 봤어?"

재민과 근처에 있는 카페로 갔다. 구석진 자리에 마주 보고 앉았다. 입술을 달싹이다가 고개를 숙이고 입을 열었다. 홍차연의 오토바이 사고부터 이야기는 시작되었다.

그러곤 10분 후.

"누리야, 너 미쳤어?!"

재민이 불같이 화를 냈다. 화 안 낸다며……. 고함을 잘만 지르네.

"아무리 그 집에서 부탁해도 그렇지."

"……."

"너 그거 얼마나 위험한 줄은 알아? 위장 전학도 전학인데, 여자애가 남장을 하고 남고라니!"

눈동자를 도르르 굴려 주변을 살폈다. 학교 근처이니 혹시 아는 얼굴이 있을까 두리번거렸다. 다행히 교복을 입은 아이들은 없었다.

비밀을 털어놓은 건데, 아주 동네방네 소문 낼 일 있나. 목소리가 너무 크다. 재민을 보며 주의를 줬다.

"목소리 좀 줄여."

허, 하고 한숨을 뱉은 재민이 이마를 짚는다. 괜히 말했나.

"그 아줌마 정말 나쁘다. 남학생 득실대는 곳에 너를 보내고."

"뭐, 사모님은 제안만 하고 내가 수락한 건데."

"그래도……."

"걱정하지 마. 조용히 다녀서 들킬 일은 없어. 오래 다니는 것도 아니고."

"아까 그 아이들은? 같은 반 애들이야?"

"어? 아, 응."

"학교 끝나고 매번 이렇게 같이 다녀?"

"아, 그건 아닌데."

긴 한숨이 재민의 입에서 흘러나온다. 재민도 이런 반응을 보이는데, 이걸 할머니가 아는 순간 한숨으로 돌풍을 만들 수도 있겠다는 생각이 들었다.

"누리야, 그러다 진짜 다른 사람들한테 들키게 될 거야."

"어?"

"아무와도 친하게 지내지 마. 말도 섞지 말고."

그렇게까지?

정작 말을 뱉은 사람은 태연하게 머리칼을 쓸어 넘긴다.

chapter 4. 점과 점을 이어 그으면

"혹시라도 학교에서 다른 애들이 막 괴롭히거나 치근대면, 무조건 나한테 말해."

"어, 뭐……."

이미 괴롭힘을 당하기는 했지만 알았다는 듯 고개를 끄덕였다. 말똥말똥 눈을 뜨고 있자 재민이 나보다 더 답답한 심정이라는 듯 한숨을 길게 뱉었다.

"오빠, 한숨 그만 쉬어. 괜찮으니까."

걱정을 덜어주고자 씩 웃었다. 그 웃음에 재민이 작게 미소 지었다.

입에 문 빨대에서 소리가 났다. 긴장한 탓에 연신 빨대를 빨았더니 음료가 동났다. 의자 팔걸이에 팔을 올려 턱을 괸 재민이 하나 더 마실래? 하고 물어 고개를 끄덕였다.

몇 분 후 재민이 음료를 들고 돌아왔다. 휘핑크림이 크게 올라간 자바칩 프라푸치노다.

"잘 마실게용."

재민의 걱정을 덜어주고자 말꼬리를 귀엽게 뭉갰다. 되지도 않는 애교였지만 가끔 재민에게 먹혀들 때가 있었다. 역시나, 재민이 입술을 늘여 웃으며 자리에 앉는다.

카톡.

카톡.

카, 카, 카톡.

주머니에서 핸드폰이 요란하게 울었다. 뭐지, 갑자기 쏟아지는 이 카톡 폭탄은. 급하게 핸드폰을 진동으로 바꾸고 내용을 확인했다.

[ㅇㄷ?]

[ㅇㄷㅇㄷ]

[ㅇ]

[ㄷ]

[ㅇ]

모두 임석영이 보낸 거였다. 내가 확인한 걸 알았는지 이응을 끝으로 대화창이 잠잠했다. 모음은 어디다 팔아먹었는지 전부 자음뿐이다.

추측하건대 어디? 어디어디? 어디야? 하고 묻는 것 같다. 테이블 아래로 핸드폰을 내리고 손가락을 움직였다.

[ㅅㅂ]

고개를 들자 재민이 나를 물끄러미 건너다보고 있었다. 소리가 신경 쓰였던 모양이다.

"누군데?"

"어? 아, 같은 반 친구."

"아까 걔들?"

어, 하고 목을 울리다가 고개를 끄덕였다. 팔짱을 낀 재민이 고개를 옆으로 기울였다. 맑은 차임벨 소리가 들렸다. 재민의 전화였다. 팔짱을 푼 재민이 전화를 받는다.

"여보세요? 응. 도착했어?"

약속 장소로 가는 길에 나를 발견했다고 했다. 아마 지금 온 전화가 만나기로 한 사람인 듯하다. 미안하다는 말과 금방 간다는 말을 서너 번 뱉은 후에야 전화를 끊었다. 통화를 끝낸 재민이 난감한 얼굴로 나를 보았다.

"너 데려다주려고 했는데."

빈 의자에 내려두었던 가방을 챙겨 들며 손을 저었다.

"됐어. 내가 무슨 애야? 집에 충분히 혼자 갈 수 있어."

다 마신 컵을 정리하고 트레이를 들자, 자리에서 일어난 재민이 트레이를 뺏어 들며 미소 지었다.

문 앞에 서서 재민을 기다리는데 핸드폰이 진동했다.

[알았다……]

임석영이 답지 않게 말줄임표를 썼다. 의기소침해 보이는 게 이상할 정도다.

트레이를 반납한 재민이 돌아왔다. 유리문을 열고 카페를 나섰다. 큰길로 나와 걸음을 멈추고는 마주 보고 섰다. 인사를 하고 헤어질 차례였다.

"가, 오빠."

"응. 누리야, 진짜 무슨 일 생기면 바로 말해야 돼. 알았지?"

"할게. 꼭 할게. 걱정하지 마."

그래도 안심이 안 되는지 아까도 쉴 새 없이 뱉던 한숨을 재민이 다시 한 번 더 뱉는다.

나보다 키가 큰 재민의 어깨를 툭툭 두드렸다. 정말로 걱정할 것 없다는 뜻이었다. 재민이 엷게 웃은 뒤 걸음을 돌렸다.

아이고야, 힘 다 빠졌네.

온몸의 힘이 다 털린 느낌이었다. 비밀 하나 털어놨을 뿐인데, 이 정도의 에너지를 소모하다니. 놀라울 뿐이다.

재민이 사라진 반대 방향으로 몸을 틀었다. 정류장을 향해 걷고 있는데 핸드폰이 진동했다. 아까 알았다는 임석영의 메시지에는 답장을 안 보냈는데.

[아무리 생각해도 너무하네]

[나도 상처 받거든]

[나한테 좀 잘해주면 안 되냐]

[김누리 나빠]

"잉?"

연달아 네 개나 들어온 메시지 내용이 도통 이해가 안 됐다. 어디냐고 물어서 대답해 줬는데, 내가 뭘 잘못했나. 임석영이 모음을 다 날려 먹었기에 똑같이 날렸는데.

[뭔 소리야?]

답장을 바로 확인했는지 곧바로 말풍선이 올라왔다.

[알려주기 싫으면 싫다고 하지 왜 욕을 하고 그래]

[욕쟁이]

[욕쟁이 김누리]

욕쟁이라니. 주고받은 메시지를 슥슥 위로 올려봤다. 자음이 난무하는 곳에서 픽 웃음이 터졌다.

[바보야 스벅이라고ㅋㅋ]

바로 메시지 옆에 달린 1이 사라졌다. 임석영이 내가 보낸 메시지를 읽었다는 거였다.

메시지를 총알 쏘듯 보낼 때는 언제고 대화창이 조용했다.

chapter 4. 점과 점을 이어 그으면

내가 보낸 메시지가 마지막으로 남은 대화창을 응시했다. 말풍선 하나가 위로 올라온다.

[ㅅㅌㅂㅅ라고 했어야지······.]

[그래서 피는 안 나눴지만 친형이나 다름없는 우리 형이랑 뭐 하는데?]

길을 걸으며 답장을 적어 보냈다.

[헤어지고 집에 가는 길이야]

전송하자마자 임석영이 메시지를 읽었다. 그러곤 곧바로 전화가 걸려왔다.

"어, 왜?"

— 어디야? 버스 탔어?

"아니. 아직."

— 그럼 기다려. 같이 가자.

"지금? 너 게임 하는 거 아니야?"

옆에서 시끄럽게 남윤수의 목소리가 넘어왔다. 뭔가가 터지고 깨지는 소리도 함께였다.

— 아, 임석영! 시바! 갑자기 마우스를 놓으면 어떻게 하냐고!

수화기 너머로 선명하게 넘어온 목소리는 남윤수의 것이었다.

"야, 그냥 게임 해."

— 아니야. 재미도 없어. 정류장에서 기다려. 버스 왔다고 타고 가면 안 돼. 금방 갈게.

뚝, 전화가 끊어졌다. 혼자 가도 되는데, 하는 말을 입에 머금고 있었는데 뱉지 못했다. 입술을 이로 잘근 씹으며 핸드폰을 주머니에 집어넣었다.

고개를 들었다. 길을 찾기 위해 들어 올린 시야에 유리에 비친 내 모습이 들어왔다. 갑작스레 마주한 웃는 낯이 너무 낯설다. 그러니까, 내가 지금 임석영 때문에 웃고 있는 건가.

누가 보고 있는 것도 아닌데 혼자 민망해져 웃음기를 지웠다.

정류장에 앉아 구름이 느리게 흘러가는 하늘을 올려다봤다. 임석영이 정류장으로 들어온 건 타야 할 버스가 막 떠난 후였다. 뛰어오기라도 했는지 숨을 가쁘게 몰아쉬었다.

"그냥 걸어오지. 어차피 버스 갔는데."

"내가, 내가 그걸, 어떻게 알까? 어?"

정류장 의자에 앉은 임석영이 숨을 골랐다. 가슴이 크게 부풀었다가 내려앉는 게 보였다.

"혹시라도 늦게 왔다고 가버릴까 봐 달렸지."

하아, 하고 숨을 크게 내뱉더니 벌린 다리 위에 팔을 얹고는 상체를 숙인다.

"내가 설마 그러겠냐."

더운 열기가 느껴져 손부채질을 해줬다. 임석영의 머리 옆에서 파닥파닥 손바닥을 움직였다.

임석영이 숙이고 있던 상체를 일으켜 정류장에 등을 기댄다. 앞머리를 헤집어 쓸어 넘기더니 나를 본다.

"너는 내가 기다려 달라고 부탁하지 않으면 그냥 가버릴 거 같아."

파닥파닥 움직이며 부채질하던 손으로 임석영의 이마를 딱, 소리가 나게 때렸다.

"나 그렇게 막무가내 아니거든?"

임석영이 어쭈, 하며 제 이마를 문지른다.

나란히 앉아 버스를 기다렸다. 무슨 게임을 했는지, 남윤수가 얼마나 개망나니처럼 게임을 했는지, 그것 때문에 평소에 욕을 안 하는 김찬영이 작게 시발, 한 것을 임석영이 말해줬다.

그런 이야기를 하던 와중 임석영이 불쑥 화제를 돌렸다.

"그런데 아까 그 형은 누구야? 꽤 친해 보이던데."

"어? 아, 재민 오빠?"

"오빠?"

임석영이 반문한다. 그러더니 쿵, 소리가 나게 정류장에 몸을 기대며 투덜거린다.

"우리 형보다 더 듣기 싫네."

물어볼 때는 언제고.

두 손을 바지 주머니에 찔러 넣은 임석영이 느슨하게 몸을 빼고 앉은 채 말을 이었다.

"아니, 그래서 친해?"

친하지, 하며 고개를 끄덕이자 임석영이 고개를 돌려버린다.

뭐지, 얘?

일부러 시선을 피하는 듯한 임석영의 얼굴을 이상하다는 듯 쳐다보다가 주머니에서 진동이 느껴져 시선을 거뒀다.

재민에게서 메시지가 왔다. 만일의 일을 대비해서 알고 있는 게 좋을 것 같다고 학교 이름을 알려달라는 내용이었다.

알려줘도 되는 걸까, 망설이며 엄지를 까닥이고 있을 때 머리 위로 그림자가 져 고개를 올렸다. 임석영의 머리가 잽싸게 멀어진다.

"야, 왜 남의 핸드폰을 봐?"

"안 봤어."

퍽이나 안 봤구나, 생각하며 고개를 돌렸다. 재민에게 답장을 적기 위해 키패드를 두드렸다.

"그 형이랑 나보다 더 친해?"

임석영이 그렇게 물은 건 학교 이름을 적은 메시지의 전송 버튼을 누른 직후였다. 대화창으로 올라간 말풍선을 보다가 시선을 돌렸다.

"너보다 더 오래 알고 지내긴 했지."

"오래 알고 지내면 친한 거야? 시간으로 따져봐. 우리는 아침부터 밤까지 붙어 지내잖아. 기간이 아니고 시간으로 따지면 내가 더 길걸? 그럼 나랑 더 친한 거 아니야?"

"그런데 왜 물어."

"어?"

"알면서 왜 묻냐고."

"……."

임석영이 무슨 말을 해야 할지 모르는 듯 입술을 달싹이다가 다물었다. 귓바퀴가 조금 붉어져 있었다.

시선을 돌리고 저 혼자 뺨을 문지르더니 툭, 제 발로 내 운동화를 쳤다.

"말로 해봐. 몰라서 물은 거니까."

"뭐를?"

"방금 그거."

눈썹을 찌푸리자 임석영이 말한다.

"그 형보다 내가 더 친하다고 말로 해보라고."

잠시 적막해진다. 너무 어이가 없어서 아무런 말도 못 했다.

버스가 들어왔다. 검지를 머리 옆에 두고 빙글빙글 돌린 뒤 의자에서 일어나자, 임석영이 어? 왜 부정하지? 어? 하며 따라왔다.

임석영의 말을 무시한 채 버스 카드를 꺼냈다. 카드를 찍고 버스 안으로 들어가는 순간까지 임석영이 제 말을 따라 할 것을 강요했으나 나는 입을 열지 않았다.

빈자리에 앉아 창밖을 바라보았다. 버스가 출발하고 집으로 가는 풍경이 길게 이어진 그림처럼 지나갔다. 엠피스리도 없이 집에 가는 길이 조용하지 않은 게 퍽 마음에 든다.

한 그루, 두 그루, 창밖으로 보이는 나무를 보며 입술을 꾹 문 채 웃음을 참았다.

△ ○ ☆

자습 시간, 임석영이 책상을 붙여 왔다. 야, 저리 가줄래? 하고 말했지만 듣는 척도 안 했다.

책상을 붙이기에 조잘조잘 떠들며 놀 줄 알았는데, 임석영은 근현대사 책을 펴더니 연도와 사건을 달달달 외웠다. 놀라운 집중력이었다.

사각사각, 책에 밑줄을 긋고 노트에 내용을 요약하는 소리가 들렸다. 무심하게 턱을 괴고 책을 보는 모습이 왠지 낯설다.

임석영의 첫인상은 정말이지 양아치, 딱 그거였는데. 나름 반 아이들과도 잘 어울리고 누구를 딱히 괴롭히지도 않고 공부를 열심히 했다. 그게 가장 놀라웠다. 나는 이게 선입견이라는 걸 알면서도 잘 정리된 임석영의 노트를 볼 때면 생소한 기분이 들어 괜히 팔을 쓸었다.

임석영이 옆에서 한 마디 말도 없이 공부에 집중하는 바람에 멍하니 책상만 보고 있으면 안 될 것 같은 분위기에 사로잡혔다.

대충 손에 잡히는 책과 노트를 펴고 필사했다. 그러다 금방 심심해져서 엠피스리를 꺼냈다. 이어폰 두 쪽을 귀에 꽂고 음악을 재생했다.

[look forward to ~를 기대한다]

아무런 생각 없이 필사를 하는데 음악이 너무 신났다. 이지연의 '바람아 멈추어다오'가 재생됐다. 자연스레 고개가 박자를 탄다. 좌로 우로 바람에 흔들리는 갈대처럼 움직였다.

콧노래가 나오려는 걸 여긴 교실이야, 교실이라고, 입 열면 안 돼, 하고 세뇌하며 막았다.

chapter 4. 점과 점을 이어 그으면

다음 곡으로 이지연의 '난 사랑을 아직 몰라'가 나왔다. 탁, 하고 책상을 쳤다. 이거 정말 명곡이지.

음, 음, 하는 소리를 죽인 채 고개를 끄덕였다. 몸속 어떤 장기에 금영 노래방이 설치되어 있는 게 틀림없다. 그렇지 않고서야 어떻게 노래를 들을 때마다 따라 부르지 못하면 몸이 근질거릴 수가 있단 말인가.

숙어를 필사하던 노트에 노래 가사를 줄줄 적어나갔다.

[나는 사랑을 아직 몰라 조금 더 기다려 진짜 사랑한다면 조금 더 참아주겠지]

고개를 끄덕이며 연필을 빙글 돌리는데 손가락에서 비껴 나가 바닥으로 떨어졌다. 한 손으로 책상을 잡고 허리를 숙여 팔을 뻗었다. 손가락 끝에 닿은 연필을 내 쪽으로 툭 쳐서 굴리는데 책상 위에 두었던 손이 쭉 미끄러진다.

연필을 잡은 동시에 숙였던 허리를 세웠다. 손이 미끄러진 줄 알았는데 노트가 밀려나간 거였다. 내 노트가 임석영 책상으로 아슬아슬하게 넘어가 있다.

턱을 괸 임석영이 빤히 노트를 바라보고 있는 게 보였다. 표정 없이 노트를 보던 얼굴이 일순 굳는다. 갑자기 노트를 밀어 제 책상을 침범하고 공부를 방해한 게 그렇게 못마땅한가.

손을 뻗어 노트를 가져왔다. 한 장 뒤로 넘겨 다시 숙어를 필사했다. 슥슥 연필을 움직이는데 임석영이 고개를 돌리지 않고 계속 보고 있는 게 느껴졌다.

"야, 나도 몰라."

낮고 작은 음성에 고개를 돌렸다. 임석영이 턱을 괸 자세 그대로 나를 보고 있었다. 책상을 붙여 앉은 탓에 거리가 가깝다. 몸을 슬쩍 뒤로 빼려다 말고 가만 눈을 맞췄다.

뜬금없이 뭐라고 하는 거지. 말없이 보고만 있자 임석영이 곤란한 듯 입술을 달싹였다.

"아니, 네가 나를 다 아는 것처럼 생각하는 거 같아서."

뭔 소리래.

끔벅끔벅, 말없이 임석영의 얼굴을 보다가 책상 위를 보았다. 임석영의 책상으로 넘어갔다가 돌아온 노트에 휘갈겨 적은 숙어가 보였다.

내가 이거 뭐냐고 물어본 줄 아는 건가. 아닌데.

"아……. 열심히 하길래 다 아는 줄 알았지."

그런 거 아닌데, 라고 답하면 됐는데, 임석영에게 너 공부 열심히 하는 거 내가 안다, 뭐 그런 의미를 내포하고 싶어서 대충 둘러댔다. 둘러댄 말에 임석영의 입이 벌어진다.

"열심히? 내가 열심히 했다고?"

어이없다는 듯 턱을 괴고 있던 손으로 자신의 가슴을 툭툭 친다. 그냥 너한테 물어본 거 아닌데, 라고 답할걸. 바로 후회했다. 어, 하고 말을 끌다가 아니, 내 말은, 하고 입을 떼는데 임석영이 말을 채 간다.

"나 아직 시작도 안 했어."

"어?"

"시작도 안 했다고."

아, 그러냐. 주말에도 도서관 가서 공부하더니, 시작도 안 한 거였냐.

교실 창으로 쏟아진 햇빛이 임석영의 머리 위에 걸린다.

언제 흥분했냐는 듯 차분해진 임석영이 손에 쥔 연필 뒷부분으로 내 이마를 쿡 찔렀다. 아, 하는 소리와 함께 얼굴을 찌푸리며 이마를 쓸었다.

"참는다, 내가."

허?

내가 뭘 잘못했다고 네가 참기를 참아.

이마를 문지르며 쏘아보자 임석영이 연필 뒷부분이 아닌 심으로 손등을 쿡 찌른다.

"아!"

이번엔 좀 더 큰 소리가 새어 나갔다. 얼굴을 잔뜩 찌푸리고 손등을 문질렀다. 연필이라 짙진 않았지만 그래도 자국이 남았다.

"죽을래?"

"점찍은 거야."

"뭔, 진짜."

"침 바를 순 없으니까."

침을 왜 발라. 더러운 소리를 하고 있네. 자국이 난 곳을 문지르며 입을 내밀었다.

어떻게 된 게 오른팔 셔틀이 끝났는데도 임석영의 굴레에서 못 벗어나는 느낌이다. 놀리면 재밌나.

"괴롭히지 마."

"안 괴로우면서."

이 새끼, 이거 진짜, 말 따박따박 다 받지?

눈을 가늘게 뜨고 흘겨보자 임석영이 피식 웃는다. 그 웃음이 괜히 비웃음처럼 보여 홱 고개를 돌렸다.

[look forward to]

책에 있는 숙어를 베껴 썼다. 불쑥 옆에서 임석영의 손이 튀어나왔다. 왼손으로 연필을 쥐고 내 노트에 뭔가를 적었다. 온점을 눌러 찍는 것을 끝으로 임석영의 손이 물러갔다.

쪽지를 주고받을 때처럼 내가 무슨 답을 적기를 기다릴 줄 알았는데, 제 앞에 있는 책으로 시선을 돌렸다.

고개를 숙이고 임석영이 남긴 흔적을 보았다. 내가 적은 숙어 앞뒤로 뭔가가 덧붙여져 있었다.

[I'm looking forward to the day when you realize your love]

알파벳 수가 많아지자 속이 울렁거렸다. 아, 세상에. 저는 영어가 싫어요.

곁눈질로 임석영을 보았다. 턱을 괴고 밑줄을 쭉쭉 그으며 책을 읽어 내려가고 있었다.

뭔데 내 노트에 낙서하고 가냐고. 눈을 돌려 다시 노트를 보았다. 하얀 건 종이요, 까만 건 글자로다. 나는…… 기대한다……. 거기까지 해석하는 순간 끝종이 울렸다. 타이밍 봐라.

잽싸게 노트를 덮고 책상을 정리했다. 후다닥 교실을 나갔다. 다행히도 교실을 뛰어나가는 나를 임석영이 붙잡지는 않았다.

4층 화장실에 갔다가 내려오는 길, 복도 창가에 기대서 있는 임석영과 남윤수, 김찬영이 보였다. 왜 남윤수와 김찬영 교실은 계단 앞에 있어서, 지나쳐야 하는 관문이 되는 것인가.

슬그머니 걸음을 옮기려는데 임석영이 쿵, 하고 창문에 머리를 박았다. 그 소리에 걸음을 멈추고 눈을 흘긋 돌렸다.

"아……."

임석영이 괴로운 신음을 흘리고.

"이 새끼가 자꾸 왜 이래."

"괴롭다……."

"찬영아, 나 얘 조금 무서워지려고 해."

제가 하는 말에 헛소리만 해대는 임석영을 손가락질하며 남윤수가 말했다.

쿵, 임석영이 다시 창문에 머리를 박는다. 느리게 고개를 돌리더니 남윤수를 보고 묻는다.

"나 정도면 괜찮지 않냐?"

그 소리에 남윤수가 얼굴을 찌푸린다.

"갑자기?"

"늘 괜찮았던 거 같은데."

"너 뭐 누구한테 고백이라도 받았냐?"

"고백을 받은 게 아니라 한 거 같은데."

남윤수의 말에 핸드폰 게임을 하는 듯 손가락을 바쁘게 움직이던 김찬영이 무심하게 답했다.

"헐? 진짜로? 야, 너 좋아하는 사람 있었어?"

남윤수가 짝, 소리가 나게 임석영의 등을 때렸다. 멍하니 창밖을 응시하던 임석영이 얼굴을 찌푸리며 고개를 돌린다.

"야, 너 희진이지! 뭣도 없는 네 인스타에 게시물 올라올 때마다 댓글 다는 게 이상하다 했어!"

"너 막 사람 때리네? 어?"

임석영이 장난스럽게 남윤수의 옆구리를 찔렀다. 그러자 간지러운지 남윤수가 자지러지게 웃으며 희진이, 끅, 악, 희진이 맞네, 꺅, 하고 방정맞은 소리를 흘렸다.

내가 이걸 왜 계속 보고 있지, 생각이 드는 순간 김찬영과 눈이 마주쳤다. 핸드폰을 두 손에 든 채 이쪽을 보고 있었다.

"어."

김찬영의 입이 벌어졌다. 순간 나도 모르게 벽 뒤로 숨어 계단을 내려갔다. 계단을 내려가면서도 왜 피했지, 모양새가 이상하게, 하는 생각이 들었다.

임석영이 고백을 했다고? 학교를 오가며 최근 자주 붙어 다닌 탓에 나름 친해졌다고 생각했는데 그런 이야기는 못 들었다. 더군다나, 요즘 들어 툭툭 이상한 말을 뱉어서 사람을 심란하게 만들더니. 좋아하는 사람이 있었어?

교실로 돌아가는 길, 괜히 기분이 이상했다. 뭐지.

천 원만 넣으려고 생각했던 헌금 봉투에 모르고 5천 원을 넣은 기분이랄까. 예상치 못한 당황스러움 같은 거.

chapter 4. 점과 점을 이어 그으면

마지막에 먹으려고 일부러 남겨뒀던 김밥 꽁다리를 다른 애가 와서 날름 먹어버렸을 때의 짜증 같은 것도.

아닌가. 그게 아닌 건가.

마음이 알 수 없이 낮게 꺼지고 복잡해졌다. 뭔가 조금 수틀린 것 같은 느낌이 들었다.

chapter 5
점과 선

    침대에 대자로 퍼져 천장을 바라봤다. 손이 간질간질했다. 전등 하나만 걸린 천장을 보며 눈썹을 꿈틀댔다. 자꾸 학교에서 들었던 임석영 인스타의 댓글 요정이 생각났다.

    아, 그게 나랑 무슨 상관이냐고.

    눈을 감고 숨을 크게 들이쉬었다. 나랑 상관없다. 상관없는 일이다. 하나도 안 궁금하다. 희진이인지 뭔지, 알 게 뭐야.

    알 거 없긴 한데, 인스타는 전 세계인이 사용하는 소셜 네트워크 서비스잖아? 희진이 때문이 아니다.

    퍼뜩, 눈을 떴다. 동전 뒤집듯 몸을 돌렸다.

    에라, 모르겠다. 핸드폰을 들고 인스타그램을 설치했다. 계정을 만들었다. 아이디는 메일과 같은 rlasnfl1004로 했다.

    게시물 0, 팔로워 0, 팔로잉 0.

    "뭐지."

    이것저것 만져보다가 임석영을 검색했다. 수많은 임석영이 떴다. 몇 개 눌러봤는데 내가 아는 임석영은 안 나왔다.

    "아, 이래서 어떻게 찾아."

슥슥, 화면을 내리다가 작은 동그라미 안에 박힌 익숙한 사진을 발견했다.

"어! 임석영 카톡 프로필 사진!"

사진을 툭 누르자 계정 하나가 불려 나온다.

게시물 17, 팔로워 213, 팔로잉 97.

그 아래로 임석영이 올린 사진이 칸을 채우고 있었다.

"헙."

나도 모르게 손으로 입을 턱 막고 사진을 구경했다.

임석영의 얼굴 위에 앉아 있는 강아지, 철봉에 거꾸로 매달려 있는 남윤수, 아이템 상자가 열려 있는 게임 화면, 앞치마를 목에 걸고 나란히 앉아 고기가 올라간 불판을 빤히 바라보고 있는 임석영과 김찬영, 바닥에 쏟은 팝콘, 얼굴에 낙서가 된 채 자고 있는 남윤수.

풉, 하고 웃음이 터졌다. 사계절의 임석영이 모두 들어 있었다. 그걸 보는 게 재미있었다.

칸을 채우고 있는 사진 하나를 누르자 화면의 가로를 가득 채우며 사진이 커진다. 파란색 후드를 뒤집어쓴 임석영이 강아지풀을 인중에 올리고 있는 사진이었다. 사진이 작을 때는 몰랐는데, 눈을 동그랗게 뜨고 있었다.

"귀엽네."

그렇게 말하며 화면을 내리자 사진 아래 있는 댓글이 보였다.

[석영아 이거 진짜 너무 귀엽다ㅋㅋㅋㅋ]

얼굴에 만연하던 미소가 서서히 사라졌다. 느낌이 딱 왔다. 이 아이가 댓글 요정인가. 몇 개의 사진을 더 눌러봤다. 같은 아이디가 댓글에 존재했다.

[석영아 동창회 왜 안 왔어 ㅜㅜ?]

[너 키가 더 큰 거 같다ㅋㅋ 옛날엔 내가 더 컸는데!]

[치즈냥이네ㅋㅋ 귀엽당ㅋㅋ 츄르 사 온 너도 귀엽다ㅋㅋㅋ]

대부분의 댓글이 귀엽다는 말로 끝났다. 철봉에 거꾸로 매달린 남윤수 사진에서는 그 아이디를 찾을 수 없었다. 확실하다. 이 아이가 댓글 요정이다.

아이디를 눌러 계정에 들어가 봤다. 인스타그램을 설치하는 건 한 시간 넘게 망설인 주제에 아이디를 발견하자마자 들어가는 것에는 거침이 없었다.

"어, 얘…… 그때 그 애다."

댓글 요정, 그러니까 어쩌면 임석영이 고백을 한 것일지도 모르는 희진이를 본 적이 있었다. 빈자리를 발견하고 신나서 들어가다가 그 옆에 앉아 있는 임석영을 발견하고 멈춰 섰던 버스 안에서.

갑자기 임석영이 가방을 잡아당기는 바람에 어색하게 앉아 그에게 인사를 건네는 여자애를 곁눈질로 봤었다. 그게 희진이라니.

그때도 느꼈지만 희진이라는 애는 정말이지 너무 예뻤다. 말간 피부에 큰 눈, 어깨까지 내려오는 생머리. 그걸 보는데 이상하게 기분이 울적해진다.

chapter 5. 점과 선

"눈도 높네, 새끼."

괜히 툴툴거리며 뒤로 돌아갔다. 다시 임석영의 계정이 떴다. 그대로 종료할까 하다가 가장 최근에 올린 게시물을 눌러봤다. 흰 구름이 뭉게뭉게 피어 있는 하늘이 청명해서 기분이 좋아지는 사진이다.

[무심코 올려다본 하늘에 네 생각이 났어]

그 아래로 그의 친구들로 추정되는 아이들이 헐? 님 연애함? 이럴 수가? 누가 생각이 났죠? 감성 무엇, 등의 댓글이 주르륵 달렸다.

무심코 올려다본 하늘에 네 생각이 났다고?

"참나……."

투박하게 핸드폰을 껐다.

세우고 있던 상체를 침대에 밀착시켰다. 베개를 끌어안고 흥, 하고 소리 냈다. 나도 모르게 나온 소리였다.

흥은 무슨 흥?

고개를 절레절레 젓고는 그대로 돌아누웠다. 이불을 머리끝까지 올려 덮고 잠을 청했다.

시간이 계속 흘렀다. 이상하게 잠이 안 와서 끈질기게 눈만 감았다.

잠이 옵니다. 잠이 듭니다.

속절없이 밤이 깊어갔다.

다음 날, 학교에 온 임석영이 어쩐지 이상했다. 기분이 좋아

보였다. 처음에는 댓글 요정이랑 뭐 잘되기라도 한 건가 싶어 괜히 뿔이 났는데 그게 아닌 것 같았다.

말없이 나를 보며 웃었다. 한두 번 웃고 마는 거면 기분 좋은 일이 있나 보다, 하고 넘기겠는데 너무 노골적으로 나를 보면서 웃었다.

참다 참다 눈을 가늘게 뜨고 쏘아봤다. 턱을 괸 채 내 쪽으로 고개를 돌린 임석영이 눈이 마주치자 입술을 붙인 채 길게 늘인다. 한쪽 뺨에 보조개가 파였다. 그 보조개가 조금 특별해 보여 아주 잠깐 시선을 뺏겼다가 다시 눈을 치켜떴다.

"야, 너 뭔데 자꾸 나 보면서 실실 쪼개냐?"

"응?"

"아니, 왜 자꾸 웃냐고."

어제 잠을 설쳤다. 그 탓인지 눈이 조금 뻥했다. 설마 그게 웃긴가. 스멀스멀 임석영의 얼굴에 웃음이 퍼진다. 쟤 진짜 오늘 왜 저래.

"콩알아."

"왜."

"어제 새벽에 잠도 안 자고 뭐 했어?"

역시. 눈 밑이 검은 탓이다. 눈두덩을 문지르며 두껍게 잡힌 것 같은 쌍꺼풀을 꾹 눌렀다.

"나, 나 어제, 일찍 잤는데?"

"아아, 일찍 잤어어? 몇 시에?"

답지 않게 말꼬리를 길게 늘인다. 뭔가 건조한 것 같은 얼굴을 매만지며 고개를 기울였다.

"10시? 아무튼 일찍 잤어."

"아, 진짜? 난 어제 한숨도 못 잤잖아. 새벽에 누가 몇 개 있지도 않은 내 인스타 사진에 하트를 다 때려 박아서."

흠칫, 눈동자가 흔들렸다. 얼굴을 매만지던 손이 갈 길을 잃고 멈췄다.

"아이디가 뭐더라? 영문이었는데. 단어는 아니니까 한글을 영문으로 쓴 거겠지? 알파벳 알로 시작했는데, 그게 아마 기역이지?"

도르륵, 눈동자가 굴러갔다. 눈이 마주쳤다.

"잠꼬대로 눌렀어?"

"……."

"자면서 내 아이디도 찾고 사진도 구경하고 '좋아요'도 누르고? 뭐가 제일 좋았어? 궁금하네."

"야, 그게 아니라……."

임석영이 턱을 괸 채 픽 웃는다.

"친구 추가 하려다가 괜히 네 아이디 애들한테 뜰까 봐 안 했어."

얼굴이 뜨거워졌다. 도저히 얼굴을 들고 있을 수가 없어 책상에 엎드렸다. 아, 미친, 쪽팔려!

옆에서 키득거리며 웃는 소리가 들린다.

"아이디 한글로 안 써봤으면 모를 뻔했어. 하트 테러 김천사."

머리를 감싼 두 팔 안에서 울상이 됐다. 쥐구멍이 있으면 숨고 싶다는 게 이럴 때 쓰는 말인가 보다.

"천사 아니야……."

다 죽어가는 목소리로 중얼거리듯 말했다. 잘 안 들렸는지 임석영이 어? 하고 되묻는다.

"천사, 아니라고……. 10월 4일이야……."

손바닥에 얼굴을 묻은 채 상체를 일으켰다. 손바닥을 살짝 내려 눈만 드러내자 눈을 동그랗게 뜨고 있는 임석영이 보였다.

"생일이구나?"

고개를 끄덕였다.

무슨 생각을 하는지, 임석영이 말없이 시선을 내렸다. 다행히 이 이상 놀리지 않는 듯해 몸을 돌려 앉았다.

서랍을 뒤적이고 있을 때 임석영의 목소리가 들렸다.

"너 진짜 특별한 날에 왔다. 천사 맞을지도 몰라."

낯간지러운 말에 얼굴을 찌푸린 채 고개를 돌렸다. 세상에, 어떻게 그런 소리를.

정작 말을 뱉은 본인은 아무렇지 않은 듯 아이디 하나 잘 만들었네, 하고 말을 이었다.

△ ○ ☆

칠판 우측 상단부에 체력 신체 검사에 대한 안내문이 붙었다.

오전 체력 신체 검사

오후 체육 대회 예선

점심 먹고 청소

  오전, 오후 수업이 없다는 사실에 아이들은 신체검사 날을 두 손 모아 기다렸고, 드디어 당일이 되었다.

  김윤환은 진정한 종이 인형이 누구인지 가를 수 있는 날이 왔다며 아침부터 내 책상 앞에 서서 조잘조잘 떠들었다. 두 손을 무릎 위에 올리고 말없이 듣기만 했다.

  "내가 너보다 키는 분명 커."

  그렇구나.

  "몸무게도 더 나갈걸?"

  응. 그래.

  고개를 끄덕이지도, 대답하지도 않은 채 김윤환이 얼른 할 말을 다 끝내고 가버렸으면, 하는 심정으로 듣고만 있었다.

  그때 교실로 임석영이 들어왔다. 가방을 책상 위에 올려놓으며 내 앞에 서 있는 김윤환을 빤히 쳐다봤다.

  "윤환아."

  임석영 목소리에 김윤환이 뒤돌았다.

  "내가 진짜 분명하고 확실한 거 알려줄까?"

  그 말에 촉이 섰는지 김윤환이 아니, 하고 빠르게 답했다. 그러곤 뒤이어 무슨 말이라도 나올까 후다닥 자기 자리로 가버렸다.

"윤환아? 어디 가? 어?"

임석영이 다정한 말투로 멀어지는 김윤환을 불렀다. 자리로 돌아간 김윤환이 가운뎃손가락을 펴고 대화를 거부하자 윤환의 이름을 연신 외치던 임석영이 픽 웃으며 말았다.

책상 위에 올려둔 가방에 그대로 머리를 대고 엎드려 누운 임석영이 고개를 돌려 나를 보았다. 눈이 마주치자 싱긋 웃는다.

난 이상하게 네가 웃으면 불안하단 말이지.

"홍차, 안녕."

"안녕."

"오늘 신체검사하는 날이네?"

"응. 그러네."

오른손으로 머리를 받친 임석영이 물끄러미 나를 본다.

"너 키가 몇인지 항상 궁금했어."

"키? 나 168 될걸?"

"그렇게 크다고? 더 작을 줄 알았는데."

어깨를 으쓱였다.

"시력은?"

"몰라. 예전에 검사했을 때 1.5였는데. 떨어졌을 거 같아."

"좋네. 너 안경 쓸 일은 없겠다."

뭐, 그렇겠지, 하며 고개를 작게 끄덕였다.

"몸무게도 물어보면 알려줘?"

"아니. 안 알려줘."

칼 같은 대답에 임석영이 입술을 삐죽였다.

"어차피 이따 다 볼 텐데."

"남의 검사 기록을 왜 봐."

"볼 건데? 나 오늘 너만 따라다닐 거야."

김윤환을 따라 가운뎃손가락을 올리자 임석영이 표정을 굳히며 우뚝 솟은 손가락을 쥐어 잡는다.

"넌 나한테 궁금한 거 없냐."

임석영의 물음에 골똘히 생각해봤다. 궁금한 거. 궁금한 거. 아무리 생각해도, 그런 건 없는데. 대답이 없자 임석영이 허, 하고 웃으며 섭섭하다는 듯 투덜거렸다.

"섭섭해지려고 그러네. 아니, 왜 궁금한 게 없어? 왜?"

그럴 수도 있지. 뭐 성을 내고 그래.

진동이 울렸는지 투덜거리던 임석영이 입을 다물고 주머니에서 핸드폰을 꺼냈다. 무언가를 확인하는 것 같더니 입술을 늘이며 웃는다.

아마도 임석영의 핸드폰을 울린 게 메시지였는지 손가락이 움직이다가 멈추기를 반복했다. 대화를 계속 주고받는 것 같았다. 이제 이쪽에 시선도 주지 않은 채 집중하는데 그게 묘하게 신경이 쓰인다.

누구랑 대화를 하기에 저렇게 해맑게 웃어.

임석영을 보는 내 얼굴이 점점 불퉁해졌다. 뚫어지게 응시하다가 신경질이 난 사람처럼 휙 몸을 돌아앉았다.

까닥까닥 움직인 손가락이 책상을 두드렸다. 힐끔, 옆을 보자 이제 아주 책상에 엎드려 메시지를 주고받고 있다.

아나, 진짜······. 이거 뭔데. 뭔데 이렇게 짜증이 나는데.

알 수 없었다. 마음이 이상하게 삐뚤어졌다.

탕탕, 하고 누군가 교실 앞문을 두드렸다. 고개를 들고 보자 복도에 선 채 상체만 들이민 담임이다.

"자, 강당으로 이동한다!"

그 말에 아이들이 의자를 뒤로 빼며 일어났다. 의자가 바닥을 끄는 소리에 일순 교실이 소란스러워졌다.

툭, 누군가 어깨 위에 손을 얹었다. 고개를 올려다보자 임석영이 가자 홍차, 한다. 원래 같았으면 응, 하며 일어났을 텐데, 왠지 모르게 고운 소리가 안 나갔다. 어깨를 틀며 임석영의 손을 떨어트리고 말없이 교실을 나섰다.

"어, 뭐야."

뒤에서 임석영의 의아하다는 목소리가 들렸으나 못 들은 척했다.

담임을 따라 강당으로 갔다. 이제 막 검사를 마친 1학년들이 강당을 벗어나고 있었다. 신체검사를 먼저 하고 체력검사를 한다고 했다. 신체검사는 키와 몸무게를 재고 시력을 검사하는 순서였다.

번호대로 줄을 서는데 임석영이 내 뒤에 줄을 섰다. 전학생이라 내가 가장 뒷번호인데 왜 임석영이 제일 뒤에 서 있는지 모를 일이다.

"야, 너 19번이잖아."

"그런데?"

"너 저기 앞에 서야 돼."

"싫은데?"

임석영이 그만 말하라는 듯 두 손으로 내 머리를 잡아 앞으로 돌렸다. 야, 하며 고개를 돌렸지만 임석영의 힘에 의해 반도 못 돌고 제자리로 돌아왔다.

내 차례가 됐다. 슬리퍼를 벗고 신장체중계 위에 올라갔다. 뒤꿈치와 등을 붙이고 차렷 자세를 취했다. 헤드 바가 머리를 탁 찍고 올라갔다.

옆에 서 있던 임석영이 성큼 앞으로 다가와 측정 결과를 확인한다.

"아, 저리 가라고!"

몸무게를 들킬까 잽싸게 바닥으로 내려와 임석영을 밀어냈다. 두 손을 쭉 뻗어 얼굴을 가리자 임석영이 아, 안 볼게, 안 봐! 하며 웃었다.

다음 학생 올라오라는 말에 임석영이 얼굴을 가리고 있는 내 팔목을 잡아 내렸다.

"야, 내 차례야."

눈을 흘기며 옆으로 물러났다. 팔목을 놓고 걸음을 뗀 임석영이 슬리퍼를 벗으며 혼잣말을 했다.

"167."

하고.

안 본다더니. 다 봤어. 이 새끼.

시력검사 줄로 이동하려다가 내 키와 몸무게만 털린 게 억울해서 임석영의 측정 결과를 기다렸다. 신장체중계 앞에 서서 LCD 화면을 노려봤다. 임석영의 머리를 찍은 헤드 바가 올라가며 키와 몸무게가 떴다.

키 184, 몸무게 76.

뭔, 놀릴 게 있어야 놀리지.

슬리퍼를 신고 내 옆에 선 임석영이 제 결과를 확인했다.

"작년보다 키가 컸네."

흠잡을 것 없는 결과에 말없이 걸음을 돌렸다. 졸졸 뒤를 따라온 임석영이 어깨에 팔을 올리고 섰다.

"그런데 너 많이 좀 먹어야겠다. 너무 말랐다."

뾰로통한 얼굴로 고개를 올리자 임석영이 머리 위에 손을 얹고 부드럽게 머리칼을 쓸어내렸다.

"앞으로 쉬는 시간마다 매점 가자."

머리를 쓸고 지나가는 느낌이 좋았다. 그 묵직하고 따뜻한 느낌이.

정면을 보던 임석영이 비스듬히 고개를 숙이고 나를 보았다.

이상한 일이었다. 임석영의 얼굴을 보는데 마음이 말랑말랑한 게, 건드리면 툭 터질 것만 같았다.

아까 누군가와 메시지를 주고받으며 웃던 얼굴이 생각났다. 임석영은 모두에게 이렇게 다정한 건가. 내게 주는 이 따스함이 원래 그런 거라고 생각하니 왠지 모르게 섭섭한 마음이 든다.

나를 보며 임석영이 매점에 있는 건 내가 다 사줄게, 하고 말한다.

"안 먹어."

괜히 투덜거리며 줄을 옮겼다. 안에서 무언가 이상한 게 싹트는 느낌이었다.

점심시간, 남윤수가 심각한 얼굴로 제 식판 위에 있는 도넛을 바라봤다.

"그냥 먹어."

"나 살쪘어……."

"먹고 운동을 해."

"운동이라니. 차라리 내게 죽음을 달라."

꽤나 비장한 어투에 임석영이 고개를 절레절레 저었다.

식판을 놓고 앉자마자 신체검사 결과를 공유했다. 검사 결과 남윤수의 키는 179, 김찬영의 키는 175였다. 남윤수는 살이 쪘다며 우울해했고 김찬영은 키가 작년과 같다고 했으나 개의치 않아 했다.

"홍차연, 이거 먹고 키 커라."

남윤수가 인심 쓴다는 듯 도넛을 내 식판 위에 올렸다. 그리고 마치 제 소중한 아이를 떠나보낸 듯 울상을 지었다.

"잘 가, 도넛아. 홍차연 안에서 평화를 찾아라."

"이거 먹는다고 키 크겠냐."

내 말에 김찬영이 고개를 저었다.

"안 커. 살만 찌지."

촌철살인이네. 무심하게 말을 던진 김찬영이 묵묵히 밥을 먹었다.

젓가락으로 도넛을 쿡 찌르자 임석영이 슬쩍 몸을 붙이고 다가와 속삭였다.

"많이 먹어, 콩알. 무럭무럭 자라서 대박 큰 콩알 되어야지."

"……."

대박 큰 콩알? 도넛을 입에 물고 눈을 돌려 임석영을 보았다. 웃는 낯을 보자니 아까 메시지를 주고받으며 웃던 모습이 떠올랐다. 임석영이 원래 웃음이 좀 헤펐던가. 그랬던 것 같기도 하고.

이상하게 그 웃음을 여기저기 나눈다고 생각하니 쪼잔하게 굴게 됐다. 그냥 뭐랄까, 싫었다.

남윤수와 대화를 하며 웃는 임석영의 얼굴을 곁눈질했다. 마음이 모나지지 않았다. 아까는 왜 그랬을까, 이유를 몰랐다.

도넛을 베어 먹으며 눈을 돌리는데 앞에 앉아 있는 김찬영과 눈이 마주쳤다. 뭔가를 들킨 사람처럼 표정이 얼었다.

"어……."

꽤 길게 눈이 마주쳤다. 왜 빤히 보는 건지 몰라 입을 떼려는 순간 무표정한 얼굴로 나를 보던 김찬영이 시선을 돌렸다.

얼굴에 뭐 묻었나? 손을 올려 뺨을 쓰는데 옆에서 튀어나온 손이 입가를 쓱 문질렀다. 눈을 동그랗게 뜨고 돌아보자 임석영이 엄지에 묻은 설탕 알갱이를 무심하게 털어낸다.

"다 묻히고 먹냐."

그리고 놀란 게 나뿐만은 아닌 듯 남윤수가 얼굴을 찌푸린 채, 못 볼 것을 봤다는 표정으로 나와 임석영을 보았다.

"설탕에 입술 박으면 난리 나겠네."

남윤수가 말했다. 괜한 오해를 받을까 나는 초조한데, 임석영은 대수롭지 않은 듯 뭐래, 하며 숟가락을 들었다.

"찬영아, 설탕 다 털고 먹어라."

"어?"

"설탕 다 털고 먹어. 너 그거 입술에 묻히고 먹으면 큰일 난다. 주먹 쥐게 될지도 몰라."

영문을 모르는 김찬영이 머리를 갸웃하고, 임석영은 웃으며 밥을 먹고, 남윤수는 저 홀로 심각해졌다. 나는 시선을 먼 곳에 두었다.

먼 산…… 언저리마다……. 그런 가사가 왜 떠오르는지 모를 일이다.

점심을 먹은 뒤 교실로 돌아가자 먼저 돌아온 아이들이 제 구역을 청소하고 있었다. 급하게 양치를 끝내고 청소를 시작했다. 가득 찬 쓰레기봉투를 발로 꾹꾹 눌러 밟아 부피를 줄인 뒤 봉투를 묶었다.

쓰레기를 버리고 돌아서는데 분리수거함 뒤쪽이 어수선했다. 뭐지. 무슨 일인지 봐볼까, 하다가 학교가 어수선한 게 하루 이틀도 아니고 보면 뭐 하나 싶어 걸음을 돌렸다.

몇 걸음 걸었을까, 슬리퍼 한 짝이 내 앞으로 날아들었다. 탁, 소리를 내며 바닥을 치고 튕겨 나간 슬리퍼를 놀란 눈으로 보다가 고개를 돌렸다.

위에서 떨어졌나 하며 올려다본 곳에 내다보는 사람이라곤 한 명도 없었다. 분리수거함 뒤쪽에서 살벌하게 욕지거리가 오고 갔다.

그냥 두고 가면 될 일인데, 무슨 오지랖이 발동했는지 슬리퍼 한 짝을 들고 조심스레 동관 벽에 붙어 모퉁이 너머를 훔쳐봤다.

아이들 서너 명이 담배를 피우며 서 있었고, 바닥에 한 명이 구르고 있었다. 거기에 아는 얼굴이 둘이나 있다는 사실에 입이 벌어졌다.

무릎을 구부리고 앉은 강은호가 김찬영의 머리통을 세게 후려쳤다.

"도둑놈 새끼야, 까라면 그냥 까는 거지 어디서 눈을 흘겨."

김찬영이 흙먼지 묻은 교복을 털며 매무새를 정리했다.

"담배 빌려 피운 게 그렇게 꼽냐?"

"아니."

강은호가 뻑뻑 담배를 빨아댔다. 그러더니 앞에 선 김찬영의 얼굴에 연기를 뱉어내며 기분 나쁘게 웃었다.

"맛도 더럽게 없다. 내가 저번에 이거 맛없다고 다른 걸로 사서 피우라고 했잖아. 하여튼, 말 더럽게 안 들어."

연거푸 김찬영 얼굴로 쏟아지는 연기에 내 속이 다 타들어갔다.

저 새끼 뭐야, 진짜. 전생에 남의 나라 약탈하고 다녔을 새끼가 틀림없다. 아, 세상에. 어쩌지.

벽 뒤에서 다리를 덜덜 떨었다. 4 대 1이면 정당한 싸움도 아니고 일방적인 건데, 또 꼴에 김찬영과 밥을 몇 번 먹었다고 가만 보고만 있을 수도 없었다.

보고만 있지 않을 거면 어쩔 건데. 나가서 싸우게? 그럼 이제 4 대 2로 얻어터지는 풍경이 되겠지. 강은호 집에 샌드백 하나 더 놔주는 꼴이 되는 거다. 그걸 알면서도 나는,

"어, 기, 김찬영."

벽 뒤에서 튀어나와 김찬영을 불렀다. 아이들의 시선이 동시에 내게 꽂힌다. 억, 쓰바, 전부 다 명중이요!

"다, 담임이 지금 오라는데?"

말은 왜 더듬고 그래. 울상이 되려는 걸 눈을 부릅뜨며 막았다.

담배 연기를 길게 뱉어낸 강은호가 입꼬리를 불쾌하게 올리며 나를 노려본다.

"원래 거슬리던 새끼에 요즘 거슬리는 새끼까지, 아주 지랄의 쌍두마차네."

바닥에 담배꽁초를 떨어트리고 발로 비벼 끈 강은호가 주먹 안에서 구겨진 담뱃갑을 김찬영의 주머니에 찔러 넣고 그의 어깨를 두드렸다.

"몇 개비 안 남았더라. 멀쩡하려나 모르겠다."

탁, 그의 어깨를 무겁게 때린 강은호가 눈을 흘기며 지나갔다. 얼마나 긴장했는지, 나도 모르게 두 손에 잔뜩 힘을 주고 있었다. 또 얻어터지는 줄 알았네. 저 새끼 뭐야? 뭔데 저렇게 화가 많아?

 고개를 돌려 강은호가 사라진 것을 확인했다. 후다닥 김찬영에게로 달려갔다.

 "야, 괜찮아?"

 올려다본 얼굴이 말짱했다. 다행히 얻어터지진 않았나 보다.

 시선을 내리자 슬리퍼를 한 짝만 신은 김찬영의 발이 보였다. 강은호에게 뭔가를 뺏겼다는 점에서 어떤 동질감이 생겨났다. 허리를 숙여 김찬영 발 앞에 슬리퍼를 놓았다.

 "아니, 나 지나가고 있는데 날아왔더라고. 주인 찾아주려고 했는데, 네가 주인 같네."

 혹여 김찬영이 민망해할까 싶어 말을 주절주절 떠들었다. 김찬영이 말없이 슬리퍼에 발을 꿰어 넣고 눈을 맞춘다.

 "너 나랑 다른 반이잖아."

 "어? 응."

 "우리 담임, 너네 담임?"

 "어?"

 "담임이 불렀다며."

 "아……."

 아무도 안 불렀어. 아무도.

 누구의 담임인지 대답하지 못하고 눈만 깜박이자 어깨를 털던 김찬영이 나를 본다. 대답을 기다리는 듯 물끄러미 얼굴을 응시하다가 시선을 돌린다.

"안 불렀구나."

"……."

"오늘 일 애들한테는 말하지 마."

고개를 끄덕이려다가 멈칫했다. 대답을 기다리는 듯 김찬영이 빤히 눈을 맞춘다.

비밀인 건가. 이유가 궁금했지만 물어도 말해줄 것 같지 않아 입을 다물고 고개를 끄덕였다.

"이런 거 유치하긴 한데."

김찬영이 새끼손가락을 내민다.

"비밀 지켜."

피의 맹세 아니고 약속해줘, 정도 되는 건가. 김찬영의 새끼손가락에 내 손가락을 걸었다.

"알았어. 말 안 할게."

김찬영이 먼저 걸음을 뗐다. 혼자 남아 있을 이유가 없어 나도 걸음을 옮겼다. 같이 갈 생각이 없는 듯 김찬영이 돌아보지 않은 채 계속 걸었다.

뒤에서 바라본 김찬영은 임석영과 다르게 몸이 조금 왜소했다. 김찬영이 앞서 걷는 탓에 그의 행동을 자연스레 눈에 담았다. 주머니에서 구겨진 담뱃갑을 꺼내더니 쓰레기통에 넣었다.

말없이 김찬영의 뒤를 밟았다. 김찬영을 따라가는 것은 아니었고 방향이 같았다. 나도 교실로 가는 길이었으니까.

김찬영을 앞서가지도, 옆에 서지도 않은 채 뒤꽁무니를 쫓아가는데 갑자기 위에서 비명 소리가 들렸다.

어? 하고 올려다보는 순간 물이 쏟아졌다. 촤아악, 하는 소리가 시원하게 귀를 때렸다. 질끈 감은 눈을 손등으로 문질렀다. 손이 닿은 얼굴도, 얼굴에 닿는 손도 물이 묻어 축축했다.

"허, 이게……."

대체 무슨.

어안이 벙벙했다. 고개를 올리자 양동이를 붙든 채 창밖을 보고 있던 인영이 빠르게 사라졌다. 훅, 밖에 나와 있다가 안으로 사라지는 양동이만 정확하게 보였다. 어떤 개망나니 같은 새끼가 창밖으로 물을 쏟은 것이다.

막 물을 맞았을 때는 당황스러웠는데, 그게 사고가 아니라는 생각에 온몸이 부들부들 떨렸다.

"미, 미친. 진짜."

젖은 얼굴을 쓸어내리자 앞에 서 있는 사람의 발이 보였다. 내가 아까 주워준 슬리퍼를 신고 있는 발이.

시선을 올리자 나와 같은 모양새로 쫄딱 젖은 김찬영이 보였다.

"당황스럽네."

젖은 머리를 쓸어 넘기며 김찬영이 말했다.

"네가 갑자기 끼어들어서 강은호가 빡 쳤던 거 같은데."

아, 이게 갑자기 내 탓이 되는 건가.

뚝뚝, 물방울을 떨어트리며 서 있자 김찬영이 말을 잇는다.

"다음에는 내가 얻어터지고 있어도 그냥 무시하고 가. 걔 완전 꼴통이라서 수틀리면 너도 괜히 피곤해지니까."

그 말이 괜히 서운했다. 이렇게 된 건 미안하지만, 잘잘못을 따지자면 고의로 이런 미친 짓을 하는 강은호가 잘못된 것 같은데.

"너는 친구가 그러고 있으면 그냥 무시하고 지나가?"

"……친구?"

무표정하게 친구라고 되묻는 김찬영의 모습에 조금 민망해졌다. 얘는 나를 친구라고 생각 안 하는 건가. 그러거나 말거나 고개를 주억거렸다.

"난 너 친구라고 생각하는데. 우리 치, 친하지 않아? 오늘 밥도 같이 먹었고, 어, 아닌가? 뭐, 아니면 어쩔 수 없고. 아무튼 그래. 나는 아까 그 상황에 끼어든 거 후회 안 해. 비 맞은 생쥐 꼴이 된 게 내 탓이면 미안하긴 한데……."

말을 어떻게 끝맺어야 할지를 모르겠다. 뒷말을 생각하다 보니 자연스레 미간이 찡그려졌다. 아무리 생각해도 떠오르는 말은 하나밖에 없어서.

"미안해. 우리 꼴이 말이 아니다."

그렇게 덧붙였다. 조용히 듣고만 있던 김찬영이 묻는다.

"체육복 있어?"

"어? 응. 교실에."

"본관 옆에 도서관 있는데 오늘은 아마 사람 없을 거야. 거기 화장실에 가 있으면 내가 체육복 가지고 갈게. 아무래도 젖은 차림으로 교실 들어가면 좀 그렇잖아. 애들이 자꾸 무슨 일이냐고 묻고."

"……어, 그건 너도 마찬가지 아니야?"

앞에 선 김찬영의 교복을 눈짓했다. 저도 나처럼 젖은 주제에.

고개를 숙여 제 교복을 훑은 김찬영이 어깨를 으쓱인다.

"난 전에도 한번 이런 적 있어서 상관없어."

"헐. 그 새끼가 전에도 그랬어? 걔 진짜 학교폭력위원회 이런 거 안 열리냐?"

갑자기 열을 내는 내 모습을 김찬영이 빤히 보다가 입을 열었다.

"도서관 어디 있는지 알지?"

어, 알긴 알지. 고개를 끄덕이자 김찬영이 걸음을 돌려 멀어졌다.

멀어지는 김찬영을 보았다. 뚝, 앞머리에서 떨어진 물방울이 속눈썹에 걸렸다. 얼굴을 문질러 닦고 도서관을 향해 걸었다. 쫄딱 젖은 옷이 물을 먹어 무겁게 느껴졌다. 길을 오르다가 옷소매를 잡아 주먹 쥐자 주르륵 물이 쏟아진다. 어이가 없어서 웃음이 터졌다.

김찬영의 말대로 도서관 건물에는 사서 선생님을 제외하고 아무도 없었다. 화장실에 들어가 있는 게 왠지 민망해 문 앞에 서서 김찬영을 기다렸다.

몇 분 지났을까, 저만치서 김찬영이 걸어왔다. 체육복으로 갈아입은 모습이었다.

"너희 교실 가서 체육복 챙기고 내 체육복 챙겨서 나오다가, 굳이 여기서 같이 갈아입을 필요는 없을 거 같아서 나는 먼저 갈아입었어."

김찬영이 제 손에 있는 체육복을 내밀었다.

"고마워."

"나는 먼저 가봐도 되지?"

체육복을 받아 들며 고개를 끄덕였다. 화장실로 들어가려는데 김찬영이 머뭇거리며 안 떠났다. 쳐다보자 멋쩍게 서 있던 김찬영이 묻는다.

"어…… 아니면 여기서 기다려줄까?"

빤히 시선이 닿았다. 싫다, 좋다, 대답도 안 했는데 김찬영이 그럴 필요는 없겠다, 하며 걸음을 돌렸다. 그러곤 쏜살같이 사라졌다. 참으로 빠른 걸음이었다. 쟤가 원래 저렇게 빨랐었나.

화장실로 들어가 칸막이를 걸어 잠갔다. 물에 젖은 교복을 벗는 몸이 삐걱거리는 로봇 같다. 좁은 곳에서 옷을 갈아입느라 진땀을 뺐다.

벗어서 문에 걸어둔 바지에서 웅, 웅, 하고 핸드폰이 진동했는데 받지 못했다. 양말을 벗고 맨발로 슬리퍼를 신었다. 꼴이 말이 아니었다. 교복을 손에 들고 화장실을 나섰다.

아까부터 계속 우는 핸드폰을 꺼냈다. 임석영의 전화다.

"여보세요?"

— 빨리도 받는다. 왜 전화를 안 받아? 걱정했잖아.

"아, 미안. 무슨 일인데?"

— 어디야? 나갔다 왔더니 또 사라지고 없네. 은근 혼자 빨빨거리며 잘 다닌다니까.

"청소 시간이잖아. 쓰레기 버리러 갔어."

— 혼자?

"응."

— 알았어. 아이스크림 사 왔으니까 빨리 와.

요즘 부쩍 임석영은 매점에서 이것저것 사 들고 와서 어미 새처럼 나를 먹였다. 할머니가 왜 밥 잘 먹을 때 예뻐 죽겠다고 했는지 알 것 같다며 두 뺨 가득 먹을 것을 욱여넣고 씹는 나를 흐뭇한 얼굴로 보고는 했다.

대체 왜 이래, 하고 생각했지만 내가 좀 잘 먹기는 하지, 하며 빠르게 이해했다.

동관 건물 현관으로 들어서자 서늘한 공기가 피부에 닿는다. 교실에 들어가자 핸드폰을 보고 있는 임석영이 보였다. 그를 지나쳐 빠른 걸음으로 창가로 가 교복을 널었다.

의자를 뒤로 빼고 앉자 그제야 임석영이 눈을 올린다.

"왔어? 그런데 너 머리가 왜 그래?"

"어? 아, 별거 아니야."

머리카락을 헤집으며 물기를 털어냈다. 임석영의 책상 위에 통 아이스크림이 있었다. 아이스크림을 사 왔다더니. 이건 매점에서도 안 파는 건데?

"야, 너 나갔다 왔어?"

그렇게 묻는데 임석영의 표정이 묘하게 굳어간다. 눈을 깜박거리자 임석영이 눈썹 끝을 매만진다.

의자를 끌어당기고 아이스크림 뚜껑을 열었다.

"이런 건 밥숟가락으로 팍팍 떠먹어야 맛있는데."

일회용 숟가락을 들고 임석영을 바라봤다. 갑자기 뭔가 언짢아진 표정에 아이스크림도 못 먹고 숟가락만 빨았다.

뭐지. 갑자기 어디서 기분이 상한 거지. 내가 너무 늦게 왔나, 그런 생각을 하고 있는데 임석영이 낮게 묻는다.

"왜 찬영이 체육복을 입고 있어?"

"응? 아닌데. 내 체육복인데."

"그거 찬영이 건데."

임석영이 오른쪽 어깨를 가리킨다.

"여기 별, 이거 내가 그린 거거든. 김찬영 체육복에."

눈을 내려 어깨를 살폈다. 임석영이 그렸다는 별이 잘 안 보여 체육복 소매를 잡아 죽 늘리자 얼핏 뾰족한 선들이 보였다.

"어, 진짜네."

"찬영이한테 체육복 빌렸어?"

"아니, 빌린 건 아닌데."

임석영이 물끄러미 나를 보며 눈썹을 올린다.

강은호와 맞닥트린 이야기를 할 수가 없었다. 그 이야기를 하려면 김찬영을 보게 된 것부터 말해야 하는데, 그건 비밀로 하기로 했으니까.

"아, 맞아. 체육복 없어서 김찬영한테 빌렸어."

"나도 있는데 왜 거기까지 갔어?"

"뭐, 그때 네가 교실에 없었나 보지?"

순간 교실 뒷문으로 김찬영이 들어왔다. 내가 먼저 김찬영을 발견했고, 내 시선이 향한 곳으로 임석영이 고개를 돌렸다.

덜 마른 김찬영의 머리가 물기를 머금고 축 처져 있었다.

"너 나랑 체육복 바뀌었다. 아까 네 거 체육복이랑 같이 들고 있어서 섞였나 봐. 이게 네 건데."

어색한 공기가 감돌았다. 뭔가 차갑게 얼어붙는 듯해 뒷골이 서늘하기까지 했다. 이렇게 난감할 수가.

곁눈질하자 역시나 임석영의 얼굴이 차갑게 굳어 있다. 거짓말을 하자마자 빛의 속도로 들통이 났다. 이럴 수가 있나.

우선 이 망한 분위기에서 벗어나자 싶어 자리에서 일어났다.

"어어…… 내가 다시 벗어서 줄게."

교실을 나가려는데 손목이 잡혔다. 임석영이 무표정한 얼굴로 이쪽을 본다.

"……안 되지 않아?"

낮은 목소리가 왠지 냉하다.

"어?"

영문을 몰라 묻자 임석영이 손에 힘을 준다.

"어디 가서 어떻게 바꿔 입게?"

"그야, 화장실 가서."

"간다고? 둘이? 옷을 바꿔 입으러?"

묘한 기류가 흘렀다. 얘 왜 이래. 김찬영의 눈치를 슬쩍 살피

chapter 5. 점과 선

다가 몸을 돌려 김찬영을 등졌다. 자리에 앉아 있는 임석영을 내려다보며 눈가를 찡그렸다.

너 왜 이상한 소리를 해? 하고 입을 벙긋거리자 임석영이 손목을 잡아당기며 안 돼, 하고 낮게 말한다.

"어차피 입은 거 그냥 있어. 등판에 이름 적힌 것도 아닌데 상관없잖아."

그 말에 김찬영이 제 등을 보여준다. 체육복 상의 뒤쪽에 홍차연 이름이 크게 써져 있다.

"그래도 그냥 입어."

대답을 요하듯 임석영이 김찬영을 보며 어? 하고 묻는다. 김찬영이 무표정한 얼굴로 임석영과 눈을 맞췄다. 그러다 느지막이 입을 열었다.

"그래."

김찬영의 시선이 내게 닿는다. 그러곤 말없이 교실을 나섰다.

어어, 뭐지. 이 이상한 느낌은.

손목을 확 잡아 빼며 얼굴을 찌푸렸다.

"야, 어차피 칸 안에 들어가서 옷만 넘겨받는 건데."

임석영이 고개를 기울이고 이마를 문지른다.

"조심해서 나쁠 건 없잖아."

"네가 그렇게 하지 않아도 나 알아서 몸 사리고 있거든? 방금 찬영이가 뭐라고 생각했겠냐. 완전 이상하다고 생각했을걸? 괜히 내 심장이 다 쫄린다고."

이마를 매만지던 임석영이 손을 내리고 고개를 든다.

"신경 쓰여?"

"뭐?"

"찬영이가 어떻게 생각하는지, 그게 그렇게 신경이 쓰이냐고."

"이상하잖아. 네가 나한테 이러는 게."

분위기가 어쩐지 딱딱하게 굳는다.

임석영과 가까이 지내면서 신경 쓰이는 부분 중 하나였다. 임석영은 내가 여자인 줄 알고 있어서 그런지 은연중 괜한 오해를 살 만한 행동을 하고는 했다.

아마 임석영이 나에게 했던 행동을 남윤수가 저한테 똑같이 했다면 멱살부터 잡았을 것이다. 저도 그런 걸 자연스럽게 받아들이지 못하면서, 제가 한 행동이 남한테 이상하게 보일 거라는 생각은 안 하는 건가.

"그럼 나는?"

불만스러운 표정으로 서로를 응시하던 중 임석영이 물어왔다.

"내가 이 상황을 어떻게 생각할지는 신경 안 쓰여?"

"지금 이게 상황이랄 게 있어?"

목소리가 조금 날이 섰다. 자연스레 입이 다물렸다. 나를 보는 임석영의 얼굴이 조금 사나워진다.

"거짓말을 밥 먹듯 하네. 김누리."

순간 튀어나온 이름에 눈이 휘둥그레졌다. 사색이 되어 주위를 두리번거렸다. 가까운 거리에 아이들이 없었다.

"미쳤어?"

임석영이 무표정한 낯으로, 조금 차가워진 기색으로 나를 본다.

"너 때문에 미치겠다고 생각은 했는데, 진짜 이럴 줄은 몰랐어. 왜 나한테 거짓말을 해?"

허, 하고 어이없는 숨이 튀어나간다. 순간 불린 이름 때문인지 심장이 미친 듯이 뛰었다.

"너 지금 내가 체육복 빌려 입은 거라고 한 거 때문에 이러는 거야?"

빨리 뛰는 심장 때문인지 목소리가 떨렸다. 흥분한 나와는 다르게 어쩐지 임석영의 모습은 무서우리만치 차분하다.

"혼자 쓰레기 버리러 갔다 왔다는 애가 교복은 다 젖어 있고, 머리카락에서도 물이 뚝뚝 떨어지는데, 김찬영이랑 같이 체육복을 갈아입었어. 애들 피해서 화장실도 꼭대기로 올라가서 쓰는 네가. 이것만으로도 충분히 이상하잖아."

"뭐가 이상해? 그게 너랑 대체 무슨 상관이라고?"

임석영이 입을 다문다. 손이 미세하게 떨렸다. 안에서부터 무언가 뜨겁게 끓는 것 같은데, 어딘지 차게 식는 기분이 동시에 들었다.

"상관없다고 쳐. 그런데 이유를 물을 순 있는 거잖아. 네가 말한 거랑 상황이 다르니까."

"이유만 물은 게 아니잖아. 네가 지금 여기서 이름을 부른 거, 그게 협박 아니면 뭐야?"

"이게 협박으로 들려?"

"그럼 아니야? 유일하게 다 아는 네가 그러는 건…… 아니지 않아?"

"……."

"너 같은 새끼한테…… 내가 뭘 믿고."

"너 같은 새끼?"

"항상 다 네 멋대로 굴잖아. 내가 너 하라는 대로 다 하니까 가지고 노는 게 재밌어? 가방 들라면 들고, 오라면 오고, 내가 네 장난감 같지?"

빠르게 내뱉은 말에 숨을 씨근거렸다. 임석영이 느지막하게 입을 연다.

"……말을 왜 그렇게 해?"

"네가 먼저 말을 이런 식으로 했잖아!"

조금 크게 나간 소리에 정신이 확 들었다. 여기서 이렇게 싸우고 있을 일이 아니었다.

"너 진짜, 너무 싫어."

도저히 자리를 지키고 있을 수 없어 교실을 달려 나갔다.

현재 나의 가장 큰 약점은 내가 홍차연이 아니라는 것, 심지어 남자도 아니라는 사실이었다. 필사적으로 숨겨야 하는 것이었고, 늘 나를 초조하게 만드는 것이었다.

그런데 그 사실을 알고 있는 사람이 그것을 약점 잡아 나를 휘두르려 한다는 느낌이 들었다.

chapter 5. 점과 선

김누리, 그 이름이 교실에서 튀어나오는 순간 비참하게 느껴졌다. 내 이름 세 글자에 벌벌 떨어야 하는 내 처지를 직면하게 됐다.

이곳에서 유일하게 믿었던 사람이 나를 불안하게 만들고 있다. 그게 가장 마음 아팠다.

△ ○ ☆

쿠르릉, 하고 하늘이 무겁게 울린다. 먹구름이 하늘을 뒤덮은 지 오래였다. 갑자기 비가 쏟아지면서 오후 일정이 연기되었다.

시간표대로 수업이 진행됐다. 진도를 나가는 선생도 있었고 자습을 주는 선생도 있었다. 예정에 없던 일이라 그런지 분위기가 어수선했다. 어느 누구도 수업에 집중하지 못했고, 날씨 탓인지 분위기가 우중충했다.

그중 제일은 나와 임석영이었다. 그렇게 느껴졌다. 이쪽만 유난히 어둡고 흐렸다. 기류가 그렇게 흘러가고 있었다.

아까 그렇게 교실을 튀어나간 이후로 임석영과 한 마디 말도 섞지 않았다. 의식적으로 서로를 피했다. 시선을 주지도 않으니 대화를 하지 않는 건 당연했다.

"야, 차연아, 저거 네 교복이지?"

쉬는 시간, 창가 자리에 앉은 애가 와서 물었다. 창가에 널어둔 교복에서 떨어진 물방울로 바닥이 흥건하게 젖어 있었다.

"어, 내가 닦을게. 미안."

청소도구함에서 밀걸레를 빼 들고 뒷자리로 가 바닥을 닦았다. 물기를 머금은 밀걸레가 질척거렸다.

"그런데 뭐 한다고 교복을 다 빨았냐?"

책상에 걸터앉아 있던 김윤환이 과자를 먹으며 묻는다. 셔츠면 셔츠, 바지면 바지, 더러운 게 묻어서 빨래를 했다면 그 개수가 하나여야 보통인데 내가 창가에 빨아서 널어둔 것은 셔츠, 바지, 조끼, 전부였다.

"비 맞았어? 아니, 근데 이거 비 내리기 전부터 널어져 있지 않았나?"

고개를 갸웃한 김윤환이 과자봉지를 뒤집어 입에 털어 넣는다.

"날이 구려서 하나도 안 말랐네."

김윤환의 옆에 있던 김태욱이 바지 밑단을 잡으며 말했다.

"응. 어차피 안 마를 거 같아."

밀걸레를 벽에 세워두고 널어둔 교복을 걷었다.

"왜, 그래도 그냥 널어놔."

"아니야. 해도 없는데, 뭐."

누군가 교복 셔츠를 더 높은 곳으로 옮겨두었다. 손이 안 닿아 까치발을 하자 옆에 있던 김태욱이 손을 뻗어 소매를 잡아당겨 준다.

"엇, 고마워."

덜 마른 교복을 가방 안에 대충 쑤셔 넣었다. 책상 위에 가방을 놓고 지퍼를 올리는데 임석영의 모습이 시야에 걸렸다. 쳐다보지 않은 채 가방을 내리고 밀걸레를 챙겨 교실을 나섰다.

그렇게 어색하게 오후를 버티다가 학교가 끝났다.

가방을 메고 곧장 교실을 나왔다. 운동화를 들고 계단을 내려와 현관 앞에서 걸음을 멈췄다. 빗줄기가 매섭게 바닥으로 꽂혔다. 쏴아, 하고 쏟아지는 빗소리가 귀를 먹먹하게 울린다.

우산이 없다. 하필이면 이럴 때.

멍하니 현관에 서서 비 내리는 것을 보았다.

"야, 우산 없어?"

고개를 돌리자 어디서 주워 온 듯한 우산을 펼치는 김윤환이 보였다.

"야, 시발, 우산살이 찌그러졌잖아."

김윤환의 옆에 매미처럼 딱 붙어 서 있던 김태욱이 불평한다. 그러자 정은솔이 김윤환의 팔을 더 꽉 잡는다. 셋이서 함께 너덜너덜해진 우산을 쓰고 갈 모양인 듯했다.

"우산 없으면 이거 써. 정은솔이 쓰려고 챙겨뒀던 건데."

김윤환이 무언가를 내민다. 플라스틱으로 된 화분 물받침대다. 그것을 내 손에 건네주고는 셋이서 몸을 꼭 붙인 채 우산 하나를 쓰고 멀어졌다.

한숨이 길게 이어졌다. 구린 날씨가 꼭 내 기분 같다. 물 먹은 교복 때문에 가방도 무거웠다.

"왜 비가 오고 난리야."

괜히 투덜거리며 하늘을 올려다봤다. 만지작거리던 물받침대를 머리 위에 올렸다. 그대로 현관을 빠져나가려는데 덥석 가방이 잡혔다. 앞으로 나가려던 몸이 뒤로 이끌렸다. 설마 임석영인가, 하고 돌아본 곳에 김찬영이 서 있다.

"그거 쓰고 가게?"

"어?"

김찬영의 교실은 복도 끝이라 반대쪽 현관을 주로 이용했다. 왜 여기에 있지.

혹시나 싶어 김찬영의 뒤를 살폈다. 남윤수와 함께 우리 반에 들른 건가 했는데 남윤수도 임석영도 보이지 않는다.

"아, 애들은 교실에 있어. 친구 만난다고 그래서."

"아…… 너는 안 가?"

"나는 모르는 애라."

그래, 하며 작게 고개를 끄덕였다.

기분이 이상했다. 서로 뭔가 틀어진 것 같아 내 기분은 습한 날씨처럼 찝찝한데, 임석영은 친구를 만나러 간다니. 그게 잘못된 일은 아니지만 괜히 심술이 난다.

불퉁한 얼굴로 입술을 삐죽이고 있자 김찬영이 우산을 편다.

"정류장까지 씌워줄까?"

"어? 어, 근데 너는 방향이 다르잖아."

"정류장까진데, 뭐."

시선을 내려 손에 들고 있는 것을 보았다. 물받침대를 쓰고 가는 게 최선은 아니지 않나.

발을 내디디며 김찬영의 우산 안으로 들어갔다. 키가 엇비슷했으나 김찬영이 살짝 더 컸다. 눈을 올리자 시선이 부딪쳤다. 우산 하나를 같이 쓰고 있어 그런지 거리가 생각보다 가깝다. 나를 보는 김찬영의 눈이 평소와 다르게 조금 놀란 듯 보였다.

"왜?"

"아, 아니야."

김찬영이 고개를 돌린다.

현관을 벗어나 교문을 향해 걸었다. 둘 다 체육복을 입고 하교하는 모양새가 조금 웃기긴 했으나 음습한 날씨에 어울리는 것 같기도 했다.

핸드폰이 진동했다. 주머니에서 꺼내 보자 전화가 걸려오고 있었다. 저장된 임석영의 이름을 보다가 그대로 주머니에 넣었다.

주머니에 넣어둔 핸드폰이 허벅지를 간질이며 진동하다 뚝 멈췄다. 다시 진동하지는 않았다.

집에 와서 창문을 열고 멍하니 밖을 내다봤다. 비가 그쳐서 그런지 피부에 닿는 공기가 시원하다. 들이쉰 숨에 비 냄새가 섞였다.

핸드폰을 꺼내 통화 목록을 열었다. 학교를 벗어날 때 들어온 전화를 마지막으로 임석영은 연락이 없었다. 유난히 밤이 길게 느껴졌다. 긴 시간을 버티며 내가 하는 거라고는 오늘의 일을 상기하는 것뿐이었다.

우리는 왜 사소한 일로 이렇게 다투어야 했나.

시간이 지나자 사건의 발단은 너무나 작고, 거기에 끼얹은 우리의 감정만 쓸데없이 큰 것처럼 느껴졌다. 그렇게 화낼 일이 아니었는데. 이제 와 생각하니 그랬다. 그러다가도 아무렇지 않게 내 이름을 내뱉던 임석영을 생각하면 심기가 뒤틀렸다.

"그건 진짜 아니지 않나."

바람 빠지듯 숨이 흘러나갔다.

어두컴컴한 밤 속에서 군데군데 아파트 조명이 빛났다. 몇 미터만 걸어가면 임석영 집인데. 그런 생각을 하다가 창문을 닫았다. 옷깃에 스미던 찬 공기가 창문에 잘려 나갔다.

침대에 모로 누워 시계 초침이 움직이는 소리를 들었다. 밤이 깊어가다 보면 날이 밝을 터였다.

"내일이 안 왔으면 좋겠다."

빛이 퍼지는 전등을 보다가, 팔을 올려 눈을 가렸다. 마음이 안 좋았다.

△ ○ ☆

소나기가 내렸던 날 못 했던 체육 대회 예선을 어제 했다. 그렇게 일정이 하루씩 밀려 오늘이 체육 대회였다.

교실에 앉아 있지 않은 게 다행이라면 다행이었다. 불편하게 임석영의 옆에 있지 않아도 되니까.

말다툼을 했던 날, 인사도 없이 헤어지긴 했지만 학교에서 마주치면 어영부영 말을 섞고 풀어지게 될 줄 알았다. 그런데 임석영이 나를 없는 사람 취급했다. 나를 보지도, 말을 붙이지도 않았다. 저쪽에서 이렇게 나오자 황당해서 오기가 생겼다.

대체 지가 뭘 잘했다고 저래?

화가 난 상대는 임석영 하나였으나 임석영과 말을 하지 않으니 자연스레 남윤수, 김찬영과도 말할 일이 없게 됐다. 오가다 마주치면 어, 안녕, 하고 짧게 인사할 뿐.

체육 대회는 그야말로 욕이 난무하는 전쟁터 같았다. 줄다리기를 하는데 영차 대신 시발을 외치지를 않나, 씨름을 하는데 몸싸움을 하지를 않나, 칼과 창만 안 들었지 싸우러 나온 애들 같았다.

내가 참여하는 거라고는 단체 종목뿐이었다. 줄다리기. 그런데 임석영은 안 나가는 종목이 없었다. 축구, 계주, 하다못해 이인삼각도 나간다고 그랬다. 대단한 놈이다.

갑작스레 소나기가 내렸던 날 이후로 급격하게 날이 더워졌다. 땡볕 아래 앉아 있는 게 영 곤욕스러웠다. 그리고 우리 반이 출전하기라도 하면 응원을 해야 했는데, 출전하는 사람 속에 꼭 임석영이 있었다. 임석영을 응원해줄 기분이 아니었다.

계단에 가만 앉아 있다가 슬그머니 일어났다. 줄다리기도 끝났겠다, 더 이상 참여할 것도 없어 교실에 들어가 있을 생각이었다.

화장실 가는 척 동관으로 들어가려는데 반장과 정면으로 마주쳤다.

"차연아, 어디 가?"

"어? 아, 나……."

반장은 매사에 열정적인 아이로 단합되지 않는 것을 무척 싫어했다. 아까도 한 아이가 응원 봉을 장난으로 터트렸다가 반장에게 한 소리를 들었다.

너 이거 하나에 얼마인 줄 아니? 이게 며칠이 걸려서 우리에게 온 줄은 알아? 아직 남은 경기가 많은데 이걸 벌써 망가트려?

응원 봉을 터트린 아이는 귀에서 피가 나는 것 같다며 도망가려다가 반장에게 붙잡혀 몇 분 더 우리가 다 함께 응원을 해야 하는 이유에 대해서 들어야 했다.

지금 내가 교실에 들어가서 쉬려는 걸 안다면, 이제 내 귀에서 피가 나겠지.

"나 잠깐 화장실. 배가 아파서."

"응. 그런데 너 이거 떨어졌네."

반장이 제 뺨에 붙은 스티커를 가리켰다. 반장은 사과의 완성은 홍조라며 뺨에 빨간색 스티커를 붙였다. 그냥 동그란 스티커였는데 두 뺨에 붙이고 나면 꼴이 조금 우스워졌다. 사과 머리까지는 어떻게 하겠는데, 스티커는 도저히 붙일 수가 없어서 줄다리기가 끝나고 땀을 닦으며 몰래 뜯었다.

들고 있던 박스를 내려놓은 반장이 주머니에서 스티커 한 뭉치를 꺼낸다.

세상에, 너 그걸 주머니에 넣고 다녔니? 놀란 얼굴로 보자 반장이 스티커 두 개를 뜯어 정성스레 내 뺨에 붙여주었다.

chapter 5. 점과 선

"또 떨어지면 말해. 스티커 50장 샀어."

"……응."

반장이 허리를 숙여 박스를 들었다. 그러고는 사라졌다. 스티커를 50장이나 샀구나, 생각하며 뺨에 붙은 스티커를 떼지 않은 채 걸음을 옮겼다.

다들 운동장에 나가 있어 그런지 건물이 조용했다. 계단을 오르며 핥은 입술에서 흙 맛이 났다. 얼마나 흙먼지가 많이 인 건지, 땀 흘리고 씻지 않은 손도 찝찝했다.

교실을 지나 복도를 쭉 걸어 화장실로 들어갔다. 손만 씻을 생각으로 들어간 화장실이 뿌연 연기로 가득했다. 그 순간 열지 말아야 할 문을 열었음을 알았다.

다시 닫고 나가려는데 앞에 선 남자애와 눈이 마주쳤다.

"이야, 볼따구에 그건 뭐냐?"

벽에 등을 붙이고 삐딱하게 선 강은호가 담배를 문 채 웃는다.

말없이 문을 닫으려고 하자 야, 하는 낮은 음성이 발을 붙잡았다. 뒤로 물러나다가 고개를 들자 강은호가 인상을 쓰며 손을 까닥였다.

"문을 열었으면 들어와야지, 새끼야."

"……아니, 나가려던 참이었어."

"시발? 들어오지도 않았는데 나가?"

"……."

"들어오라고."

강은호가 제 앞으로 오라는 듯 손짓했다.

미친, 무슨 왕이세요? 내가 오라면 오고 가라면 가는 개냐.

움직임이 없자 강은호가 참나, 하고 웃으며 제 발로 걸어온다.

"화장실은 왜 왔어? 한 대 피우게?"

"아니."

"피워."

"나 담배 안 피워."

"피우라고."

강은호가 담배 한 개를 들고 시비조로 말했다. 그의 굵은 손가락 사이에 잡힌 담배를 보다가 고개를 올렸다. 무표정한 얼굴이 사납다.

"네 친구들 다 피우잖아. 안 가르쳐주든? 자, 손에 들고."

손에 힘을 주고 버팅기자 거센 악력이 느껴졌다.

"받으라고."

돌아 버리겠네. 난처하다는 얼굴로 서 있자 강은호가 턱을 움켜쥐며 힘을 주었다. 절로 벌어진 입술 사이에 담배를 밀어 넣었다.

"물어."

버둥거리며 몸을 비틀자 그 움직임에 검은 재가 가루처럼 흩날렸다.

급하게 손을 올려 입에 물린 것을 잡아 뺐다. 연기가 입 안으로 밀려들었다. 숨을 토해내듯 기침이 쏟아진다.

"야, 네 것도 아닌 걸 막 버리네. 싸가지 없이."

부러진 채 바닥으로 떨어진 담배를 강은호가 발로 밟아 비벼 끈다. 제 발끝을 내려다보다가 시선을 올려 나를 본다.

"아, 나는 왜 이유 없이 네가 싫지?"

그렇게 말하며 강은호가 화장실을 나갔다.

두 손으로 얼굴을 문질러 닦았다. 담배를 쥐었던 손에서 불쾌한 냄새가 났다. 손을 내리고 살펴보는데 통증이 느껴졌다. 불씨를 그대로 잡은 탓에 손바닥에 빨갛게 상처가 남았다.

불난 데 기름 붓는다고. 안 그래도 속상하던 차에 마주친 강은호가 기분을 완전히 엉망으로 뒤흔들어 놨다.

손바닥이 홧홧한 통증으로 지끈거린다. 속이 토할 것처럼 울렁거렸다. 다리에 힘이 풀려 주저앉았다. 화장실 바닥에 그대로 엎드려 울었다. 방금 내게 일어난 일이 너무 거짓말 같아서, 황당해서, 도무지 이유를 알 수가 없어서 서러웠다.

저번에는 강은호의 교복을 내가 더럽혀서, 실수인 걸 그 아이가 용납하지 못해서 그랬다고 생각했다. 하지만 방금 내가 한 일이라고는 화장실 문을 연 것뿐이었다. 이게 꼭 벌처럼 느껴졌다. 거짓말을 하는 것에 대한, 남을 속이는 것에 대한.

홍차연 행세를 하고 있기 때문에 이런 불의에 제대로 대응하고 고발하지 못하는 것도 거짓에 대한 대가처럼 느껴졌다.

할머니와 함께 사는 집, 그런 걸 쉽게 얻을 줄 알았니. 누가 그렇게 가르쳐주고 있는 것 같다. 네 인생은 늘 이렇게 어두울 거야. 절대 행복해지지 마렴. 그렇게.

차마 교실로 돌아갈 수 없어 4층 화장실에 숨었다. 화장실 칸 안에 들어가 문을 걸어 잠그고 무릎을 모으고 앉았다. 이게 무슨 청승인가 싶은 생각이 들었지만 혼자 있고 싶었다.

무릎에 얼굴을 묻고 숨을 골랐다. 너무 운 탓에 계속 문질러 닦은 눈가가 열기로 홧홧했다.

뒤늦게 체육 대회가 생각났다. 끝났을까.

시간을 확인하려고 바지 주머니를 뒤지다가 주머니가 없다는 사실을 상기하고 손을 내렸다. 하필 내가 받은 바지에만 주머니가 없었다. 어떻게 반 아이들 다 같이 산 바지인데 나한테만 불량품이 왔다.

아까는 와, 어떻게 이럴 수가 있냐, 하며 별생각 없이 핸드폰을 사물함에 넣어뒀는데. 그게 지금에 와서는 이렇게 서러울 수가 없다. 왜 내 바지만 불량이었을까.

손을 뻗어 휴지를 잡았다. 돌돌 말아 뜯은 뒤 코를 풀었다. 강은호 개새끼, 생각하며 휴지통에 휴지를 버리는데 쾅, 하고 문 열리는 소리가 났다. 갑작스러운 소리에 눈이 동그래졌다.

쾅쾅대는 소리가 연달아 났다. 화장실 칸막이 문을 하나씩 열고 있는 것 같았다.

문짝이 부서져 나가는 소리에 잔뜩 긴장이 됐다. 뭐지. 강은호인가. 이 미친놈이 1절로 끝내기 아쉬워서 2절을 하려고 왔나.

기어코 내가 들어가 있는 칸막이의 문이 흔들린다. 누군가 문을 두드렸다. 숨을 죽이고 문을 올려다봤다.

chapter 5. 점과 선

"혹시 여기 있냐."

거친 숨소리가 넘어왔다. 아는 목소리다.

"……임석영?"

"하……."

길게 내뱉는 한숨 소리가 들렸다.

"뭐 해. 거기서."

"일 봐……."

"나와. 빨리."

"아, 아직 멀었어."

"아닌 거 알아."

"아니야, 맞아……."

"장난해? 너 두 시간 가까이 자리 비웠어. 여기 이렇게 짱 박혀 있으면서 전화도 안 받고 어디 간다고 애들한테 말도 안 하고. 진짜…… 왜 그러냐."

"……미안."

"됐고, 빨리 나와. 반장도 너 찾으러 갔어."

"먼저 가. 나도 곧 갈게."

"문 부순다."

"……."

"진짜 부숴."

꼴깍 침이 넘어갔다. 옷자락을 끌어 올려 얼굴을 닦았다. 이대로 나가도 되는 걸까. 누가 봐도 운 얼굴일 텐데.

조심스레 잠금을 풀었다. 잠금을 풀자마자 벌컥 문이 열렸다. 잔뜩 긴장한 얼굴로 눈을 올렸다. 너무 빨리 문이 열려서 고개를 숙일 틈도 없었다.

눈이 마주쳤다. 거친 숨을 뱉던 임석영의 얼굴이 일순 굳는다.

"울었어?"

"아, 아니. 안 울었는데."

임석영의 말에 급하게 손을 올려 얼굴을 가렸다.

"그런데 눈이 왜……."

말을 잇던 임석영의 목소리가 거기서 뚝 끊겼다. 내 손을 임석영이 낚아채듯 잡아당긴다.

"뭐야? 손 왜 이래?"

임석영이 잡은 손을 뒤집어 바닥을 올렸다. 손바닥과 손가락 마디에 화상 자국이 남았다.

"왜 이러냐고."

손을 뒤로 빼려고 하자 임석영이 손목을 잡아 올리며 가까이 당긴다.

"누가 그랬어?"

임석영은 자꾸 사납게 묻고, 이상하게 입이 안 벌어졌다. 임석영의 입에서 숨이 샌다. 손목을 꼭 쥐어 잡은 채 숨을 고르더니 힘을 주어 말을 잇는다.

"말을 해야 알지. 누구야? 학교 다 뒤질까? 네가 말 안 해도 나가서 개지랄 떨면 10분 안에 찾아."

고개를 푹 숙였다. 이런 상황은 생각지도 않았다. 침묵으로 일관하는 내가 답답한지 임석영이 한숨을 뱉는다.

"강은호야? 걔가 그랬어? 대답 안 하면 그 새끼한테 가서 물어본다."

"……."

임석영이 걸음을 돌리는 탓에 급하게 녀석의 옷자락을 쥐어 잡았다.

"아니, 가서 뭐 어쩌게."

금방이라도 강은호를 찾아가 따져 물을 듯한 기세에 우선 붙잡고 본 건데.

"……맞네, 시발."

임석영의 목소리가 사나워진다. 석영아, 하고 부르는 것과 동시에 임석영이 화장실 문밖으로 달려 나갔다. 발소리가 빠르게 멀어진다.

사나운 눈을 하고서 내뿜던 기운이 험하고 무서웠다. 알 수 없는 불안감에 손이 떨렸다.

몇 초간 멍하니 임석영이 사라진 곳을 보다가 걸음을 빨리했다. 화장실 문을 박차고 나갔다. 복도를 빨리 걷다가 이내 달렸다. 왜인지는 모르겠으나 임석영을 붙잡아야 한다는 생각이 강하게 들었다.

두 다리를 빠르게 굴렸다. 복도에도 계단에도 그의 모습이 보이지 않았다. 혹시 몰라 아까 강은호가 있었던 2층 화장실로 향했다. 아무도 없다.

열었던 화장실 문을 닫고 나와 복도를 뛰었다. 텅 빈 교실이

기차처럼 스쳐 지나갔다. 내가 달리는 건데, 교실이 지나가는 것처럼 느껴졌다.

활짝 열려 있는 창문 너머로 소란스러운 소리가 들려왔다. 아이들의 목소리와 호각 소리가 한데 섞였다.

뒷문이 열려 있는 교실로 발을 들였다. 알아들을 수 없는 그 소리에 심장이 빨리 뛰었다. 창문에 다가설수록 웅얼거리는 소리가 점차 커진다.

"야, 좀 말려봐!"

"미친…… 저걸 어떻게 말리냐고."

창문 앞에 서서 운동장을 내려다봤다. 개수대 근처에 아이들이 몰려 있었다. 핫도그 슈트를 입은 아이들과 태권도 도복을 입은 아이들, 꿀벌 머리띠를 한 아이들과 빨간색 티셔츠를 입은 아이들이 어수선하게 얽혀 있다.

설마, 하는 생각에 심장이 요동쳤다.

교실을 뛰어나갔다. 계단을 빠르게 밟고 내려가 운동장으로 나갔다. 교실에서 들었던 소란스러운 소리가 더 선명해졌다.

운동장을 가로지르며 아이들이 몰려 있는 곳으로 뛰어온 남윤수가 보였다. 모여 있는 아이들을 파고들어 중심으로 들어갔다. 흙먼지가 부옇게 이는 그 중심에서 남윤수가 누군가를 두 팔로 감싸 끌어당겼다.

"당장 그만 안 둬!"

선생이 소리를 치며 뛰어왔다. 그의 등장에 몰려 있던 아이들이 몇 걸음씩 뒤로 물러났다. 아이들이 거리를 벌리며 흩어지자 그들 모습에 가려져 보이지 않던 두 사람이 드러난다. 만신창이로 얼굴이 터진 강은호가 바닥에 몸을 웅크리고 누워 울고 있었다.

"흐…… 시발……. 뭐, 뭘 봐, 새끼들아!"

강은호가 입고 있는 옷이 흙투성이가 됐다. 입술이 터지고 코에서부터 뺨으로 흘러간 피에 얼굴이 더러웠다. 피를 흘린 건지 뱉은 건지 바닥에 붉은 선혈이 점점이 떨어져 있었다.

누구의 피가 묻었는지 모를 임석영의 주먹이 바들바들 떨렸다. 떠는 주먹과 다르게 표정은 무서우리만치 차분했다. 그의 눈빛이 맹렬히 강은호를 갈겼다.

선생의 눈치를 보던 남윤수가 두 팔로 감싸고 있던 임석영의 몸을 조심스레 놓았다.

큰 보폭으로 걸음을 옮긴 선생이 임석영의 앞에서 걸음을 멈췄다. 그러곤 손바닥으로 임석영의 머리를 그대로 후려쳤다.

머리를 치는 힘에 한 걸음 옆으로 밀려난 임석영이 무표정한 얼굴로 강은호를 노려본다. 그 끈질긴 시선에 선생이 임석영의 머리를 한 대 더 후려쳤다.

"뭔데 석영이만 때리냐……."

앞에 선 애들이 선생에게 들리지 않을 정도로 목소리를 죽이고 구시렁거렸다.

심장이 터질 것처럼 뛰었다. 다리에 자꾸 힘이 풀려 서 있기가 힘들었다. 눈앞에 펼쳐진 광경을 도저히 마주할 수 없어서 고개를 숙였다.

"따라와라. 강은호 너도 따라와."

내려다본 바닥으로 지나가는 선생의 발이 보였다.

어떤 절망이 안에서 싹텄다. 왜 이런 일이 생겼지. 그 시발점에 내가 있는 것 같았다. 이 학교 안에서 나는 작은 점에 불과하고, 그 작은 점은 허구인데. 현실에 없는 나를 위해 임석영이 무너지는 느낌이 들었다.

무의미했어야 했는데, 의미를 가진 게 잘못된 건가.

푹 고개를 숙여 내린 시야로 선생을 따라가는 임석영의 발이 보였다.

스멀스멀 올라온 울음이 목구멍에서 막혔다. 입술을 말아 물고 고개를 들었다. 멀어지는 그의 등이 보였다.

끝난 싸움판에 아이들이 하나둘 제자리로 돌아갔다.

△ ○ ☆

아까 그렇게 선생에게 불려 간 이후로 임석영이 코빼기도 안 비쳤다.

"반장, 임석영 아직도 선생님한테 붙잡혀 있어?"

어딘가로 전화를 걸고 있던 반장이 핸드폰을 내리며 나를 본다.

"아니. 선생님 돌아오셨어. 같이 갔던 개도 왔는데 얘는 왜 안 오지? 전화도 안 받아. 우리 축구 나가야 되는데."

임석영에게 전화를 걸고 있던 모양이었다. 반장은 왜 체육

에이스 임석영이 안 오냐며 발을 동동 굴렸다. 축구, 계주 모두 임석영이 나가기로 되어 있는데 임석영 없이 시작할까 봐 걱정하는 눈치였다.

반장이 난처한 얼굴로 운동장을 크게 훑었다. 운동장에 있었으면 진즉 발견됐겠지.

"차연아, 석영이 좀 찾아볼래?"

반장이 눈을 휘어 내리며 어깨를 늘어트린다. 임석영 한 명 없을 뿐인데 엄청나게 곤란한 상황이 된 것처럼 굴었다.

"축구에 석영이 없으면 안 돼. 이다음이 우린데. 그래도 네가 석영이랑 제일 친하니까."

그 말이 꼭 너 때문에 사라졌으니 책임지고 찾아오라는 것처럼 들렸다.

"응. 내가 찾아볼게."

내 답에 반장이 고개를 크게 끄덕였다.

반장이 후다닥 체육 선생이 있는 쪽으로 달려갔다. 종이 한 장을 팔랑팔랑 흔들며 뭐라 말을 하고 있는 게 체육 대회에 목숨 건 사람처럼 열정적으로 보였다.

교실, 매점, 만득이를 먹으러 갔던 후문을 모두 돌았다. 조금 뛰었다고 땀이 삐질 났다. 금방 찾을 수 있겠거니 생각했는데 생각 외로 어려웠다. 아까 화장실에 들어왔을 때 가쁘게 숨을 내뱉던 임석영이 생각났다. 그 호흡을 이제야 이해하게 됐다. 임석영이 걷던 길을 그대로 따라 걷고 있는 기분이었다.

체육복 소매로 이마를 문질러 닦고 고개를 올렸다. 구름 한 점 없이 하늘이 맑고, 그 아래 우뚝 솟은 동관 건물이 보인다.

"옥상 너만 쓰냐? 올 수도 있지."

'공주는 외로워'를 듣고 있을 때 옥상에서 마주쳤던 임석영이 떠올랐다.
"혹시 저기 있나."
재빠르게 동관 건물로 들어가 계단을 올랐다. 그냥 걸어도 되는데, 쓸데없이 열정적이던 반장의 모습이 생각나 계단을 두 칸씩 뛰어올랐다.

사실 반장은 핑계고 내 마음이 급했다. 화장실에서 그렇게 나가버린 이후로 화가 잔뜩 나 보이던 임석영을 빨리 찾고 싶었다. 2층부터 숨이 차더니 4층에 다다라서는 가슴이 터질 것처럼 뛰었다.

문고리를 잡고 돌렸다. 녹슨 소리를 내며 문이 열리고 푸른 하늘과 함께 옥상의 판판한 바닥이 드러났다. 운동장이 내려다보이는 난간에 아무도 없어 걸음을 돌리는데 책걸상을 쌓아둔 곳에 누워 있는 사람이 보였다. 부서지는 햇빛이 눈이 부신지 한 팔로 눈을 가리고 있었다.

조용히 걸음을 옮겼다. 내 발 밑에서부터 길게 늘어진 그림자가 의자 위에 누워 있는 아이를 덮었다.

다리가 얼마나 긴 건지, 의자 세 개를 붙여 눕고도 다리가 남아 바닥으로 내려왔다. 제 얼굴 위로 드리운 그늘을 느꼈는지

chapter 5. 점과 선

임석영이 얼굴을 가리고 있는 팔을 내렸다.

"……."

이어폰을 귀에 꽂은 임석영과 눈이 마주쳤다.

"야, 임석영."

내 입이 움직이는 걸 봤을 텐데, 할 말 없다는 듯 다시 눈 위로 팔을 올린다. 한 걸음 더 가까이 다가가 허리를 숙였다. 임석영의 귀에 있는 이어폰 한쪽을 뺐다.

"축구 우리 반 차례래. 너 데려오라는데."

임석영이 내가 뺏어 든 이어폰을 낚아채 간다.

"안 해."

다시 귀에 이어폰을 꽂으려고 하기에 그 손을 덥석 잡았다.

"반장이 너 꼭 있어야 된대."

눈을 덮고 있던 팔이 내려온다. 임석영의 매끄러운 눈매가 드러난다. 그늘에 덮인 임석영의 두 눈이 내 얼굴에 박히고, 그늘과 함께 검게 잠긴 눈동자를 물끄러미 보았다.

"안 한다고."

"……."

등으로 내리꽂히는 햇살은 뜨거운데, 마주한 임석영의 얼굴은 차갑기만 하다. 그 서늘함에 입이 다물어졌다.

입 안에서 여러 가지 말들이 맴돌았다. 반장이 축구에 너 없으면 안 된다고 그랬어. 너 계주도 나가야 된다고 하던데. 반장 되게 열정적으로 움직이고 있어.

그런데, 넌 왜 지금 이렇게 화가 났는데.

어정쩡한 자세로 서 있다가 의자를 하나 끌어와 앉았다. 임석영이 말없이 시선을 돌린다. 가만 앉아 임석영의 얼굴을 보았다. 몰랐는데 입술이 터져 있다. 강은호가 그런 건가.

빨갛게 터진 입술로 가만 손가락을 올렸다. 따끔했는지 임석영이 인상을 쓰며 고개를 돌린다.

"아, 아팠어? 미안. 너 입술이 터져 있어서……."

긴 숨을 뱉으며 임석영이 상체를 일으켜 앉았다. 귀에 꽂은 이어폰을 빼고 머리를 쓸어 넘기더니 내게 시선을 준다.

"왜."

"어?"

"입술 터진 게 왜. 너랑 상관없잖아."

"……그거, 아까 싸우다가 그렇게 된 거 아니야?"

임석영이 말없이 나를 본다. 옥상이 적막해졌다. 어딘지 모르게 불편한 기운이 맴돈다. 우리는 지금 말다툼을 했던 것의 연장선에 서 있었다.

임석영의 시선이 내게 계속 머무르자 그날 홧김에 뱉은 말들이 떠올랐다. 왠지 지금이 아니면 마음 한구석을 계속 짓누르던 이야기를 꺼낼 수 없을 것 같아 입을 열었다.

"그날은…… 네가 내 이름을 부른 게 너무 화가 나서 그랬어."

손가락을 만지작거리며 고개를 숙였다.

임석영이 내 이름을 부른 것에 대해서 마음이 풀린 것은 아니었다. 아직도 잘못된 일이라고 생각했고, 실망한 것도 사실이

chapter 5. 점과 선

었다.

그런데 숨어 있는 나를 임석영이 찾았다. 거기다 나를 괴롭혔다는 이유로 강은호를 때렸다. 그게 응징의 개념인지는 모르겠으나, 아무튼 나 때문에 그랬다고 생각하니 날 섰던 마음이 누그러졌다.

어쩌면 임석영이 먼저 내게 와주기를 기다렸던 건지도 모른다. 고백하자면, 임석영이 없는 일상이 조금은 공허했다.

"네가 내 비밀을 약점 잡아서 이용한다고 생각했어. 아닌 걸 아는데, 그땐 그런 생각밖에 안 들어서, 말이 그렇게 나갔어. 너…… 안 싫어. 미안해."

죄를 지은 사람처럼 고개를 못 들었다. 나만 잘못했다고 생각하지는 않지만, 아쉬운 사람이 숙이고 들어가는 거 아닌가. 당장은 내가 아쉬우니까.

잠시 정적이 흘렀다.

"너 김찬영 좋아해?"

네?

너무 뜬금없는 말에 어안이 벙벙했다. 고개를 들고 보자 임석영이 무표정한 얼굴로 나를 건너다본다.

"좋아해?"

"……아니?"

대체 무슨 연유로 그런 질문이 튀어나왔는지 알 수 없어 멍했다.

임석영이 말없이 눈을 맞췄다. 사나운 기운이 조금 꺾인 듯

표정이 한결 누그러졌다. 물끄러미 나를 보던 임석영이 갑자기 내 새끼손가락을 쥐었다. 눈을 내리고 손가락 하나를 감은 임석영의 주먹을 보았다. 비스듬히 붙은 주먹에 손등의 크기가 확연히 비교됐다. 손등에서부터 팔목으로 이어지는 선이 매끄럽다.

왜 새끼손가락을 잡고 난리지. 시선을 올려 임석영을 보았다.

"나랑 약속해."

"어? 무슨 약속?"

"김찬영 안 좋아하기로."

황당한 말에 눈썹을 올렸다. 방금 아니라고 했는데, 이건 또 무슨 말인가.

"찬영이는 안 돼. 좋아하면, 진짜 안 돼."

"안 좋아한다니까?"

"그러니까, 계속 안 좋아해야 해. 자, 약속."

"이런 약속을 왜 해야 하는데?"

가만히 올려다보자 임석영이 말을 삼켰다. 뭐지. 새끼손가락을 쥔 임석영의 손바닥이 뜨겁다.

물끄러미 눈을 맞추던 임석영이 손가락을 잡고 있던 손을 펴 손등을 덮는다. 임석영의 손안으로 내 손이 숨었다.

왜 이래. 눈썹을 찌푸리자 임석영이 잡은 손에 힘을 주며 나를 보았다.

"내가 삼각관계를 별로 안 좋아해."

눈을 동그랗게 뜨고 보았다. 임석영의 두 눈동자가 얼핏 긴장감으로 흔들리는 것 같았다. 손등으로 뜨거운 체온이 넘어온다.

삼각관계? 그 삼각형을 어떻게 이루는데? 나랑 김찬영? 다른 꼭짓점에 있는 사람은 임석영인가 남윤수인가, 하는 생각에 이르렀을 때 임석영이 말한다.

"교실에서 네 이름 말했던 거, 미안해. 나도 너무 화가 나서 그랬어. 네가 너무 내가 아무것도 아닌 것처럼 말해서…… 잠깐 돌았었나 봐."

입술을 말아 물고 달싹이던 임석영이 눈썹 끝을 매만진다.

"장난감 같다고 생각한 적도 없어…….'

장난감? 눈을 찌푸리자 임석영이 네가 한 말, 하며 기억을 되짚어준다.

"내가 너 하라는 대로 다 하니까 가지고 노는 게 재밌어? 가방 들라면 들고, 오라면 오고, 내가 네 장난감 같지?"

아, 하고 목을 울리자 임석영이 말을 잇는다.

"그런데 진짜 그렇게 생각해? 내가 너를 가지고 논다고?"

그것 역시 홧김에 뱉은 말이었다. 왜 말을 그딴 식으로 뱉었지, 이제 와 후회가 됐다.

"가지고 놀 생각도 없지만, 가진 적도 없잖아. 내가 너 가졌어?"

"내가 물건이냐."

"그러니까. 너는 물건이 아니지."

눈썹을 올리자 임석영이 무릎을 펴고 일어난다.

"축구 시작했을까?"

"어, 글쎄. 다음이 우리 순서라고 그랬는데."

"가보자. 반장 기다리겠다."

뭘 생각 없다더니, 임석영이 걸음을 뗀다. 나를 지나쳐 가는 임석영의 옷자락을 급하게 잡았다. 뒤돌아 늘어난 옷자락을 확인한 임석영이 눈을 올려 나를 본다. 옥상을 내려가기 전, 정확하게 매듭짓고 싶었다.

"그래서, 우리는……."

이상하게 의기소침해졌다. 치고받고 싸우면 다신 안 보는 게 나였다. 애초에 싸울 일이 그런 사람이랑만 생겼다. 죽을 때까지 안 봐도 상관없는.

그런데 임석영은 그렇지 않으니까. 평생일 수는 없겠지만, 지금은 곁에 있어주면 좋겠으니까.

손에 잡힌 옷자락을 구기며 슬쩍 당겼다. 임석영의 걸음이 쉽게 옷자락에 딸려 온다.

"다시 전처럼 지내는 거야?"

아무 말 없이 나를 보던 임석영이 내 이마에 손을 붙이며 차광막을 만든다.

"나랑 그러고 싶어?"

뭔가 낯간지러웠지만 고개를 끄덕였다. 이것도 아쉬운 사람이 숙이고 들어가는 거다, 생각하며.

"나는 너랑 전보다 더 잘 지내고 싶은데."

그렇게 말하며 임석영이 조금 웃는다. 그 얼굴에 왠지 모를 안도가 찾아왔다.

햇살이 아무런 가림막도 없는 옥상으로 미친 듯이 부서져 내렸다.

△ ○ ☆

운동장에 나타난 임석영과 나를 보는 반장의 표정이 흡사 단두대에 서 있는 집행자와 같은 표정이었다. 우리 반 축구 예선이 시작된 것이다.

반장이 툴툴거리며 임석영에게 빨간색 조끼를 내밀었다.

"아, 난 파란색이 좋은데."

조끼에 팔을 꿰어 넣으며 툴툴거리는 임석영을 보며 반장이 눈을 가늘게 떴다.

"지금 묵사발 아니고 죽사발 됐어."

"개 발렸다는 소리네?"

늦게 온 주제에 헤실헤실 웃는 임석영을 보며 반장이 주먹을 꾹 쥐고 부들부들 떨었다. 진짜 미친 척 때려볼까, 그런 생각을 하고 있는 것 같았다. 지금 상태로 보아서는 네가 때려도 그냥 웃을 것 같긴 한데.

조끼를 입은 임석영이 반장과 함께 체육 선생이 있는 곳으로 갔다. 선수 교체를 할 모양이었다.

반 아이들이 모여 앉아 있는 계단으로 갔다. 한산한 곳에 자리를 잡고 앉아 바닥에 놓인 제기를 들었다. 아까 제기차기 예선에 나간 놈이 저도 모르게 이걸 신발에 달고 온 거였다.

제기를 손에 들고 만지작거리며 운동장을 보는데 몸을 푸는 임석영과 눈이 마주쳤다. 멀뚱히 임석영을 보다가 그가 입술을 늘여 웃는 통에 순간 가슴이 두근 뛰었다. 뭐지.

굳은 얼굴로 보다가 손에 든 제기를 어설프게 흔들었다. 안녕이라는 의미이기도 했고, 응원한다, 뭐 그런 뜻이기도 했다.

"어떻게 3 대 0일 수가 있냐."

아직 전반전인데 상대 팀이 우리 반 골대를 세 번이나 흔들었단다. 임석영 저거 하나 들어간다고 우리 반이 이길까.

"이길 수 있을까."

뒤에서 누군가 나와 똑같은 생각을 하는지 그렇게 말했다. 그러자 다른 누군가가 입을 열었다.

"석영이 성격에 지는 꼴 못 볼걸."

그 말에 애들이 깔깔 웃었다.

"지금 운동장에 있는 애들은 임석영이 저승사자처럼 보이겠지?"

"지옥 가는 거야, 이제."

호각 소리가 운동장을 크게 울렸고, 임석영이 운동장 중앙으로 뛰어 들어갔다. 활짝 웃으면서.

빨간 조끼를 입고 땀을 뻘뻘 흘리고 있는 아이들이 가쁜 숨을 내뱉으며 임석영을 보았다. 임석영이 박수를 짝짝 치며 이기

chapter 5. 점과 선

자! 하고 소리쳤다.

잠시 멈췄던 공이 다시 굴렀다. 바닥을 구르고 허공을 가르고 여기저기 발에 차이며 날아다녔다. 그리고 나는 이번에도 생각했다. 임석영, 저건 진짜 이중인격이 맞다고.

"시발! 이쪽으로 날려야지!"

웃으면서 들어가더니, 왜 화를 내고 있어.

골을 넣으면 웃고, 애들이 공을 엉뚱한 곳으로 차올리면 열을 내던 임석영은 혼자서 그 큰 운동장을 거의 날아다니는 것처럼 뛰어다녔다. 땡볕에 힘들지도 않은가.

호각 소리가 울렸다. 후반전이 끝났다. 반장이 폴짝폴짝 뛰며 좋아했다. 3 대 4. 우리 반이 한 골 더 넣어 이겼다. 임석영이 들어간 이후로 상대 팀은 한 골도 못 넣었고, 이게 미친 이야기 같지만 임석영이 네 골을 다 넣었다.

다른 반이 축구 예선을 하는 동안 담임이 사준 쭈쭈바를 입에 물고 계단에 앉아 있었다. 반장이 임석영 것도 내 손에 쥐여주고 간 탓에 두 손에 쭈쭈바를 하나씩 들고 있었다.

어디 가서 안 와, 하며 주위를 두리번거렸다. 그러다 운동장 너머에 있는 개수대에 옹기종기 모여 있는 아이들이 보였다. 방금 축구를 뛰었던 우리 반 아이들이다.

키가 큰 임석영이 단번에 눈에 들어왔다. 입고 있는 티셔츠를 훌러덩 벗더니 바닥에 엎드려뻗쳤다. 다른 아이가 그의 등으로 물을 쏟아 부었다.

"어, 세상에."

입 안에서 아이스크림이 차갑게 녹았다. 그늘에 있어도 뜨거운 햇볕이 그대로 느껴졌다. 불어오는 바람에 열기가 섞여 있다.

바닥에서 일어난 임석영이 수도꼭지 아래 머리를 들이밀고 물에 적셨다.

사방으로 물방울이 튀기는 모습이, 쏟아지는 햇빛이, 간간이 불어오는 바람이, 그 모든 풍경이 아주 잠시 느리게 눈에 담겼다. 아이들과 함께 뭐라고 떠들며 웃는 임석영의 얼굴이 햇살만큼이나 눈이 부시다.

세차게 고개를 저으며 정면을 보았다. 포물선을 그리며 날아가는 축구공이 시야에 들어왔다.

그게 꼭 작은 콩알처럼 보여 잠시 멍했다. 김누리가 쏘아 올린 작은 콩알이 아니고, 임석영이 쏘아 올린 무언가가 나를 향해, 긴 포물선을 그리며, 그렇게 다가오고 있는 것처럼 느껴졌다.

김누리 골키퍼, 이 공을 어떻게 막을 것인가.

쭈쭈바를 입에 문 내 얼굴이 어쩐지 심각한 표정을 하고 있을 것만 같아 설레설레 고개를 저었다.

잘근잘근 쭈쭈바 튜브를 씹고 있는데 젖은 머리를 하고 교복으로 갈아입은 임석영이 옆으로 다가와 앉았다.

"갈아입었네."

"응. 땀 냄새 나서."

chapter 5. 점과 선

손에 들고 있는 임석영의 쭈쭈바를 건넸다.

"너 먹지."

"두 개 먹으면 배탈 나."

그 말에 임석영이 피식 웃는다.

쭈쭈바 튜브에 후 바람을 불어 넣어 쭈글쭈글해진 것을 폈다. 고개를 뒤로 젖히고 남은 아이스크림을 입 안으로 탈탈 털어 넣었다. 느리게 튜브를 타고 내려온 아이스크림이 입 안으로 뚝뚝 떨어졌다.

입을 벌리고 아이스크림을 받아먹는데 시선이 느껴져 눈동자를 옆으로 돌렸다. 임석영이 물끄러미 나를 바라봤다. 내가 좀 너무 처절하게 아이스크림을 먹고 있나.

"야, 홍차."

고개를 내리고 입에 든 것을 삼켰다.

"응?"

"넌 왜 이렇게 귀여워?"

눈을 깜박이다가 주위를 살폈다. 주변에 아이들이 없어서 망정이지, 누가 들으면 어쩌려고 이런 말을 하는지.

사색이 되어 임석영을 보았다.

"야, 입조심해. 귀엽긴 뭐가 귀여워."

"귀여워. 졸라 귀여워, 너."

"……."

얼굴이 점점 창백해졌다.

"야, 조용히 하라고."

"진짜인데."

임석영이 왜 그걸 모르냐는 얼굴로 시선을 돌리더니 쭈쭈바를 무릎에 훅 찍어 비닐 포장을 터트렸다.

빵, 하고 터지는 소리가 났다. 내 마음속에서도 뭔가가 빵 터졌다. 뭐가 터진 줄은 모른다. 그냥, 뭔가가 터졌다.

다 먹은 쭈쭈바를 입에 물고 운동장을 바라봤다. 빨간색 조끼를 입은 아이들과 파란색 조끼를 입은 아이들이 분주하게 뛰어다니는 운동장 너머에 키가 큰 나무들이 일정한 간격을 유지하며 서 있었다. 울창한 그 풍경이 너무 푸르러서 비현실적으로 느껴질 정도였다.

평범한 어느 날, 찢겨 나가는 달력의 일부가 갑자기 아깝다는 생각이 든 것은 아마도 홍차가 된 지금이 특별해졌기 때문일까.

바람에 흔들리는 나뭇가지를, 그 나뭇가지에 매달려 흔들리는 나뭇잎을 멍하니 바라보았다.

지나가는 계절만큼이나, 이 시절이 찰나라는 것을 알기에.

chapter 6
임석영(1)

 개학날, 눈이 빨리 떠진 탓에 집에서 일찍 나왔다. 버스 좌석에 앉아 음악을 들었다. 비트 빠른 이디엠이 끝나고 나니 잔잔한 선율이 흘렀다. 음악을 듣는데 눈썹이 삐뚤어졌다.
 "뭐야. 뭔 노래야, 이게."
 내 핸드폰으로 듣고 있는 건데도 처음 듣는 곡이 튀어나왔다. 주머니에서 핸드폰을 꺼내 재생되고 있는 음악을 확인했다. 가수 김성호. 제목 당신은 천사와 커피를 마셔본 적이 있습니까.
 "김성호가 누구야."
 체인스모커스 앨범 사이에 모르는 앨범 커버가 끼어 있었다. 확인해보니 발매 연도가 1994년이었다. 세상에. 절로 입이 벌어졌다.
 보나 마나 핸드폰을 두고 자리를 비운 사이 아버지가 노래를 찾아 재생한 게 틀림없다. 이어폰에서 간지러운 가사가 흘러나왔다.
 "아…… 진짜……."

도저히 끝까지 들을 수 없어 음악을 넘기려는데 시야가 핸드폰에서 비껴 나가며 앞에 앉은 사람에게로 향했다.

누군가 핸드폰 전방 카메라를 켜서 자신의 얼굴을 비추어 보고 있었다. 사진을 찍는 건 뭐 자기 마음이긴 한데, 문제는 그 뒤에 내 얼굴이 걸렸다.

뭐야…….

혹여 사진에 내가 찍힐까 머리를 슬쩍 옆으로 빼자 핸드폰의 방향이 살짝 틀어지며 나를 따라왔다.

얼레. 일부러 저러는 건가.

무표정한 얼굴로 앞 사람의 머리가 요리조리 움직이는 걸 봤다. 표정 연습인지 뭔지 눈을 크게 떴다가 가늘게 떴다가 안면 근육을 제멋대로 움직이던 녀석의 눈이 나를 향한 것 같았다. 몇 초간 가만 멈춰 있던 녀석이 급하게 핸드폰을 내렸다.

— 이번 정류소는 수수고등학교입니다. 다음 정류소는 수수사거리입니다.

헛, 하며 자리에서 벌떡 일어난 녀석이 후다닥 사람들을 뚫고 뒷문 앞으로 나갔다.

검은 머리가 동그란 게 꼭 콩알처럼 보였다.

알고 보니 전학생이었고, 우리 반으로 올 아이였다.

△ ○ ☆

개학날이라 그런지 버스에 사람이 많았다. 이럴 때 다행이라면 다행인 게 키가 큰 거였다. 김찬영은 항상 다른 아이들 가방에 얼굴을 묻고 다녔으니까.

김찬영, 남윤수와는 방향이 달라 혼자 버스에 올랐다. 카드를 찍고 들어가 손잡이를 잡고 섰는데, 닫히려는 문을 두드리며 누군가 헐레벌떡 탔다. 그 숨소리가 얼마나 헉헉대던지, 자연스레 고개가 돌아갔다. 홍차연, 그 애였다.

버스를 꽉 채우고 있는 아이들 모습에 놀랐는지 입을 살짝 벌리더니 난감한 낯으로 바로 제 앞에 있는 기둥을 잡고 섰다. 하필 그게 내 앞이었다. 파고들어도 이쪽으로 파고들어 올 건 뭐람.

바로 아래에 있는 전학생의 머리통을 흘긋 내려다봤다.

참나, 정수리 한번 예쁘네.

바가지를 뒤집어쓴 것 같은 머리였다. 정수리에서부터 갈라진 머리가 차분하고 가지런했다.

버스가 조금 난폭하게 굴러갔다. 좌로 우로 사정없이 꺾어 돌아가는 차체에 서 있는 아이들의 중심이 엉망으로 무너졌다.

"아, 시발. 발 밟지 마라."

"새끼야, 그럼 네가 밀지를 말든가."

옆에서 1학년 명찰을 단 애들이 신경질적인 어조로 다툰다. 그 험한 소리를 뚫고 힘겨운 신음이 이따금씩 내 아래에서 들려왔다.

"아아악!"

버스가 커브를 돌자 두 손으로 기둥을 잡은 전학생의 몸이 사정없이 내게로 쏠렸다. 내 가슴에 제 뒤통수를 박아 넣은 거나 다름없었다.

바람막이에 제 머리를 한껏 비빈 전학생이 몸을 바로 세웠다. 정전기가 일어나 머리가 부스스하게 떴다.

그만 좀 밀었으면…….

그 말이 턱 끝까지 올라왔다.

얼마나 지났을까. 자리가 났다. 서서 가는 건 상관없는데 앞에 있는 애가 영 마음에 안 들어 손잡이를 놓고 뒤로 들어갔다.

가방을 벗어 다리 위에 놓고 자리에 앉았다. 한산해진 버스 내부에 멀뚱멀뚱 서 있는 전학생이 보였다. 두리번거리더니 후다닥 달려와 빈자리를 차지하고 앉았다.

나는 분명 보았다. 전학생이 빈자리를 보고 두 눈을 번뜩이는 것을.

고개를 돌리고 창밖을 내다보는데 작게 통화하는 소리가 들렸다.

"집에 가서 먹어야지. 할머니는? 반찬? 그때 할머니가 준 거 아직 남았는데."

전학생의 작은 음성이 어두운 풍경에 끼어들었다.

할머니랑 사나? 그런데 통화 내용을 들어보면 그건 아닌 거 같은데.

친구들 중에선 조부모가 무어냐, 부모와 친하게 지내는 애들도 별로 없었다. 다들 늦은 사춘기인지 뭔지 반항심에 잔뜩 취해 눈을 부라리고 큰소리를 치고 집을 나가기 일쑤였다.

나는 부모님이 바쁜 탓에 할머니 손에 컸다. 그게 아마 초등학교 때부터였을 것이다.

할머니가 해준 밥을 먹고 할머니와 함께 잠자리에 들었다. 집에 친구들이 놀러 왔을 때 인사시켜줄 수 있는 사람도 할머니뿐이었다. 나에겐 할머니가 전부였다.

그런 할머니가 세상을 떠난 건 내가 열여섯 살이 되던 해였다. 할머니는 눈을 감기 전날, 병상 옆에서 누워 자고 있는 나를 깨웠다. 늦은 새벽, 졸음에 안 떠지는 눈을 억지로 들어 올려 할머니를 보았다.

어둠 때문이었을까, 할머니의 얼굴이 건조해 보였다. 바싹 마른 나뭇잎처럼 느껴졌다. 잎맥처럼 주름의 선이 확연한 얼굴을 들여다보는데 할머니의 마른 손이 내 손등을 덮었다.

석영아, 세상에 아름다운 건 많고 네 품은 크단다. 할머니가 먼저 가서 방도 닦고 꽃도 심고 맛있는 밥상도 차려놓을 테니, 아름다운 걸 잔뜩 품고 천천히, 천천히 오렴.

마치 본인의 죽음을 알기라도 한 사람처럼 보였다. 그게 할머니가 내게 뱉은 마지막 말이었다.

"히잉."

갑자기 옆에서 울음이 터졌다. 방금 대체 무슨 소리를 들은 거지. 의아한 얼굴로 돌아보자 고개를 푹 숙이고 핸드폰을 두 손에 꼭 쥔 전학생이 보였다.

잔뜩 찌푸린 얼굴 아래로 후드득 눈물이 떨어졌다.

"헐."

몇 분 전까지 혼자서 기둥 하나 잡고 고군분투하더니, 지금 저 두 눈에서 떨어지는 거 닭똥 같은 눈물 맞나.

잇새로 흐느끼는 소리를 흘리며 얼굴을 바쁘게 문질러 닦는 모습을 쳐다보았다. 어깨를 막 들썩이더니 바들바들 떨리는 목소리로 말했다.

"……부산, 어묵, 흐으, 사 먹지."

진동의자에 앉은 것처럼 전학생의 어깨가 요동쳤다. 옷소매로 눈물을 훔쳐 닦고 코를 훌쩍이는데, 그 소리가 장난이 아니었다. 버스를 울리는 듯했다. 킁킁하면서 자꾸 코를 먹는데 그 소리가 묘하게 신경 쓰였다.

그만 먹고 코 풀었으면…….

다리 위에 둔 가방 안을 살폈다. 원체 손이든 옷이든 뭔가가 묻는 걸 싫어하는 탓에 휴대용 티슈와 물티슈가 온갖 가방에 쑤셔 넣어져 있었다. 이 가방도 예외는 아니었다. 휴대용 티슈를 꺼내 전학생이 앉아 있는 자리로 날렸다.

전학생이 앉아 있는 자리까지 날아가지 못하면 어쩌나 했는데 정확하게 착지했다. 고개를 돌린 전학생이 눈을 올려 나를 보았다. 벌게진 눈에 이슬이 맺힌 것처럼 눈물이 맺혀 있었다.

"……임석영?"

"야, 코 먹는 소리 진짜 듣기 싫거든?"

"어?"

"크르릉, 크르릉, 그 코 먹는 소리 듣기 싫다고."

"아, 미안……."

chapter 6. 임석영 (1)

"미안하면 그만 먹고 좀 풀어라. 그 정도 먹었으면 배불러서 저녁 안 먹어도 되겠네."

"……고마워."

작은 머리가 힘없이 돌아간다.

그 모습에 왠지 모르게 마음이 짠해졌다. 전학 와서 힘든가, 혹시 가족이 할머니밖에 없는 건가, 별의별 생각이 들었다.

친구 없으면, 내가 친구를 해줄까.

김찬영은 전학생이랑 잘 지낼 것 같고, 남윤수가 잘 지내려나, 뭐 그런 생각을 얼핏 했다.

△ ○ ☆

얼핏, 얼핏 했었지. 성격이 모나지만 않으면 넷이 다녀도 되겠다, 그런 생각을. 전학생이 축구를 하다가 얼굴로 공을 들이받고 기절하기 전까지는.

공 차는 폼이 영 별로였지만 잘 뛰고 날아다니기에 자식, 좀 괜찮네, 생각한 것이 반나절이 되기도 전에 수상해졌다. 전학생이.

쌍코피를 흘리며 기절한 전학생을 업고 보건실로 향했다. 그런데, 그런데 뭔가 이상했다. 뭐가, 뭐가 없어.

보건실 침대에 전학생을 눕히고 땀에 젖은 얼굴을 빤히 내려다봤다.

"아, 설마. 아니겠지……."

얼굴을 쓸어내리고 턱을 만지작거리다가 우선 보건실을 나섰다. 전학생의 피가 묻은 체육복이 영 찝찝해서 버틸 수가 없었기 때문이다.

교실로 가서 체육복을 벗고 교복으로 갈아입었다. 셔츠 단추를 잠그는데 끝종이 울렸다. 쉬는 시간이 된 거다.

엇, 시발. 보건실에 전학생 혼자 있는데. 셔츠 단추를 다 채우지도 못하고 교실을 달려 나갔다. 이게 이렇게 전력질주할 일인가 싶은 생각에 황당했지만 빠르게 보건실 문을 열어젖혔다.

커튼을 친 탓에 보건실 내부가 어둡다. 침대에 누워 있는 전학생만이 약 냄새로 범벅 된 공간을 지키고 있었다.

문을 닫고 조용히 걸음을 옮겼다. 옆 침대에 걸터앉아 누워 있는 전학생을 보았다. 교복 재킷에 박힌 명찰을 눈으로 훑어 읽었다. 음, 하고 묘한 소리가 새어 나간다.

침대에서 일어나 전학생이 신고 있는 신발을 벗겼다. 침대에 신발 신고 올라가는 건 아니니까. 열감이 느껴지는 발이 작다.

"키가 작아서 그런가. 발이 작네."

신발을 침대 옆에 내려놓으며 멈칫했다.

거기도, 그러니까 거기도 작아서…… 안 느껴진 건가.

나도 모르게 심각해졌다. 왜일까. 왜, 왜 기분이 이상한 걸까.

저승사자라도 된 것처럼 가만 서서 전학생의 얼굴을 응시하는데 코피가 흘러 굳은 인중과 피투성이가 된 손이 보였다.

"아, 진짜. 뭐 이렇게 손이 많이 가?"

한쪽에 있는 카트에서 대충 처치할 만한 것들을 꺼냈다. 솜,

chapter 6. 임석영(1)

소독약, 연고. 솜에 소독약을 부은 뒤 물줄기처럼 두 콧구멍 아래로 길게 난 핏자국을 조심스레 닦았다. 빨갛게 물든 솜을 버리고 다시 새 솜에 소독약을 부었다.

조심스레 인중과 뺨, 턱을 닦는데 마주한 얼굴이 가까웠다. 전학생이 작게 내뱉은 숨이 내 손으로 닿는다.

꼿꼿하게 채워진 눈썹 아래, 새까만 속눈썹이 예뻤다. 그리고 두툼한 눈 밑 아래 점이 있었다. 그게 꼭 별을 박아놓은 것처럼 보였다.

언젠가 눈 옆에 난 점은 눈물점이라 잘 운다는 소리를 들었던 것 같은데. 그래서 전학생도 그렇게 눈물이 많은가. 얼굴에 묻은 피를 마저 닦아냈다.

숙였던 상체를 세우고 솜을 바꿨다. 전학생의 손가락 끄트머리를 잡아 올렸다. 벗겨진 살갗을 쓸어내는데 전학생이 작게 신음하며 눈썹을 꿈틀댔다. 그 바람에 동작을 멈추고 눈만 올렸다.

"읏……."

그러더니 잠잠해졌다.

"아픈가?"

손가락 끝에 연고를 작게 짜낸 뒤 상처가 난 부위에 살살 발랐다. 꺼내 온 것들을 다시 카트에 넣고 침대로 돌아왔다. 시작 종이 울렸다. 쉬는 시간이 끝났으니 교실로 돌아가야 했다.

"야."

전학생의 몸을 작게 흔들었다.

"아아…… 조금만 더 잘게요……."

그러더니 혼잣말을 한다.

"어? 아니, 종 쳤는데. 있다가 올 거야, 그럼?"

대화가 되는 줄 알고 말을 걸어봤는데.

"만두 한 판 주세요……."

뚱딴지같은 대답이 넘어온다. 뭐야, 잠꼬대야?

"전학생."

"왜 군만두를 주시죠……. 갈비만두 시켰는데……."

허, 하고 웃음이 터졌다. 이렇게 세상모르고 자면서 혼잣말하는 애는 처음이다.

"야, 먼저 갈게."

안 듣고 있는 걸 알면서도 말했다. 걸음을 돌려 나가려는데 뒤에서 또 뭐라고 중얼거린다.

"혼자 먹는 거 싫은데……."

걸어 나가다가 흘긋 뒤를 돌았다. 대체 뭔 꿈을 꾸는지, 혼자 만두집이라도 간 건가.

보건실 문고리를 잡았다. 잡긴 잡았는데, 이상하게 안 돌아갔다. 문고리가 안 움직이는 게 아니라 내 손이 안 움직이는 거였다.

혼자 두고 가자니 이상하게 찝찝하다. 문고리를 잡은 채 고개를 돌렸다. 덩그러니 놓여 있는 전학생이 유달리 작아 보였다.

"아, 진짜 되게 신경 쓰이네."

문고리를 놓고 걸음을 돌렸다. 침대에 달려 있는 커튼을 쳤다. 그러자 커튼에 전학생의 모습이 잘려나갔다.

 빈 침대에 벌러덩 드러누웠다. 담임 수업인데 미친 짓이다, 생각하며 전학생이 누워 있는 쪽으로 고개를 돌렸다. 커튼을 보는 얼굴이 나도 모르게 조금 찌푸려졌다.

 전학생은 대체로 조용하게 학교를 다녔다. 딱히 그에게 친하게 지내자고 다가오는 사람도 없었고, 전학생도 다른 아이들과 굳이 친하게 지내려고 하지 않았다.

 식곤증이 있는지 5교시마다 상모를 돌리며 잤다. 채점된 쪽지 시험지를 곁눈질해 보면 장마도 그런 장마가 없었다. 공부와는 영 거리가 멀어 보였다.

 가끔 선생이 내준 숙제도 체크하지 않는 것 같았는데, 딱히 나서서 알려주지는 않았다. 보건실에서 자꾸 내 말을 '아니'로 잘라먹던 것에 대해 뒤끝이 남은 것은 절대 아니었다.

 그런데 학교가 끝나고 걸음이 닿은 정류장에서 울고 있는 전학생을 발견했다. 신발도 없이 정류장에 앉아 버스를 기다리는 모습을 보고 있자니 꼴에 같은 반이라고 마음이 쓰였다. 사시나무처럼 떨리는 그 어깨가 너무 작아 보인 탓이다.

 "그런데 너 뭐 누구한테 원수졌냐? 자전거 안장 도둑맞은 애들은 봤어도 신발 도둑맞은 애는 처음 봐서."

 "아, 그게······."

 "누군데?"

옆에 선 전학생을 훑어 내렸다. 흐트러진 매무새가 누군가 괴롭힌 것 같았다. 그런데 오는 길에 가방을 두 개 둘러메고 지나가는 강은호를 봤단 말이지.

전학생이 아무 말 없이 눈만 끔벅였다.

"도둑질한 새끼 누군지 몰라?"

"응. 알면 진작 신고해서 콩밥 먹였지."

강은호. 그 빤한 이름을 말하지 않고 둘러대는 모습이 작년의 김찬영을 보는 것 같았다.

"뭐, 그렇다 치자."

미친놈이, 겁대가리 없이 남의 가방이랑 신발을 훔쳐 갈 건 뭐야.

그래서 강은호의 교실을 찾아갔다. 문 가까이에 붙어 있던 몇몇 아이들이 돌아보고, 창가 쪽 자리에 앉아 만화책을 읽고 있던 강은호가 한 박자 느리게 고개를 들었다.

강은호의 앞자리에 몸을 돌리고 앉아 그의 타이를 잡아 머리를 가까이 당겼다. 교실 입장에서부터 의자 착석, 타이를 잡아당기는 것까지 한 치의 흐트러짐 없는 빠른 전개였다.

"켁! 가, 갑자기 뭐야?"

"우리 반 애 가방은 이미 팔아먹었냐?"

"뭐?"

손에 쥔 타이를 더 낮은 곳으로 잡아당기자, 몸을 뒤로 빼던 강은호가 저항하지 못하고 딸려 왔다. 그의 얼굴이 시뻘겋게 달아오른다.

"발도 큰 게, 뭐 한다고 신발까지 들고 가?"

"나 아니거든? 큭, 안 놔?"

강은호가 얼굴을 찌푸리며 멱살을 잡았다. 한 손에는 강은호의 타이를, 그리고 다른 한 손으로 내 멱살을 잡은 강은호의 손목을 잡았다. 힘을 꾹 주어 그 손목을 비틀자 강은호가 소리를 내지르며 몸을 구부린다.

"아니, 적어도 도둑질을 하려면 몰래 해야지, 대놓고 그렇게 뺏어 가는 건 너무 양심 없는 거 아냐?"

"네가 뭔 상관이야, 시발! 네 일도 아닌데 왜 지랄이냐고!"

그 말에는 작게 고개를 끄덕였다. 전학생이 친한 친구는 아니었으니까. 그런데 전학생은 같은 반 학생이었고, 나쁜 애는 아닌 것 같아서. 왠지 촉이 그랬다. 딱한 사정이 있을 것만 같은.

할머니와 그렇게 다정하게 통화할 수 있는 사람은, 좋은 사람. 마음 따뜻한 사람. 그게 내 생각이었다. 나도 할머니 손에 자랐으니, 어떤 동질감이 느껴졌던 것인지도 모른다.

"네가 네 것도 아닌 걸 막 뺏어 가기에, 나도 내 일 아니지만 상관 좀 한다. 왜?"

"존나, 걔가 뭐 네 짱친이라도 되냐?"

"되면 안 건드리게? 그럼 뭐 그렇게 지내고."

잡고 있던 타이를 놓자 강은호의 몸이 확 뒤로 넘어간다. 흐트러진 타이를 정리해주며 강은호의 가슴팍을 두드렸다.

"착하게 살자, 은호야."

"야, 시발, 진짜. 나 아니라니까?"

"뭐, 아니라면 미안하고."

의자에서 일어나 강은호의 어깨를 두드리고 교실을 벗어났다. 교실에서 강은호가 뭘 봐! 시발, 하며 신경질적으로 내지르는 소리가 울렸다.

"맞네. 강은호."

△ ○ ☆

혀 위에 둔 사탕을 굴리며 핸드폰의 사진첩을 열었다. 가장 최근의 기록으로 남아 있는 동영상을 열고 재생 버튼을 누르자 동관 옥상이 나온다.

나란히 이어 붙인 책상 위에 전학생이 누워서 발을 까닥이고 있다. 음흐흠, 하는 알 수 없는 소리를 내며 노래를 흥얼거리는데, 그 소리에 담배를 입에 물고 불을 붙이려던 남윤수가 웃음을 터트린다.

— 아, 씨. 웃겨서 불도 못 붙이겠네.

착, 소리를 내며 라이터를 굴린 김찬영이 불을 붙여준다. 흩어지는 연기에 아, 진짜, 하는 불만스러운 내 목소리가 울리고 카메라의 위치가 바뀐다. 화면의 위치가 더 낮아지고, 전학생의 노랫소리는 점점 더 커졌다.

— 걔지? 화장실에서 봤던.

— 응.

— 야, 찬영아, 이거 노래 제목 뭐지? 어디서 많이 들어봤는데.

— 모르겠는데.

— 하긴. 뭔 가사가 들려야 추측을 해보지.

전학생의 흥얼거림이 극에 달하고.

— 아, 이거 그거 아니야? '왕자는 외로워'인가.

김찬영의 말에 남윤수가 아, 맞네, 맞네, 하며 수긍했다. 그러나 뒤이어 흘러나온 가사는 '공주는 외로워'다. 화면에 나오지 않는 남윤수가 키득거리며 웃었다.

— 미친, '공주는 외로워'잖아.

— 이게 언제 적 노래야. 외롭다는 걸 아는 것만으로도 대단한 거다.

김찬영이 딱 잘라 답했다.

— 쟤 우리 있는 거 모르는 거 같지?

남윤수의 말이 끝나자마자 책상 위에 누워 있던 전학생이 퍼뜩 몸을 일으켜 앉았다. 그 놀란 얼굴이 정면에 담겼다.

툭, 손가락이 핸드폰 액정에 닿았다. 재생되던 동영상이 정지했다.

"진짜, 어떻게 이런 노래를 불러?"

황당하다고 생각하며 눈가를 문질렀다.

단정하게 내려온 머리, 동그란 눈매, 하얀 피부, 동그랗게 뜬 눈. 놀란 표정이 꽤나 인상적이었는데.

진짜, 뭐 이런 애가 있지. 그런 생각을 하는 와중에 핸드폰 액정이 까매진다. 빛이 사라진 액정에 내 얼굴이 비쳤다. 일순 얼굴이 굳는다.

뭔데 웃고 있어?

자존심이 상하게도 웃고 있었다. 저 어이없는 전학생의 열창에.

"왜 웃냐고."

방에 혼자 있는데도 뭔가 멋쩍어져 발에 걸리는 이불을 쳐냈다.

침대에 모로 누워 연락처에서 전학생의 이름을 찾았다. 프로필 사진은 없고 이름은 '^^'로 설정되어 있었다.

"안 어울리게 웃음 이모티콘?"

대화창을 열고 옥상에서 찍은 동영상을 전송했다. 단체 대화방에 안 읽은 메시지들의 숫자가 세 자리 이상으로 떠 있었다.

"아, 진짜 이거 어떻게 못 나가냐."

특히 남윤수, 김찬영과 함께 있는 방이 그랬다. 남윤수 혼자 말이 너무 많았다. 나가면 다시 초대되고 나가면 다시 초대됐다. 밀린 메시지를 대충 넘겨 읽다가 반응이 없어 다시 '^^' 님의 대화창을 열어봤다.

"읽씹?"

동영상을 확인했는데 답장이 없다. 짤막하게 메시지를 작성해서 보냈다.

[옥상가왕]

대화창을 들여다보고 있는지 내가 보낸 메시지를 전학생이 바로 읽었다. 조금 있다가 답장이 들어왔다.

[지워라]

말투가 답지 않게 강압적으로 느껴져 툭 웃음이 터졌다.

[지게 지고 오면]

전송을 누르고 몸을 뒤집어 베개 위에 턱을 올렸다. 손을 까닥이며 기다리자 곧바로 핸드폰이 진동한다.

[지게나 사주고 말해]

픽, 웃음이 났다.

[접수]

그렇게 보내자 더 이상 핸드폰이 울리지 않았다.

△ ○ ☆

남윤수를 만나러 가는 길, 놀이터로 가는 길목에서 급하게 비닐봉투를 얼굴에 뒤집어쓰는 사람을 봤다. 앞이 안 보이는지 가만히 서 있었는데, 아무리 봐도 전학생인 것 같았다.

그냥 지나쳐 가려는데 바닥에 떨어져 있는 아이스크림이 보였다. 지나가며 곁눈질했다. 봉투를 뒤집어쓴 인간이 부팅이 안 된 로봇처럼 움직임이 없다.

허리를 숙여 아이스크림을 주웠다. 후드 원피스 아래로 드러난 두 다리가 매끄러웠다.

혹시나, 하는 마음에 말을 걸어봤다. 끈질기게 말을 붙였더니 목소리가 넘어왔다. 저 스스로는 변조한답시고 목소리를 얇게 올렸는데, 말투가 전학생과 비슷했다.

"버리는 사람, 치우는 사람 따로 있는 거 아니잖아요. 먹든 버리든 그건 가져오신 분이 알아서 하세요. 불법 투기 하지 마시고."

봉투를 쓴 머리가 위아래로 크게 움직인다. 머리를 끄덕거리는 그 모양새가, 전학생이다.

아이스크림을 건네주고 걸음을 옮겼다. 저만치에 서서 나를 기다리던 남윤수가 얼굴을 찌푸리며 나를 봤다.

"그냥 반상회에도 나가지 그러냐? 자기 사는 아파트라고 아끼는 거 봐."

남윤수가 혀를 찼다. 무의식적으로 걸어 나가다가 멈춰 섰다. 그러자 몇 발자국 앞서간 남윤수가 뒤늦게 멈칫 서서 나를 돌아본다.

"뭐야? 왜 그래?"

두 손으로 입을 막고 눈을 동그랗게 떴다. 최근에 이렇게 눈을 크게 떠본 적이 있던가, 생각이 들 정도였다.

남윤수도 나와 비슷한 생각을 했는지 저도 눈을 크게 뜨며 왜! 왜 그러는데! 하고 소리쳤다.

"세상에."

"왜! 뭐가!"

"와 씨."

"뭐, 뭔데! 씨, 무섭게 왜 그러냐?"

내 초점이 어딘가 엇나갔는지, 남윤수가 주위를 두리번거리더니 내 어깨를 툭 친다.

"야, 무섭게 그러지 마!"

어깨가 크게 흔들렸는데도 정신이 돌아올 줄을 몰랐다. 그러니까, 방금 그거, 원피스 입고 비닐봉투 뒤집어쓴 사람, 전학생이잖아?

입을 막고 뒤를 살폈다. 봉투를 뒤집어쓰고 있던 전학생은 보이지 않았다.

옷 때문이 아니었다. 옷에 성별이 어디 있어. 그런데 그런 거 있지 않은가. 촉 같은 거. 뭔가 날 선 느낌이 전학생을 본 순간 나를 훅 치고 지나갔다.

아니, 그런데, 그럴 수가 있어? 우리 학교는 남고인데?

"아아! 새끼야! 그만하라고!"

남윤수가 옆에서 징징거리는 소리를 내며 내 어깨를 잡고 흔들었다.

다음 날, 학교를 가는데 기분이 묘했다. 아, 뭐지. 뭐 두고 왔나.

뭔가 찝찝한 기분이 들어 아침부터 기분이 상쾌하지 않았는데, 교실에서 전학생을 보자마자 이유를 알았다.

너, 그러니까 네가 찝찝한 거야. 네 정체를 알 수가 없어서.

나도 모르게 자꾸 시선이 갔다. 수업을 듣다가 흘긋 눈이 돌아가고, 복도 한쪽에서 애들이랑 놀고 있다가도 저편에서 걸어

오는 전학생이 보이면 시선이 끈질기게 붙었다.

급식을 먹다가 문득 고개를 돌리면 구석에 박혀서 식판에 얼굴을 파묻고 밥 먹는 데 열중한 전학생이 보였다. 웃긴 건, 그중에 몇 번 눈이 마주치기라도 하면 전학생이 화들짝 놀라며 눈을 동그랗게 뜨고 도망갔다.

"홍차연, 다음 문단 읽어보자."

상모를 돌리며 자던 전학생이 몸을 움찔 떨며 일어났다. 선생이 교과서를 가리켰다.

"어어, 네."

내내 졸았는데 읽어야 할 문단을 모르는 게 당연하다. 어, 어디지, 하며 눈알 굴리는 게 보였다.

손을 내밀어 읽어야 할 곳을 짚어주자 전학생이 고, 고맙다, 하며 책상을 슬그머니 옆으로 이동했다. 내 손이 뻗어도 닿을 수 없게 멀찍이 떨어지는 모습이 황당했다.

청소 시간, 쓰레기를 들고 나가는 전학생과 교실 뒷문에서 마주쳤다. 내가 왼쪽으로 이동하면 전학생도 왼쪽으로 왔고, 길이 막혀 오른쪽으로 이동하면 전학생도 오른쪽으로 이동했다. 일부러는 아니고, 서로 타이밍이 그렇게 떨어졌다.

"야, 그냥 네가 먼저."

지나가, 라고 말하려는데 앞문으로 가버린다.

"허?"

어이가 없어서 쓰레기봉투를 들고 복도를 뛰어가는 전학생의 뒷모습을 뚫어지게 쳐다봤다.

혼자서 복도를 후다닥 뛰어가더니 어느 지점에 서서 힐끔 뒤를 돌아본다. 내가 계속 저를 보고 있자 티가 나게 놀라며 달려갔다.

"대놓고 피하네. 저러면 누가 봐도 원피스가 본인이잖아."

절레절레, 고개가 돌아갔다. 그런데 웃음이 났다. 그 모습이 뭐랄까, 재미있었다.

"아, 쟤 진짜 뭘까."

그럴수록 전학생이 궁금해진다.

△ ○ ☆

길 저편으로 전학생과 햄토리가 함께 멀어졌다. 전학생 특유의 걸음걸이가 있었다. 가볍고도 재빠른 모양.

교문에 서서 남윤수와 김찬영을 기다리는데, 검은색 정장을 입은 웬 남자가 전학생의 뒤를 쫓았다. 가로수 뒤에 자꾸 몸을 숨겼다가 따라가고 숨겼다가 따라가는 모양새가 영락없이 미행이었다.

핸드폰을 들고 남윤수에게 보낼 메시지를 적다가 전학생이 사라진 길을 쭉 쫓았다.

"뭐 저렇게 대놓고 따라가?"

주머니에 핸드폰을 찔러 넣고 빠르게 따라붙었다.

횡단보도 앞에 전학생이 서 있고, 그 뒤에 있는 가로수에 남자가 숨겨지지도 않는 몸을 숨기고 서서 전학생의 사진을 찍고 있었다.

신호등이 바뀌고, 전학생이 걸음을 떼는 동시에 남자의 뒷덜미를 잡아 그의 손에 있는 핸드폰을 뺏어 들었다.

"어! 내 핸드폰!"

"쟤가 혹시 스냅 사진 부탁했나요?"

"예, 예?"

남자가 눈을 휘둥그레 뜨고 나를 보았다.

검은색 구두에 검은색 정장, 검은색 타이까지, 이것만으로도 충분히 수상한데 머리에 검은색 선글라스까지 올리고 있다. 얼굴에 쓰고 있다가 앞이 캄캄하니 안 보여 머리에 올린 듯했다.

"아, 그런 거 있잖아요. 자연스럽게 걸어가고 있으면 사진 찍어주고 그런 거."

"뭐, 뭐예요, 당신? 그거 이리 돌려줘요!"

남자가 손을 뻗자 핸드폰 든 손을 더 높이 들었다. 고개를 올려 남자가 찍은 사진을 슥슥 옆으로 넘겨 확인했다.

"그게 아니면, 몰래 찍는 건가?"

"주, 주라니까요?"

"아이고, 많이도 찍으셨네."

표정을 서늘하게 굳히며 잡고 있는 목덜미를 놓았다.

"뭐야, 너?"

"……."

"뭐 하는 새끼인데, 사람 미행하면서 몰래 사진을 찍고 그러냐고."

옷깃을 정리하던 남자가 급하게 머리에 쓴 선글라스를 내려 눈을 가렸다. 그러고는 사뭇 진지한 얼굴로 목소리를 깔았다.

"도련님 경호원입니다."

"도, 뭐?"

도련님도, 경호원도, 둘 다 어감이 너무 동떨어져서 서늘하게 굳은 얼굴에 당황한 기색이 번졌다.

남자가 어깨를 탁탁 털고 얼굴을 들었다.

"홍차연 도련님 경호원이란 말입니다."

△ ○ ☆

조용한 카페, 경호원이라는 남자와 마주 보고 앉았다. 빨대를 입에 물고 음료를 쪽쪽 들이켜 마신 뒤 탁, 잔을 내려놓자 남자가 저도 모르게 움찔 어깨를 떨었다.

경호원 맞아? 남자를 훑어 내리는 눈에 의심이 덕지덕지 묻었다.

남자, 그러니까 머리에서부터 발끝까지 검은색으로 치장한 그는 먹이사슬 구조에서 맨 밑바닥에 있었는데, 심지어 홍차연 집의 정식 경호업체 소속도 아니라고 했다.

오늘 딱 하루 고용된 일일 알바라나?

남자는 모 대학교의 경호학과 재학생으로 현장에 투입되었다고 했다. 지시받은 일이라고는 학교 교문을 나오는 사진 몇 장과 집으로 들어가는 사진 몇 장을 찍어 오는 거라고.

"도련님 하교 사진만 찍어 오면 된다고 그래서."

"아아."

"원래 이런 건 말하면 안 되는데……."

남자가 툭 고개를 떨어트렸다. 내가 경찰에 스토커로 신고를 하겠다고 112까지 누르는 바람에 어쩔 수 없이 입을 열게 된 것이었다.

"다 말했는데 사진은 왜 지우냐고요."

남자가 휴지를 북북 찢으며 입을 내밀었다. 사진이 없으면 오늘 활동에 대한 증빙이 없고, 증빙이 없으면 일당을 못 받게 될지도 모른다며 책임을 운운했다.

"그건 죄송해요. 걔한테 경호원이 있을 줄 누가 알았겠어요."

두 손을 바람막이 주머니에 넣고 손가락을 까닥까닥 움직였다. 남자가 땅이 꺼져라 한숨을 쉰다.

"내일 다시 와야겠네……."

테이블을 응시하며 상황을 정리해봤다. 도련님이라고 하는 걸 보면 잘사는 집의 자제일 텐데, 같은 아파트에 산다는 게 이상했다.

턱을 쓸다가 눈을 올려 앞에 앉은 남자를 보았다.

"내일은 저 봐도 모른 척해주세요."

남자가 그렇게 말하며 찢은 휴지를 쓸어 모은다.

"아! 당연하죠. 모른 척해야죠."

웃는 얼굴로 자세를 고쳐 앉으며 남자 쪽으로 상체를 내밀었다.

chapter 6. 임석영(1)

"그런데 이런 거 의뢰받을 때 사진도 받고 그럴 거 아니에요."

"뭐, 그렇죠."

"와, 멋있다."

그 말에 남자가 멋쩍게 웃었다.

"사진 보고도 요즘은 사람 알아보기 힘든데. 어떻게 그렇게 바로 찾았어요?"

"똑같던데요?"

"아, 그래요?"

"네."

주머니에서 손 하나를 빼 테이블 위를 가볍게 두드렸다.

"홍차연 사진, 볼 수 있을까요? 무슨 사진이었기에 그렇게 바로 찾았는지 궁금한데."

눈이 마주치고, 물끄러미 남자를 바라보다가 입술을 늘여 싱긋 웃었다.

♤ ♡ ♧

경호원이라는 남자가 보여준 홍차연의 사진. 남자가 사진을 내놓으라고 하는데도 뚫어져라 봤다. 전학생은 전학생인데, 묘하게 달랐다.

뭐지, 뭔가 다른데.

미간을 좁히고 사진을 보다가 눈 옆에 난 점을 발견했다. 보건실에서 전학생의 얼굴을 훑어보다가 눈길이 갔던 점이었다.

진짜 도련님인가 보네. 새끼.

사진을 돌려주면서도 혹시 몰라 점의 위치를 기억해뒀다.

그리고 다시 학교, 전학생의 얼굴을 뚫어져라 보자 순간 소름이 돋았다. 점의 위치가 미묘하게 달랐다. 사진 속의 애는 눈꼬리 바로 아래에 점이 있었는데, 전학생은 눈 밑에 도드라진 도톰한 살 아래에 점이 있었다.

"야…… 너 혹시."

나도 모르게 손가락을 올려 전학생의 얼굴을 막 문질렀다. 혹시 지워지는 점인가. 이 새끼 막 점을 그리고 다니는 건가 싶어서.

"뭐, 뭐냐?"

전학생이 내 손을 쳐내고 인상을 쓴다.

"아니, 여기 점 있으면 잘 운다고 그래서."

"나 원래 잘 울어."

그렇게 말하곤 무심한 얼굴로 지나가 버린다. 전에 그랬던 것처럼, 두 손으로 입을 틀어막았다.

미친, 우리 학교에 여자애가 전학을 온 건가. 믿을 수 없는 사실에 심장이 뛰었다.

처음엔 전학생이 들고 오는 가방의 변화에 시선을 뺏겼다. 백팩에서 에코백으로, 에코백에서 빵집 쇼핑백으로 변화하는 그 과정이 꽤나 황당하기도 하고 웃기기도 했다. 그런데 시선을 뺏긴 게 가방만이 아니었다. 가방을 가방 걸이에 걸고 앉은 전학생의 모습에도 시선을 뺏겼다.

전학생은 수업 시간에 눈을 뜨고 잤다. 잘 거면 그냥 엎드려서 자지 고개는 꼭 빳빳하게 들고 잤다.

오랜 시간 눈을 뜨고 있지는 않았다. 한 몇 분 지나면 자연스레 눈꺼풀이 내려와 눈동자를 가렸다. 고개를 빳빳하게 들고 있는 것엔 변함이 없었다.

눈 감고 선생 얼굴이라도 보겠다는 건지 뭔지. 그러다 한 번씩 잠에 취한 머리가 아래로 추락했다. 그때마다 전학생은 눈을 부릅뜨며 안 잔 척을 했다. 수업 진도가 어디까지 나간 줄도 모르면서 무작정 연필을 잡고 뭔가를 끄적였다. 그게 너무 웃겼다.

밥을 먹을 때도 그랬다. 키도 작고 몸도 작은 게 먹성 하나는 끝내줬다. 매번 한가한 시간대를 골라 급식을 먹으러 오는 전학생은 늘 구석진 자리에 앉아 혼자서 밥을 먹었다.

혼자서 밥이라니, 의기소침해질 만도 한데 야무지게 잘도 먹었다. 남기는 꼴을 본 적이 없다.

그러니까, 어느 순간 깨달았다. 시선을 완전 뺏겨버렸다. 남자인 척하는 전학생에게.

콩알만 한 게 귀엽다고 생각했는데, 그냥 귀여운 게 아니고 존나 귀여웠다.

그걸 알게 된 순간 망했다고 생각했다. 열심히 제 정체를 감추기에 모르는 척해주고 싶었는데, 이젠 왠지 그게 안 될 것 같았기 때문이다.

불현듯 긴장이 됐다. 죽도 밥도 안 되면 어쩌지. 그건 싫은데. 고민이 깊어졌다.

고민이 깊어가는 와중에 다행인지 뭔지 손이 삐끗했다. 알알한 게 하루 지나면 괜찮아질 걸 알면서도 보건 선생님에게 팔 하나 떨어져 나간 것처럼 인상을 썼다. 그 덕에 손에 붕대를 감았다. 무기를 얻은 셈이었다.

교실로 돌아가는데 이상하게 휘파람이 불어졌다. 미쳤나, 생각하며 입을 다물었다.

스멀스멀 올라가는 입꼬리를 애써 내리며 무표정한 얼굴로 교실로 들어섰다. 나를 보는 전학생의 두 눈이 동그랗게 커진다.

뭘, 눈이 저렇게 커.

"……야, 너, 너, 손 왜 그래?"

전학생이 믿을 수 없다는 얼굴로 묻는다. 귀찮은 얼굴로 보건실로 꺼져 버리라는 듯이 말할 때는 언제고. 무표정한 얼굴로 붕대 감은 손을 들었다. 자, 보아라. 이것이 너를 구하고 얻은 결과이니라, 하고 말하듯.

"왜겠어."

"어?"

"너 때문이지."

전학생의 입이 벌어진다. 그 모습에 웃음을 참느라 콧구멍이 벌름거리는 것 같았지만 빠르게 표정을 갈무리했다.

놀릴 생각은 없었는데, 묘하게 재미있었다. 놀라는 얼굴이 도토리를 도둑맞은 다람쥐 같다.

이제 어쩔 수 없다. 덫을 놓고 어떻게든 너와 엮일 거다.

△ ○ ☆

숙제를 하고 전학생을 집에 바래다주는 길, 전학생의 이름을 알게 되었다. 전학생, 홍차, 콩알에게 온전한 자기 이름이 붙게 된 거다.

홍차가 김누리가 되었을 뿐인데, 그녀의 이름을 알게 된 순간 무언가가 마음속 깊이 내려왔다. 밧줄을 휘휘 풀며 낮은 곳으로, 더 낮은 곳으로 침투했다.

그 밧줄에 대체 뭐가 묶여 있었던 걸까. 마음이 이상해졌다.

'콩알만 한 게 귀엽네' 그게 수면 위에 떠 있는 부표라면, '김누리' 그 이름은 심해 깊은 곳에서 헤엄치는 생명체 같았다.

남 대신 위험하게 학교를 다니고 있는 김누리가 마음에 걸렸다. 고요한 새벽, 혼자서 우웅, 우웅 하고 우는 냉장고 소리처럼 신경이 쓰였다. 신경이 쓰이는 순간 냉장고 생각을 지울 수가 없다. 가서 문이라도 열어봐야 직성이 풀리는데. 해맑기만 한 김누리의 속을 도통 알 수가 없다.

누리가 들어간 간판만 보면 걸음이 멈췄다. 온누리 교회, 봄누리 병원, 누리 피아노, 들어간 이름도 많았다. 걸음을 멈추고 서서 웃는 나를 보며 남윤수는 미쳤나 봐, 하며 혀를 찼다. 이해했다. 내가 생각해도 내가 미친 것 같았으니까.

자려고 누운 천장에 김누리가 있고, 잠이 안 와 베개를 품에 안으면 김누리를 안으면 가슴께 정도 오려나, 그런 미친 생각을 하게 됐다.

"아…… 이러다 병나겠다……."

새까만 어둠이 내린 방 안에서, 벽을 보며 혼자 중얼거렸다.

점심을 먹는데 후식으로 나온 요플레를 싹싹 긁어 먹으며 김누리가 말했다.

"후식으로 통 아이스크림 같은 거 나오면 좋겠다."

"야, 너 그 한 통 설마 앉은 자리에서 다 먹는 건 아니지?"

김누리가 눈을 동그랗게 뜨고 묻는다.

"헐, 그렇게 먹으면 안 되는 거야?"

툭 웃음이 터졌다. 진짜 종잡을 수 없는 아이다.

그 종잡을 수 없는 아이를 위해 청소 시간, 몰래 담을 넘었다.

걸리면 죽는 건데 제발 학주 눈에 발견되지 않기를 바라며 후문 뒤에 있는 편의점으로 갔다. 김누리가 제일 좋아한다는 쿠키앤크림 아이스크림이 없어서 바닐라 아이스크림에 오레오 세 개를 샀다.

담을 넘는데 학주랑 딱 마주쳤다.

"이 새끼, 이거, 슬리퍼 신고 담을 넘고. 운동장 돌고 싶어서 몸이 근질근질하지?"

"어, 어, 선생님."

"이름이 뭐야, 너. 몇 학년이냐."

다급하게 명찰을 가렸다. 그러곤 잽싸게 튀었다. 뒤에서 안 서, 새끼야! 하는 소리가 들렸지만 여기서 섰다간 오리걸음으로 안 끝난다. 청소 시간이 끝나고도 한참을 굴러야 한다. 그러면 아이스크림이 녹는다. 김누리가 후식을 못 먹는다.

바로 동관으로 들어갔다간 2학년인 걸 들킬 게 뻔해서, 본관으로 들어갔다가 창문을 넘어서 뒷길로 기어가다시피 이동해 동관으로 들어왔다. 내가 생각해도 미친 짓이 아닐 수 없었다.

교실에서 김누리가 오기를 기다렸다. 그런데 쓰레기를 버리러 갔다 왔다는 애의 머리가 쫄딱 젖어 있었다.

"왔어? 그런데 너 머리가 왜 그래?"

"어? 아, 별거 아니야."

머리칼을 털며 자리에 앉은 김누리가 기분 좋은 얼굴로 아이스크림을 본다.

그래, 이 얼굴이 보고 싶어서 사 왔던 건데.

"야, 너 나갔다 왔어?"

김누리가 나를 보며 눈을 깜박인다. 내가 뭐라고, 머리 젖은 거 가지고 따져 묻기도 뭣해서 눈썹 끝을 매만졌다. 어쩐지 표정 관리가 안 되는 것 같아서.

그런데 눈썹을 문지르는 손가락 사이로 김누리가 입고 있는 체육복이 눈에 들어왔다. 정확히는 체육복 어깨에 그려진 그림이었다.

이상하게 기분이 틀어진다.

"왜 찬영이 체육복을 입고 있어?"

"응? 아닌데. 내 체육복인데."

"그거 찬영이 건데."

김누리의 오른쪽 어깨를 가리켰다.

"여기 별, 이거 내가 그린 거거든. 김찬영 체육복에."

"어, 진짜네."

"찬영이한테 체육복 빌렸어?"

"아니, 빌린 건 아닌데."

김누리가 잠시 침묵한다. 눈동자 굴리는 게 보였다.

티가 안 나면 좋겠는데, 쟤는 얼굴에 다 티가 난단 말이지. 거짓말을 하려고 하는 게.

"아, 맞아. 체육복 없어서 김찬영한테 빌렸어."

"나도 있는데 왜 거기까지 갔어?"

"뭐, 그때 네가 교실에 없었나 보지?"

뒤로 인기척이 느껴졌다. 김누리의 시선이 향하기에 고개를 돌렸다. 김찬영의 머리가 물기를 머금고 축 처져 있다. 순간 기분이 엉망이 됐다.

"너 나랑 체육복 바뀌었다. 아까 네 거 체육복이랑 같이 들고 있어서 섞였나 봐. 이게 네 건데."

"……."

기분이 이상했다. 뭔가 불쾌했다. 배신감, 그런 게 느껴졌는데 정확히 누구에게 느끼는 건지도 몰랐다. 나도 모르게 둘 사이에 눈치 없이 낀 기분이 들었다. 거짓말을 하면서까지 너희

둘이 내게 숨기는 건 뭘까.

짧은 순간 별생각이 다 든다.

"어어…… 내가 다시 벗어서 줄게."

기분은 엉망이 됐는데, 둘을 보낼 수가 없어서 김누리의 손목을 잡았다.

"……안 되지 않아?"

"어?"

"어디 가서 어떻게 바꿔 입게?"

"그야, 화장실 가서."

"간다고? 둘이? 옷을 바꿔 입으러?"

언제부터 김누리가 김찬영을 이렇게 편하게 생각하고 있었던 거지. 그런 생각에 속이 꽉 막혔다.

김누리가 제 손목을 잡고 있는 내 손을 떨어트렸다. 그러더니 얼굴을 찌푸린다.

"야, 어차피 칸 안에 들어가서 옷만 넘겨받는 건데."

"조심해서 나쁠 건 없잖아."

"네가 그렇게 하지 않아도 나 알아서 몸 사리고 있거든? 방금 찬영이가 뭐라고 생각했겠냐. 완전 이상하다고 생각했을걸? 괜히 내 심장이 다 쫄린다고."

나를 탓하는 듯한 목소리에 시선을 올렸다. 지금 이 순간 김누리에게 나는 안중에 없고 김찬영만 있는 것 같아 심기가 뒤틀린다.

"신경 쓰여?"

"뭐?"

"찬영이가 어떻게 생각하는지, 그게 그렇게 신경이 쓰이냐고."

"이상하잖아. 네가 나한테 이러는 게."

가슴이 크게 뛰었다. 선을 긋고 관계를 규율 짓는 말이 매몰차게 박혔다. 아까는 투덜거리는 듯하더니, 이제는 화가 난 얼굴로 나를 본다.

"그럼 나는?"

불만스러운 표정으로 서로를 응시하던 중 물었다.

고백하자면, 김누리에게 내가 어느 정도 특별하지 않을까 생각했다. 어쩌면 믿었다. 유일하게 제 비밀을 알고 있는 사람이니까.

그런 특별함이 좋았다. 계속 그렇게 남고 싶었는데, 순간 그런 기대가 무너진 것이다.

"내가 이 상황을 어떻게 생각할지는 신경 안 쓰여?"

"지금 이게 상황이랄 게 있어?"

날 선 목소리가 날아든다. 찬물을 뒤집어쓴 듯 모든 게 서늘해졌다. 무언가 툭 끊어져 나가는 기분이었다.

"거짓말을 밥 먹듯 하네. 김누리."

누리의 이름을 부른 건, 어쩌면 반은 충동적이었다. 내 존재를 각인시키고 싶었던 건지도 모른다.

너에게, 내가 유일하다고.

김누리가 교실을 나서는 순간 실수했다는 걸 알았다. 엉망으로 무너지는 관계에 허탈해졌다.

그 순간 깨달았다. 이런 식으로 유일해질 수 없다는 것을.

△ ○ ☆

비가 내렸다. 우중충한 하늘이 기분 나쁘게 어둡고 음울해 보였다. 그런 날씨와 교실의 분위기가 비슷했다. 전등을 켰어도 어딘지 어둑하게 느껴졌다.

턱을 괴고 책을 보다가 흘긋 옆을 보았다. 교실 한쪽에서 아이들과 떠들고 있는 김누리가 보였다. 이상하게 속이 시끄러웠다. 화가 나는 건지, 사과를 하고 싶은 건지 알 수 없는 복잡한 기분.

"아…… 이런 기분 딱 질색인데……."

작게 내뱉은 목소리에 고저가 없다. 뒤이어 한숨이 샜다. 답답한 숨이었다.

담임이 종례를 하는 시간, 의자에 등을 기대고 느슨하게 앉은 채 상체를 살짝 뒤로 뺐다. 그러자 옆에 앉은 김누리보다 몸의 위치가 뒤로 간다.

의자를 까닥까닥, 뒤로 밀어내며 김누리를 보았다. 정면을 바라보는 머리통이 작고 동글동글했다. 젖은 머리가 늦게 마른 탓에 차분하지 않고 조금 붕 떠 있었다. 그 모습이 쓸데없이 귀여워서 시선을 다른 곳으로 옮겼다.

대체 저 동그란 머리에 나는 어떤 놈으로 들어가 있는 걸까…….

종례가 끝났다.

김누리가 내게 거짓말을 했다는 사실을 상기하면 섭섭해서 기분이 나쁘다가도, 이렇게 서로 냉랭하게 지내고 싶지는 않았다. 남윤수나 김찬영과 사소한 일로 다퉈도 하루를 넘기지 않았으니까.

그에 그냥 먼저 사과를 하자는 생각으로 자리에서 일어난 김누리를 보았다. 그런데 창가에 널어두었던 제 교복을 모조리 걷어 오더니 나를 보지도 않은 채 가방에 넣는다.

"……."

그 모습을 계속 응시했다. 이렇게 보면 눈이 마주치긴 하겠지. 그런데 돌아보지도 않은 채 가방을 챙겨서 나가버렸다.

"허……."

조금 황당해서 한 박자 늦게 김누리가 나간 교실 뒷문을 돌아보았다.

지금 나랑 계속 이런 사이로 지내겠다는 건가.

"어이, 임쓱영. 오늘 피시방 고? 재철이도 간다던데."

남윤수가 방정맞게 떠들며 교실로 들어왔다.

"어, 그런데 차연이는?"

교실을 쭉 훑은 남윤수가 묻는다.

"먼저 갔어."

"왜? 바쁘대? 아, 다 같이 피시방 가려고 했는데."

남윤수가 아쉽다는 투로 말하고, 그 옆에 조용히 서 있던 김찬영이 먼저 간다고 한다.

"왜? 같이 안 가?"

"비 오잖아. 집에 갈래, 그냥. 나는 재철이가 누구인지도 모르고. 내일 보자."

김찬영이 인사를 하고는 교실을 벗어났다.

"아…… 뭐야……. 최종 보스가 빠지네. 쓱영, 너는 갈 거지? 나랑 놀 거지?"

남윤수가 아직 가방걸이에 걸려 있는 내 가방을 대신 챙겨 들며 떠들었다.

자리에 그대로 앉아 머리를 쓸어 넘기다가 창가로 향했다. 김누리의 교복이 걸려 있던 위치에 물기가 남아 있었다.

손가락으로 그 물기를 슥 닦아내다가 시선을 창밖으로 던졌다. 시끄럽게 떠들며 운동장을 가로지르는 반 아이들이 보였고, 그 뒤로 우산을 같이 쓰고 가는 김찬영과 김누리가 보였다.

"……."

말없이 두 사람을 보다가 핸드폰을 꺼내 김누리에게 전화를 걸었다. 연결음이 이어지고, 핸드폰을 꺼내 보는 김누리가 보였다. 내내 이어지던 연결음이 부재중으로 넘어간다.

허탈한 웃음이 샜다. 전화가 온 줄 알고도 안 받는 건 뭐지.

"임석영, 안 가?"

교실 뒷문에 선 남윤수가 말했다.

"가."

창문에서 시선을 거두며 돌아서 걸었다.

△○☆

아무것도 아닌 주제에 혼자 기분이 나빠져서 욕도 못 하고 애먼 풍경만 노려보다가 김찬영을 찾아갔다. 교실 창가 쪽에 남윤수와 함께 있는 김찬영이 보였다.

"김찬영."

"어어! 임쏙여엉!"

김찬영을 불렀는데 남윤수가 대꾸했다. 원래 같으면 웃으며 받아줄 만도 한데 그럴 기분이 아니었다.

웃음기 없는 얼굴이 이상했는지 남윤수가 고개를 기울였고, 촉이 좋은 김찬영이 눈치를 챘는지 말없이 교실에서 나왔다.

"뭔데! 나도 같이 가!"

따라오려는 남윤수에게 아, 너는 가라고, 가라고, 하다가 좋은 말로 해서는 안 들을 것 같아 따라오면 죽는다, 라고 했더니 헐, 상처, 하며 돌아갔다.

동관 뒤쪽에 있는 화단에 나란히 앉았다.

홍차연이 홍차연이 아니고 김누리다, 하는 건 나만 아는 건데 대체 무슨 이야기를 어떻게 하려고 김찬영을 불렀을까, 뒤늦게 후회가 됐다. 쉽게 이야기를 못 꺼내고 이마를 문지르는데 김찬영이 먼저 입을 열었다.

"왜. 체육복 때문에?"

"어?"

너무 정확히 짚어낸 요점에 나도 모르게 눈이 동그래졌다.

귀신같은 놈. 뭐지. 내 얼굴에 써져 있기라도 한가. 존나 빡쳤음, 이라고?

"그래서 온 거 아니야?"

맞는데. 완전 맞는데. 뭐라고 해야 되나. 맞다고 해도 웃기고, 아니라고 해도 웃기고.

말없이 눈을 깜박거리자 김찬영이 무표정한 얼굴로 고개를 돌렸다. 이 새끼는 표정이 없어서 속을 알 수 없다.

"그, 너는 모르겠지만, 내가, 홍차 걔를 좀 각별하게 생각하거든?"

"……"

"같은 반 친구로 좀 특별하단 말이야."

안 굴러가는 머리를 애써 굴리며 말을 만들었다. 김찬영이 말없이 듣기만 했다.

"그러니까."

"그래서 하고 싶은 말이 뭔데?"

김찬영이 고개를 돌려 나를 봤다. 그 알 수 없는 시선에 굴러가던 머리가 딱 멈췄다.

"단둘이 있지 말라고."

"……"

"걔랑 단둘이 있지 마. 둘이 뭘 하지도 말고. 서로의 체육복을 바꿔 입는 일은 더욱 안 했으면 좋겠다."

미친. 어쩌려고 이런 말을.

애써 난감한 표정을 숨기며 눈을 마주 보자 듣기만 하던 김찬영이 입을 열었다.

"왜?"

"뭐?"

"걔가 여자라서?"

머리를 한 대 얻어맞은 것처럼 띵했다. 얼굴이 완전 굳었다가, 이러면 수긍하는 것 같아 어이없다는 듯 웃었다.

"미쳤냐? 뭔 소리를 하는 줄은 알고 해?"

"너도 알고 있는 거 아니야? 그래서 나한테 이러는 거잖아. 걔 비밀 들킬까 봐."

이번에는 머리를 세 대 얻어맞은 것처럼 얼얼하다. 뭐야. 김찬영이 어떻게 알아? 김누리가 말했나? 그럴 리가.

"……."

난감한 시간이 흘러갔다. 김찬영이 시선을 먼저 돌렸고, 김찬영의 옆모습을 얼마간 보다가 나도 시선을 돌렸다.

"나 걔 봤어."

"……언제?"

"누나 가게에 머리 자르러 왔었어. 개학 전날."

가슴이 철렁 내려앉았다. 김찬영에게 누나가 두 명이 있는데 첫째 누나가 집 근처에서 미용실을 했다. 김누리가 배달 알바를 하는 중국집이 있는 동네이기도 했다.

김누리 비밀을 아는 사람이 여기 한 사람 더 있었다니. 심지어 나보다 먼저 알았다니. 동공 지진이란 게 이런 것인가. 눈동자가 사정없이 흔들렸다.

"여자애가 긴 머리를 싹둑 자르다 못해 이발기로 싹싹 밀어서 기억했어. 그날 걔 엄청 울었거든. 누나 가게가 걔 때문에 거의 초상집 분위기였어."

나는 모르는 날의 김누리에 대한 이야기에 귀가 쫑긋 섰다. 긴 머리의 김누리라니. 그걸 김찬영이 봤다니. 그 모습이 너무 궁금해서 더 묻고 더 듣고 싶은 것과 별개로 입이 굳게 다물렸다. 기분이 이상했다.

"걔 비밀 말하고 다닐 생각 없어. 그러니까 날 좀 그만 세워."

김찬영이 주머니에서 핸드폰을 꺼냈다. 징, 하고 진동하는 핸드폰 액정에 불이 들어와 있었다. 남윤수에게서 전화가 온 모양이었다.

"응. 윤수야. 아, 알았어. 지금 갈게."

통화를 끝낸 김찬영이 주머니에 핸드폰을 집어넣으며 자리에서 일어났다.

"체육 대회 예선 준비한다고 오라는데."

걸음을 떼려던 김찬영이 요지부동으로 앉아 있는 나를 보았다.

"너는 안 가?"

"먼저 가."

어떤 표정을 짓고 있는지도 모르겠다. 김찬영이 나를 보다가 느지막하게 고개를 끄덕였다.

"응."

걸음을 뗀 김찬영이 천천히 멀어졌다. 원래 학교에서 이렇게 새 소리가 잘 들렸던가. 햇살이 부서지고 내 위로 그늘이 뒤덮인 공간 안에서 새가 맑은 소리로 울었다. 우는 건지, 웃는 건지.

"……."

멍하니 동관 건물의 벽을 바라봤다. 누가 내 안에 퍼즐을 털어 부은 느낌이었다. 알 수 없는 조각들이 속을 꽉 채웠다. 퍼즐의 그림이 뭔지, 도통 감이 안 잡히는 게 불안했다.

불안한 예감이 들었다. 그 예감에 왠지 모르게 속이 타들어 갔다.

△ ○ ☆

체육 대회 날이 되었다.

김누리와 어색한 와중에 차라리 잘됐다 싶었다. 교실에 처박혀 있으면 곁눈질로 무표정한 김누리 얼굴만 보게 되니까.

누가 봐도 흥미 없는 얼굴로 김누리가 응원 봉을 두드리고 있었다. 두 뺨에 빨간색 스티커를 붙이고 사과 머리를 하고 있어서 그런지 성이 난 어린애 같아 보인다.

"뭐야, 존나 귀엽네……."

운동장에 서서 혼자 그런 말을 뱉었다.

그러다 반 아이들 사이에서 김누리가 없다는 사실을 알게 된 건 씨름 경기를 위해 운동장에 나가 있을 때였다. 경기를 끝내고 반 아이들이 모여 있는 곳으로 왔다. 반장이 건넨 생수를 병째 물고 들이켠 뒤 주변을 둘러봤다.

"홍차는?"

"몰라?"

스티커를 얼굴 이상한 곳에 붙이며 놀고 있던 김윤환이 어깨를 으쓱인다.

잠깐 어디 간 건가.

고개를 끄덕이고는 다음 경기를 기다리기 위해 계단에 앉았다. 티셔츠를 끌어다가 이마를 닦고 김누리를 기다렸다. 그런데 어째 시간이 계속 가는데도 돌아올 생각을 안 했다.

계주에서 체육 선생이 미션을 줬다. 반에서 제일 키 작은 친구 업고 달리기였다.

아, 선생님 말도 없이 이러는 게 어디 있어요? 툴툴대는 것도 잠시, 다른 아이들이 제 반으로 잽싸게 달려갔다. 아, 젠장.

반 아이들이 몰려 있는 계단으로 뛰어갔다. 반에서 키 작은 애는 김윤환 아니면 김누리다.

"홍차연은?"

어떻게 된 애들이 김누리가 어디에 있는지 아무도 몰랐다. 미션을 들은 반장이 김윤환의 등을 떠밀었다. 옆 반에서는 이미 한 명을 등에 업었다. 반장이 발을 동동 굴렸다.

"윤환이 업고 뛰어!"

"홍차 어디 있냐고."

"아, 아까 화장실 간다고 갔어. 얼른 뛰어!"

우선 김윤환을 등에 업고 달렸다. 김윤환이 등 뒤에서 미친 듯이 소리쳤다.

"아악! 무서워! 좀 천천히 달려!"

야, 천천히 달릴 거면 뭐 한다고 계주를 나왔겠니. 공원 산책이나 하지.

김윤환이 징그럽게 두 팔로 목을 꽉 감았다. 오른쪽 귀로 김윤환의 더운 숨이 닿았다. 아, 우승이고 뭐고 던져버릴까, 생각하며 달렸다.

조금 늦게 출발한 탓에 2등으로 들어왔다. 반장은 그 등수도 마음에 드는 듯 박수를 쳤다.

두리번거리며 찾아도 김누리가 안 나타났다. 아까 핸드폰 사물함에 넣은 거 봤는데, 혹시 교실에 있는 거면 받을까 해서 걸어봤으나 계속 음성사서함으로 넘어갔다.

"반장."

"어?"

옆구리에 생수병을 끼우고 여기저기 나눠 주던 반장이 눈을 맞춘다.

"홍차연 화장실 간다고 나간 거 언제야?"

"농구 끝나고 봤으니까……."

반장이 생수를 반대쪽 옆구리로 옮기며 손목에 찬 시계를 확인한다. 그러더니 눈을 동그랗게 떴다.

"두 시간도 더 됐네? 어디 갔지? 내가 한번 찾아볼게."

뭔가 이상하다고 생각하는 찰나, 옆으로 강은호의 친구들이 걸어가는 게 보였다.

"야."

그중 한 명이 고개를 돌려 나를 보고,

"강은호는 어디 있냐."

"덥다고 교실 갔는데."

"언제."

"아까. 좀 됐는데."

그 애가 고개를 돌리기도 전 동관을 향해 달렸다.

다들 체육 대회 때문에 운동장에 나가 있어서 그런지 텅 비어 있는 복도며 교실이 고요했다. 바깥과 다르게 조금 서늘한 복도를 가르며 교실로 향했다. 저번처럼 화장지가 없지 않는 한 이렇게 오랜 시간 화장실에 있지는 않을 테니까.

드르륵, 문을 열고 들어간 교실에 아무도 없다. 비어 있는 김누리의 책걸상을 보다가 걸음을 돌렸다. 옥상에 올라갔으나 아무도 없었다. 이렇게 학교가 텅 빌 수가 있나.

계단을 빠르게 밟고 내려와 김누리가 자주 이용하는 화장실부터 살폈다. 화장실이란 화장실은 다 뒤지는데 어째 김누리가 안 보였다. 그럴수록 마음이 점점 초조해졌다.

"아, 진짜, 어디 있냐고."

벌컥, 문을 열고 들어가 화장실 칸막이를 하나하나 다 열었다. 그러다 굳게 닫혀 있는 칸 하나를 찾았다.

창문으로 들어찬 햇빛이 길게 사선을 그으며 들어왔다. 덜컹

거릴 만큼 문을 흔드는데도 칸 안에서 아무런 소리도 안 넘어왔다. 안에 누가 있는지 알 것 같았다. 쥐 죽은 듯한 묵음에 이상하게 가슴이 벅찼다.

문을 두드렸다. 숨을 고르고 말을 뱉었다.

"혹시 여기 있냐."

"……임석영?"

"하…….."

벅찼던 숨이 흩어지듯 새어 나온다.

"뭐 해. 거기서."

"일 봐……."

"나와. 빨리."

"아, 아직 멀었어."

"아닌 거 알아."

"아니야, 맞아……."

"장난해? 너 두 시간 가까이 자리 비웠어. 여기 이렇게 짱 박혀 있으면서 전화도 안 받고 어디 간다고 애들한테 말도 안 하고. 진짜…… 왜 그러냐."

"……미안."

"됐고, 빨리 나와. 반장도 너 찾으러 갔어."

"먼저 가. 나도 곧 갈게."

"문 부순다."

"……."

"진짜 부숴."

chapter 6. 임석영(1)

상대가 침묵했다. 그러자 화장실 안으로 정적이 감돈다. 조용히 문이 열리기를 기다렸다. 안에서 무언가 부스럭거리는 소리가 나더니 이내 잠금이 풀렸다.

벌컥 문을 잡아 열었다. 잔뜩 긴장한 얼굴로 눈을 올리는 김누리가 보인다.

눈이 마주쳤다. 대롱대롱, 속눈썹에 눈물이 매달려 있었다. 큰 눈에 물기가 어려 있었는데, 얼마나 울었는지 눈가가 벌겠다.

얼굴이 일순 굳는다.

"울었어?"

"아, 아니. 안 울었는데."

"그런데 눈이 왜……."

그러다 시선이 눈을 가리는 김누리의 손으로 향했다. 손바닥에 검붉은 흉터가 있었다.

"뭐야? 손 왜 이래?"

김누리의 손을 낚아채듯 잡아 바닥을 올렸다. 손바닥과 손가락 마디에 화상 자국이 있었다.

"왜 이러냐고."

"……."

"누가 그랬어?"

김누리가 눈을 내리깐 채 입을 꾹 다문다. 갑자기 안에서부터 참을 수 없이 화가 치밀어 오른다.

"말을 해야 알지. 누구야? 학교 다 뒤질까? 네가 말 안 해도 나가서 개지랄 떨면 10분 안에 찾아."

"……."

"강은호야? 걔가 그랬어? 대답 안 하면 그 새끼한테 가서 물어본다."

"……."

가방이랑 신발 다 뺏긴 채로 집에 돌아가면서도 누가 그랬는지 말을 안 하던 김누리다. 분명 강은호 그 새끼겠지. 누구인지 말하는 걸 기대하느니 가서 묻는 게 낫다.

걸음을 돌리자 김누리가 옷을 붙잡는다.

"아니, 가서 뭐 어쩌게."

돌아보자 눈이 마주친다. 상황이 이렇게 되는 게 꽤나 당혹스럽다는 얼굴을 하고 있었다. 그런데 내 눈에는 울어서 부어오른 눈밖에 안 보였다.

"……맞네, 시발."

그대로 화장실 문밖으로 달려 나갔다.

찾는 데 시간이 걸리면 어쩌나 했는데 운동장 한쪽에 떡하니 서 있는 강은호가 보였다. 눈이 마주칠 새도 없이 강은호에게 달려들었다. 주먹을 그대로 얼굴에 꽂았다. 내 몸이 내 것이 아닌 느낌이었다. 주체할 수 없이 화가 났다.

강은호의 얼굴로 주먹을 날릴 때마다 엉뚱하던 김누리가, 맑게 웃던 김누리가 떠올랐다. 안에서부터 무언가가 크게 파도처럼 밀려와 나를 집어삼키는 기분이 들었다.

"네가 그렇게 함부로 대해도 되는 애가 아니라고."

강은호의 멱살을 들어 올리며 혼잣말처럼 뱉었다.

이상하게 눈물이 날 것 같아 주먹에 더 힘을 주었다.

△ ○ ☆

교내 봉사 활동 한 달로 강은호 얼굴에 주먹을 날린 일이 마무리됐다.

강은호가 저는 잘못한 게 없는데요, 하면 그땐 안 터진 왼쪽 뺨을 갈겨줄 생각이었는데 다신 안 싸울게요, 하며 일이 빨리 마무리되는 쪽으로 대답을 했다.

옥상에 누워 하늘을 봤다. 푸르른 게 청명하기만 하다. 딱 이 자리에 누워서 김누리가 노래를 불렀었다. 옥상가왕 김누리가 보았을 그날의 하늘이 겹쳐지는 것만 같다.

너는 그날 무슨 기분으로 옥상에 왔을까.

그러다 처절하게 노래를 부르던 그 목소리가 생각나 픽 웃음이 터졌다. 터진 입술에 피딱지가 졌는지 따끔하다.

"아…… 아프네."

뒤늦게 웃음을 거두며 입술을 더듬었다.

한쪽 팔을 눈 위에 올린 채 가만히 있었다. 아무도 없고 운동장 소리가 아득하게 밀려드는 게 꽤 마음에 들었다. 눈을 가리니 새까만 어둠만 가득했다. 그런데 그 어둠 속을 김누리가 뚜벅뚜벅 걸어갔다.

아, 어떻게 된 게 다 네 생각뿐이냐.

미간을 찌푸리는데 인기척이 났다. 팔을 내리고 보자 빛이 내리쬐는 옥상에 누군가 있다.

"……."

김누리다. 김찬영에게 체육복을 빌려 입고, 또 김찬영과 함께 우산을 쓰고 집에 갔던 김누리. 괴롭힘 당하고도 혼자 끙끙 앓아서 사람 돌아버리게 만드는 김누리.

"야, 임석영."

무시하고 팔을 올리자 귀에 있는 이어폰을 쑥 빼 간다. 다시 눈이 마주쳤다. 김누리가 뚱한 얼굴로 조곤조곤 말을 뱉는다.

"축구 우리 반 차례래. 너 데려오라는데."

무표정한 얼굴로 김누리를 보았다. 누리 또한 무표정한 얼굴로 나를 봤다.

너한테 내가 아무것도 아닌 것 같아 괜히 심통이 났는데. 네가 이렇게 나를 찾아오니 바보같이 기분이 좋다.

"너 김찬영 좋아해?"

김누리가 당황한 얼굴로 나를 봤다.

"좋아해?"

"……아니?"

말없이 눈을 맞췄다. 혹시나 좋아한다는 답이 나올까 봐 나도 모르게 긴장을 했다. 아니라고 하니 절로 긴장이 풀렸다.

물끄러미 얼굴을 바라보다가 김누리의 새끼손가락을 쥐었다. 김누리가 의아한 얼굴로 나를 본다.

"나랑 약속해."

"어? 무슨 약속?"

"김찬영 안 좋아하기로."

두근두근, 가슴이 미친 듯 뛰었다. 그 심장 박동이 가슴에서 팔로, 팔에서 손으로 고스란히 전달되는 느낌이었다. 내 손이 닿은 김누리의 손에도 이 떨림이 전해질까.

김누리의 눈이 깜박거린다. 조금 뜬금없다는 생각이 들긴 했지만, 자꾸만 내 전화를 받지 않고 김찬영과 같이 우산을 쓰고 가던 뒷모습이 생각났다.

모르는 일이잖아. 없던 감정이 그날 생겼을지 누가 알아.

"찬영이는 안 돼. 좋아하면, 진짜 안 돼."

"안 좋아한다니까?"

"그러니까, 계속 안 좋아해야 해. 자, 약속."

"이런 약속을 왜 해야 하는데?"

순간 고민이 됐다. 김누리 눈치를 밥 말아 먹었나. 내가 자기 좋아하는 걸 아직도 모르나.

고백을 했는데 김누리가 받지 않는다. 그 앞날이 빤히 그려졌다. 분명 전처럼 또 자신을 티가 나게 피해 다닐 것이다. 그건 조금 곤란한데.

입술을 말아 물다가 김누리의 손을 겹쳐 잡았다. 잡은 손에 힘을 주자 김누리가 인상을 쓴다.

"내가 삼각관계를 별로 안 좋아해."

김누리의 눈이 동그래졌다. 그 동그란 눈에서 내 말뜻을 이해했는지 안 했는지 따위는 안 읽혔다. 그냥 이상하다고 생각하는 것 같았다.

줄곧 모든 행동이 너를 좋아해서였는데, 역시나 말하지 않으면 모르는 건가.

김누리 머리 굴러가는 소리가 여기까지 들리는 것 같았다. 눈을 깜박거리며 멍한 게, 삼각관계의 삼각형이 어떻게 이루어지는지조차 이해하지 못한 얼굴이다.

이것도 돌려서 한 고백인데. 김누리 이거 완전 바보네.

"교실에서 네 이름 말했던 거, 미안해. 나도 너무 화가 나서 그랬어. 네가 너무 내가 아무것도 아닌 것처럼 말해서…… 잠깐 돌았었나 봐."

눈썹 끝을 매만지며 뒷말을 이었다.

"장난감 같다고 생각한 적도 없어……. 그런데 진짜 그렇게 생각해? 내가 너를 가지고 논다고?"

"……."

"가지고 놀 생각도 없지만, 가진 적도 없잖아. 내가 너 가졌어?"

"내가 물건이냐."

"그러니까. 너는 물건이 아니지."

말을 하다 보니 돌려서 한 고백이 점점 직설적으로 변해가고 있었다. 말을 대충 얼버무리기 위해 무릎을 펴고 일어났다.

"축구 시작했을까?"

"어, 글쎄. 다음이 우리 순서라고 그랬는데."

"가보자. 반장 기다리겠다."

chapter 6. 임석영(1)

옥상을 나가려는데 김누리가 내 옷자락을 잡았다. 무슨 말을 하려고 하는지, 한참 뜸을 들이던 김누리의 입이 몇 박자나 늦게 열린다.

"그래서, 우리는……."

답지 않게 의기소침한 목소리가 흘러나온다. 조용히 뒷말을 기다렸다. 입술을 달싹이기만 하던 김누리가 내 옷자락을 슬쩍 제 쪽으로 잡아당겼다. 그에 걸음이 김누리 가까이 옮겨 갔다.

"다시 전처럼 지내는 거야?"

가만히 김누리를 내려다보았다. 사과 머리를 한다고 올려 묶은 앞머리에 이마가 훤히 드러났다. 그 반들반들한 이마에 허리를 숙여 입을 맞추고 싶은 충동이 든다.

다시 전처럼 지내야겠지. 친한 친구로.

위에서 햇빛이 부서졌다. 나를 올려다보는 김누리의 눈썹이 조금 찌푸려지는 게 보였다. 꼿꼿하게 난 눈썹이 찌푸려지는 모양새가 왜 귀여운지.

아무 말 없이 내려 보다가 김누리의 이마에 손을 올려 차광막을 만들었다.

"나랑 그러고 싶어?"

조금 망설이던 김누리가 고개를 끄덕인다.

"나는 너랑 전보다 더 잘 지내고 싶은데."

그렇게 말하며 엷게 웃었다. 아무래도 나는 너를 친구로만 대할 수 없을 것 같다고 생각하면서.

햇살이 부서졌다. 그 반짝이는 빛이 김누리의 머리 위에 걸렸다. 까만 머리가 빛에 뜨겁게 타들어가는 것처럼 보였다.
    너를 보는 내 몸은 점점 뜨거워지고, 그게 옥상으로 미친 듯 쏟아지는 햇살 때문인지, 도통 내게 아무런 감정이 없어 보이는 너 때문인지 알 수가 없다.

2권에서 계속